中国现代文学大师精品集

庐隐精品集

本书编写组 ◎ 编

世界图书出版公司
广州·北京·上海·西安

图书在版编目（CIP）数据

庐隐精品集／《中国现代文学大师精品集》编委会编．—广州：广东世界图书出版公司，2009.4（2024.2重印）

（中国现代文学大师精品集）

ISBN 978-7-5100-0599-2

Ⅰ．庐… Ⅱ．中… Ⅲ．文学-作品综合集-中国-现代 Ⅳ．I216.2

中国版本图书馆CIP数据核字（2009）第056143号

书　　名	庐隐精品集 LUYIN JINGPINJI
编　　者	《中国现代文学大师精品集》编委会
责任编辑	杨　婷
装帧设计	三棵树设计工作组
出版发行	世界图书出版有限公司　世界图书出版广东有限公司
地　　址	广州市海珠区新港西路大江冲25号
邮　　编	510300
电　　话	020-84452179
网　　址	http://www.gdst.com.cn
邮　　箱	wpc_gdst@163.com
经　　销	新华书店
印　　刷	唐山富达印务有限公司
开　　本	787mm×1092mm　1/16
印　　张	13
字　　数	120 千字
版　　次	2009年4月第1版　2024年2月第11次印刷
国际书号	ISBN　978-7-5100-0599-2
定　　价	59.80元

版权所有　翻印必究

（如有印装错误，请与出版社联系）

最后的命运	(1)
夜的奇迹	(2)
异国秋思	(3)
秋光中的西湖	(6)
窗外的春光	(12)
夏的歌颂	(14)
吹牛的妙用	(15)
咖啡店	(17)
庙　会	(19)
邻　居	(22)
沐　浴	(25)
樱花树头	(27)
那个怯弱的女人	(32)
柳岛之一瞥	(40)
烈士夫人	(45)
给我的小鸟儿们	(51)
愧	(58)
我愿秋常驻人间	(59)
寄天涯一孤鸿	(60)
灵海潮汐致梅姊	(68)
月夜孤舟	(76)
愁情一缕付征鸿	(78)
寄燕北故人	(81)
房　东	(85)
秋风秋雨愁煞人	(93)
生命的光荣	(97)
寄梅窠旧主人	(100)
醉　后	(103)
一个著作家	(106)
灵魂可以卖么？	(112)

胜利以后 ……………………………（119）
曼　丽 ……………………………（129）
云萝姑娘 …………………………（137）
跳舞场归来 ………………………（143）
一段春愁 …………………………（147）
沦　落 ……………………………（152）
前　尘 ……………………………（166）
幽　弦 ……………………………（178）
何处是归程 ………………………（183）
一　幕 ……………………………（188）
歧　路 ……………………………（192）

最后的命运

突如其来的怅惘,不知何时潜踪,来到她的心房。她默默无语,她凄凄似悲,那时正是微雨晴后,斜阳正艳,葡萄叶上滚着圆珠,荼蘼花儿含着余泪,凉飔呜咽正苦,好似和她表深刻的同情!

碧草舒齐的铺着,松荫沉沉的覆着;她含羞凝眸,望着他低声说:"这就是最后的命运吗?"他看看她微笑道:"这命运不好吗?"她沉默不答。

松涛慷慨激烈的唱着,似祝她和他婚事的成功。

这深刻的印象,永远留在她和他的脑里,有时变成温柔的安琪儿,安慰她干枯的生命,有时变成幽闷的微菌,满布在她的血管里,使她怅惘!使她烦闷!

她想:人们驾着一叶扁舟,来到世上,东边漂泊,西边流荡,没有着落困难是苦,但有了结束,也何尝不感到平庸的无聊呢?

爱情如幻灯,远望时光华灿烂,使人沉醉,使人迷恋。一旦着迷,便觉味同嚼蜡,但是她不解,当他求婚时,为什么不由得就答应了他呢?

她深憾自己的情弱,易动!回想到独立苍溟的晨光里,东望滔滔江流,觉得此心赤裸裸毫无牵扯。呵!这是如何的壮美呵!

现在呢!柔韧的密网缠着,如饮醇醪,沉醉着,迷惘着!上帝呵!这便是人们最后的命运吗?

她凄楚着,沉思着,不觉得把雨后的美景轻轻放过,黄昏的灰色幕,罩住世界的万有,一切都消沉在寂寞里,她不久就被睡魔引入胜境了!

夜的奇迹

宇宙僵卧在夜的暗影之下,我悄悄地逃到这黑黑的林丛,——群星无言,孤月沉默,只有山隙中的流泉潺潺溅溅的悲鸣,仿佛孤独的夜莺在哀泣。

山巅古寺危立在白云间,刺心的钟罄,断续的穿过寒林,我如受弹伤的猛虎,奋力地跃起,由山麓窜到山巅,我追寻完整的生命,我追寻自由的灵魂,但是夜的暗影,如厚幔般围裹住,一切都显示着不可挽救的悲哀。吁!我何爱惜这被苦难剥蚀将尽的尸骸,我发狂似的奔回林丛,脱去身上血迹斑斓的征衣,我向群星忏悔。我向悲涛哭诉!

这时流云停止了前进,群星忘记了闪烁,山泉也住了呜咽,一切一切都沉入死寂!

我绕过丛林,不期来到碧海之滨,呵!神秘的宇宙,在这里我发现了夜的奇迹!

黑黑的夜幔轻轻地拉开,群星吐着清幽的亮光,孤月也踯躅于云间,白色的海浪吻着翡翠的岛屿,五彩缤纷的花丛中隐约见美丽的仙女在歌舞,她们显示着生命的活跃与神妙!

我惊奇,我迷惘,夜的暗影下,何来如此的奇迹!

我怔立海滨,注视那岛屿上的美景,忽然从海里涌起一股凶浪,将岛屿全个淹没,一切一切又都沉入在死寂!

我依然回到黝黑的林丛,——群星无言,孤月沉默,只有山隙中的流泉潺潺溅溅地悲鸣,仿佛孤独的夜莺在哀泣。

吁!宇宙布满了罗网,任我百般挣扎,努力的追寻,而完整的生命只如昙花一现,最后依然消逝于恶浪,埋葬于尘海之心,自由的灵魂,永远是夜的奇迹!——在色相的人间,只有污秽与残酷,吁!我何爱惜这被苦难剥蚀将尽的尸骸——总有一天,我将焚毁于自己忧怒的灵焰,抛这不值一钱的脓血之躯,因此而释放我可怜的灵魂!

这时我将摘下北斗,抛向阴霾满布的尘海。

我将永远歌颂这夜的奇迹!

(原载《华严》月刊,1929年第1卷第1期)

异国秋思

自从我们搬到郊外以来,天气渐渐清凉了。那短篱边牵延着的毛豆叶子,已露出枯黄的颜色来,白色的小野菊,一丛丛由草堆里钻出头来,还有小朵的黄花在凉劲的秋风中抖颤。这一些景象,最容易勾起人们的秋思,况且身在异国呢!低声吟着"帘卷西风,人比黄花瘦"之句,这个小小的灵宫,是弥漫了怅惘的情绪。

书房里格外显得清寂,那窗外蔚蓝如碧海似的青天,和淡金色的阳光。还有挟着桂花香的阵风,都含了极强烈的,挑拨人类心弦的力量,在这种刺激之下,我们不能继续那死板的读书工作了。在那一天午饭后,波便提议到附近吉祥寺去看秋景,三点多钟我们乘了市外电车前去,——这路程太近了,我们的身体刚刚坐稳便到了。走出长甬道的车站,绕过火车轨道,就看见一座高耸的木牌坊,在横额上有几个汉字写着"井之头恩赐公园"。我们走进牌坊,便见马路两旁树木葱茏,绿荫匝地,一种幽妙的意趣,萦缭脑际,我们怔怔地站在树影下,好像身入深山古林了。在那枝柯掩映中,一道金黄色的柔光正荡漾着。使我想象到一个披着金绿柔发的仙女,正赤着足,踏着白云,从这里经过的情景。再向西方看,一抹彩霞,正横在那迭翠的峰峦上,如黑点的飞鸦,穿林翩翻,我一缕的愁心真不知如何安派,我要吩咐征鸿把它带回故国吧!无奈它是那样不着迹的去了。

我们徘徊在这浓绿深翠的帷幔下,竟忘记前进了。一个身穿和服的中年男人,脚上穿着木屐,提塔提塔的来了。他向我们打量着,我们为避免他的觑视,只好加快脚步走向前去。经过这一带森林,前面有一条鹅卵石堆成的斜坡路,两旁种着整齐的冬青树,只有肩膀高,一阵阵的青草香,从微风里荡过来,我们慢步的走着,陡觉神气清爽,一尘不染。下了斜坡,面前立着一所小巧的东洋式茶馆,里面设了几张小矮几和坐褥,两旁列着柜台,红的蜜桔,青的苹果,五色的杂糖,错杂地罗列着。

"呀!好眼熟的地方!"我不禁失声地喊了出来。于是潜藏在心底的印象,陡然一幕幕地重映出来,唉!我的心有些抖颤了,我是被一种感怀已往的情绪所激动,我的双眼怔住,胸膈间充塞着悲凉,心弦凄紧地搏动着。自然是回忆到那些曾被流年蹂躏过的往事;"唉!往事,只是不堪回首的往事呢!"我悄悄地独自叹息着。但是我目前仍然有一副逼真的图画再现出来……

一群骄傲于幸福的少女们,她们孕育着玫瑰色的希望,当她们将由学校毕业的那一年,曾随了她们德高望重的教师,带着欢乐的心情,渡过日本海来访蓬莱的名胜。在她们登岸的时候,正是暮春三月樱花乱飞的天气。那些缀锦点翠的花树,都是使她们乐游忘倦。她们从天色才黎明,便由东京的旅舍出发;先到上野公园看过樱花的残装后;又换车到井之头公园来。这时疲倦袭击着她们,非立刻找个地点休息不可。最后她们发现了这个位置清幽的茶馆;便立刻决定进去吃些东西。大家团团围着矮凳坐下,点了两壶龙井茶,和一些奇甜的东洋点心,她们吃着喝着,高声谈笑着,她们真像是才出谷的雏莺;只觉眼前的东西,件件新鲜。处处都富有生趣。当然她们是被搂在幸福之神的怀抱里了。青春的爱娇,活泼快乐的心情,她们是多么可艳羡的人生呢!

但是流年把一切都毁坏了!谁能相信今天在这里低徊追怀往事的我,也正是当年幸福者之一呢!哦!流年,残刻的流年呵!它带走了人间的爱娇,它蹂躏英雄的壮志,使我站在这似曾相识的树下,只有咽泪,我有什么方法,使年光倒流呢!

唉!这仅仅是九年后的今天。呀,这短短的九年中,我走的是崎岖的世路,我攀缘过陡削的崖壁,我由死的绝谷里逃命,使我尝着忍受由心头淌血的痛苦,命运要我喝干自己的血汁,如同喝玫瑰酒一般……

唉!这一切的刺心回忆,我忍不住流下辛酸的泪滴,连忙离开这容易激动感情的地方吧!我们便向前面野草漫径的小路上走去,忽然听见一阵悲恻的唏嘘声,我仿佛看见张着灰色翅翼的秋神,正躲在那厚密枝叶背后。立时那些枝叶都悉悉索索地颤抖起来。草底下的秋虫,发出连续的唧唧声,我的心感到一阵阵的凄冷;不敢向前去,找到路旁一张长木凳坐下。我用滞呆的眼光,向那一片阴阴森森的丛林里睁视,当微风分开枝柯时,我望见那小河里潆漤碧水了。水上绉起一层波纹,一只小划子,从波纹上溜过。两个少女摇着桨,低声唱着歌儿。我看到这里,又无端感触起来,觉得喉头梗塞,不知不觉叹道:"故国不堪回首",同时那北海的红漪清波浮现眼前,那些手携情侣的男男女女,恐怕也正摇着画桨,指点着眼前清丽秋景,低语款款吧!况且又是菊茂蟹肥时候,料想长安市上,车水马龙,正不少欢乐的宴聚,这飘泊异国,秋思凄凉的我们当然是无人想起的。不过,我们却深深地眷怀着祖国,渴望得些好消息呢!况且我们又是神经过敏的,揣想到树叶凋落的北平,凄风吹着,冷雨洒着的这些穷苦的同胞,也许正向茫茫的苍天悲诉呢!唉,破碎紊乱的祖国呵!北海的风光不能粉饰你的寒伧!今雨轩的灯红酒绿,不能安慰忧患的人生,深深眷念祖国的我们,这一颗因热望而颤抖的心,最后是被秋风吹冷了。

(原载《申江日报》副刊《海潮》,1932年9月25日第2号)

秋光中的西湖

我像是负重的骆驼般，终日不知所谓的向前奔走着。突然心血来潮，觉得这种不能喘气的生涯，不容再继续了，因此便决定到西湖去，略事休息。

在匆忙中上了沪杭甬的火车，同行的有朱、王二女士和建，我们相对默然地坐着。不久车身蠕蠕而动了，我不禁叹了一口气道："居然离开了上海。"

"这有什么奇怪，想去便去了！"建似乎不以我多感慨的态度为然。

查票的人来了，建从洋服的小袋里掏出了四张来回票，同时还带出一张小纸头来，我捡起来，看见上面写着："到杭州：第一大吃而特吃，大玩而特玩……"真滑稽，这种大计划也值得大书而特书，我这样说着递给朱、王二女士看，她们也不禁哈哈大笑了。

来到嘉兴时，天已大黑。我们肚子都有些饿了，但火车上的大菜既贵又不好吃，我便提议吃茶叶蛋，便想叫茶房去买，他好像觉得我们太吝啬，坐二等车至少应当吃一碗火腿炒饭，所以他冷笑道："要到三等车里才买得到。"说着他便一溜烟跑了。

"这家伙真可恶！"建愤怒的说着，最后他只得自己跑到三等车去买了来。吃茶叶蛋我是拿手，一口气吃了四个半，还觉得肚子里空无所在，不过当我伸手拿第五个蛋时，被建一把夺了去，一面埋怨道："你这个人真不懂事，吃那么许多，等些时又要闹胃痛了。"

这一来只好咽一口唾沫算了。王女士却向我笑道："看你个子很瘦小，吃起东西来倒很凶！"其实我只能吃茶叶蛋，别的东西倒不可一概而论呢！——我很想这样辩护，但一转念，到底觉得无谓，所以也只有淡淡的一笑，算是我默认了。

车子进杭州城站时，已经十一点半了，街上的店铺多半都关了门，几盏黯淡的电灯，放出微弱的黄光，但从火车上下来的人，却吵成一片，挤成一堆，此外还有那些客栈的招揽生意的茶房，把我们围得水泄不通，不知化了多少力气，才打出重围叫了黄包车到湖滨去。

车子走过那石砌的马路时，一些熟习的记忆浮上我的观念里来。一年前我同建曾在这幽秀的湖山中作过寓公，转眼之间早又是一年多了，人事只管不停地变化，而湖山呢，依然如故,清澈的湖波,和笼雾的峰峦似笑我奔波无谓吧!

我们本决意住清泰第二旅馆,但是到那里一问,已经没有房间了,只好到湖滨旅馆去。

深夜时我独自凭着望湖的碧栏,看夜幕沉沉中的西湖。天上堆叠着不少的雨云,星点像怕羞的女郎,踯躅于流云间,其光隐约可辨。十二点敲过许久了,我才回到房里睡下。

晨光从白色的窗幔中射进来,我连忙叫醒建,同时我披了大衣开了房门。一阵沁肌透骨的秋风,从桐叶梢头穿过,飒飒的响声中落下了几片枯叶,天空高旷清碧,昨夜的雨云早已躲得无影无踪了。秋光中的西湖,是那样冷静,幽默,湖上的青山,如同深纽的玉色,桂花的残香,充溢于清晨的气流中。这时我忘记我是一只骆驼,我身上负有人生的重担。我这时是一只紫燕,我翱翔在清隆的天空中,我听见神祇的赞美歌,我觉到灵魂的所在地,……这样的,被释放不知多少时候,总之我觉得被释放的那一霎那,我是从灵宫的深处流出最惊喜的泪滴了。

建悄悄地走到我的身后,低声说道:"快些洗了脸,去访我们的故居吧!"

多怅惘呵,他惊破了我的幻梦,但同时又被他引起了怀旧的情绪,连忙洗了脸,等不得吃早点便向湖滨路崇仁里的故居走去。到了弄堂门口,看见新建的一间白木的汽车房,这是我们走后唯一的新鲜东西。此外一切都不曾改变,墙上贴着一张招租的帖子,一看是四号吉房招租……"呀!这正是我们的故居,刚好又空起来了,喂,隐!我们再搬回来住吧!"

"事实办不到……除非我们发了一笔财……"我说。

这时我们已到那半开着的门前了,建轻轻推门进去。小小的院落,依然是石缝里长着几根青草,几扇红色的木门半掩着。我们在客厅里站了些时,便又到楼上去看了一遍,这虽然只是最后几间空房,但那里面的气氛,引起我们既往的种种情绪,最使我们觉到怅然的是陈君的死。那时他每星期六多半来找我们玩,有时也打小牌,他总是摸着光头懊恼地说道:"又打错了!"这一切影像仍逼真地现在目前,但是陈君已作了古人,我们在这空洞的房子里,沉默了约有三分钟,才怅然地离去。走到弄堂门的时候,正遇到一个面熟的娘姨——那正是我们邻居刘君的女仆,她很殷勤的要我们到刘家坐坐。我们难却她的盛意,随她进去。刘君才起床,他的夫人替小孩子穿衣服。我们这两个不速之客够使她们惊诧了。谈了一些别后的事情,抽过一支烟后,我们告辞出来。到了旅馆里,吃过鸡丝面,王、朱两位女士已在湖滨叫小划子,我们讲定今天一天玩水,所以和船夫讲定到夜给他一块钱,他居然很高兴地答应了。我们买了一些菱角和瓜子带到划子上去吃。船夫是一个五十多岁的忠厚老头子,他洒然的划着。温和的秋阳照着我——使全身的筋肉都变成松缓,懒洋洋地靠在长方形的藤椅背上。看着划桨所激起的波纹,好像万道银蛇蜿蜒不息。这时船已在三潭印月前面,白云庵那里停住了。我们上了岸,走进那座香烟阒然的古庙,一个老和尚坐在那里向阳。菩萨案前摆了一个签筒,我先抱起来摇了一阵,得了一个上上签,于是朱、王二女士同建也都每人摇出一根来。我们大家拿了签条嘻嘻哈哈笑了一阵,便拜别了那四个怒目咧嘴的大金刚,仍旧坐上船向前泛去。

船身微微地撼动,仿佛睡在儿时的摇篮里,而我们的同伴朱女士,她不住地叫头疼。建像是天真般的同情地道:"对了,我也最喜欢头疼,随便到那里去,一吃力就头疼,尤其是昨夜太劳碌了不曾睡好。"

"就是这话了,"朱女士说:"并且,我会晕车!"

"晕车真难过……真的呢!"建故作正经的同情她,我同王女士禁不住大笑,建只低着头,强忍住他的笑容,这使我更要大笑。船泛到湖心亭,我们在那里站了些时,有些感到疲倦了,王女士提议去吃饭。建讲:"到了实行我'大吃而特吃'的计划的时候了。"

我说:"如要大吃特吃,就到'楼外楼'去吧,那是这西湖上有名的饭馆,去年我们曾在这里遇到宋美龄呢!"

"哦,原来如此,那我们就去吧!"王女士说。

果然名不虚传,门外停了不少辆的汽车,还有几个丘八先生点缀这永不带有战争气氛的湖边。幸喜我们运气好,仅有唯一的一张空桌,我们四个人各霸一方,但是我们为了大家吃得痛快,互不牵掣起见,各人叫各人的莱,同时也各人出各人的钱,结果我同建叫了五只湖蟹,一尾湖鱼,一碗鸭掌汤,一盘虾子冬笋;她们二位女士所叫的莱也和我们大同小异。但其中要推王女士是个吃喝能手,她吃起湖蟹来,起码四五只,而且吃得又快又干净。再衬着她那位最不会吃湖蟹的朋友朱女士,才吃到一个的时候,便叫起头疼来。

"那么你不要吃了,让我包办吧!"王女士笑嘻嘻地说。

"好吗!你就包办,……我想吃些辣椒,不然我简直吃不下饭去。"朱女士说。

"对了,我也这样,我们两人真是事事相同,可以说百分之九九一样,只有一分不一样……"建一本正经的说。

"究竟不同是哪一分呢!"王女士问。

"你真笨伯,这点都不知道,一个是男人,一个是女人呵!"建说。

这时朱女士正捧着一碗饭待吃,听了这话笑得几乎把饭碗摔到地上去。

"简直是一群疯子,"我心里悄悄地想着,但是我很骄傲,我们到现在还有疯的兴趣。于是把我们久已抛置的童年心情,从坟墓里重新复活,这不能说这不是奇迹罢!

黄昏的时候,我们的船荡到艺术学院的门口,我同建去找一个朋友,但是他已到上海去了。我们嗅了一阵桂花的香风后,依然上船。这时凉风阵阵地拂着我们的肌肤,朱女士最怕冷,裹紧大衣,仍然不觉得暖,同时东方的天边已变成灰黯的色彩,虽然西方还漾着几道火色的红霞,而落日已堕到山边,只在我们一霎眼的工夫,已经滚下山去了。远山被烟雾整个地掩蔽着,一望苍茫。小划子轻泛着平静的秋波,我们好像驾着云雾,冉冉的已来到湖滨。上岸时,湖滨已是灯火明耀,我们的灵魂跳出模糊的梦境。虽说这马路上依然是可以漫步无碍,但心情却已变了。回到旅馆吃了晚饭后,我们便商量玩山的计划:上山一定要坐山兜,所以叫了轿班的头老,说定游玩的地点和项目。这本是小问题,但是我们却充分讨论了很久:第一因为山兜的价钱太贵,我同朱女士有些犹疑;可是建同王女士坚持要坐,结果是我们失败了,只得让他们得意扬扬的吩咐轿班第二天早晨七点钟来。

今日是十月九日——正是阴历重九后一日,所以登高的人很多,我们上了山兜,出涌金门,先到净慈观去看浮木井——那是济颠和尚的灵迹。但是在我看来不过一口平凡的井而已,所闻木头浮在当中的话,始终是半信半疑。

出了净慈观又往前走,路渐荒芜,虽然满地不少黄色的野花,半红的枫叶,但那透骨的秋风,唱出飒飒瑟瑟的悲调,不禁使我又悲又喜。像我这样劳碌的生命,居然能够抽出空闲的时间来听秋蝉最后的哀调,看枫叶鲜艳的色彩,领略丹桂清绝的残香,——灵魂绝对的解放,这真是万千之喜。但是再一深念,国家危难,人生如寄,此景此色只是增加人们的哀痛,又不禁悲从中来了……我尽管思绪如麻,而那抬山兜的伕子,不断的向前进行,渐渐地已来到半山之中。这时我从兜子后面往下一看,但见层崖叠壁,山径崎岖,不敢胡思乱想了。捏着一把汗,好容易来到山顶,才吁了一口长气,在一座古庙里歇下了。

同时有一队小学生也兴致勃勃的奔上山来,他们每人手里拿了一包水果一点吃的东西,都在庙堂前面院子里的雕栏上坐着边唱边吃。我们上了楼,坐在回廊上的藤椅上,和尚泡了上好的龙井茶来,又端了一碟瓜子。我们坐在藤椅上,东望西湖,漾着滟滟光波;南望钱塘,孤帆飞逝,激起白沫般的银浪。把四围无限的景色,都收罗眼底。我们正在默然出神的时候,忽听朱女士说道:"适才上山我真吓死了,若果摔下去简直骨头都要碎的,等会儿我情愿走下去。"

"对了,我也是害怕,回头我们两人走下去罢,让她们俩坐轿!"建说。

"好的,"朱女士欣然地说。

我知道建又在使捉狭,我不禁望着他好笑。他格外装得活像说道:"真的,我越想越可怕,那样陡削的石级,而且又很滑,万一伕子脚一软那还了得,……"建补充的话和他那种强装正经的神气,只惹得我同王女士笑得流泪。一个四十多岁的和尚,他悄然坐在大殿里,看见我们这一群疯子,不知他作何感想,但见他默默无言只光着眼睛望着前面的山景。也许他也正忍俊不禁,所以只好用他那眼观鼻,鼻观心的苦功罢!我们笑了一阵,喝了两遍茶才又乘山兜下山。朱女士果然实行她步行的计划,但是和她表同情的建,却趁朱女士回头看山景的一刹那,悄悄躲在轿子里去了。

"喂!你怎么又坐上去了?"朱女士说。

"呀!我这时忽然想开了,所以就不怕摔,……并且我还有一首诗奉劝朱女士不要怕,也坐上去罢!"

"到底是诗人,……快些念来我们听听罢!"我打趣他。

"当然,当然,"他说着便高声念道:"坐轿上高山,头后脚在先。请君莫要怕,不会成神仙。"

这首诗又使得我们哄然大笑。但是朱女士却因此一劝,她才不怕摔,又坐上山兜了。中午的时候我们在龙井的前面斋堂里吃了一顿素菜。那个和尚说得一口漂亮的北京话,我因问他是不是北方人。他说:"是的,才从北方游方驻扎此地。"这和尚似乎还文雅,他的庙堂里挂了不少名人的字画,同时他还问我在什么地方读书,我对他说家里蹲大学,他似解似不解的诺诺连声的应着,而建的一口茶已喷了一地。这简直是太大煞风景,我连忙给了他三块钱的香火资,跑下楼去。这时日影已经西斜了,不能再流连风景。不过黄昏的山色特别富丽,彩霞如垂幔般的垂在西方的天际,青翠的岗峦笼罩着一层干绡似的烟雾,新月已从东山冉冉上升,远远如弓形的白堤和明净的西湖都笼在沉沉暮霭中。我们的心灵浸醉于自然的美景里,永远不想回到热闹的城市去。但是轿夫们不懂得我们的心事,只顾奔他们的归程。"唷咿"一声山兜停了下来,我们翱翔着的灵魂,重新被摔到满是陷阱的人间。于是疲乏无聊,一切的情感围困了我们。

晚饭后草草收拾了行装,预备第二天回上海。这秋光中的西湖又成了灵魂上的一点印痕,生命的一页残史了。

可怜被解放的灵魂眼看着它垂头丧气的又进了牢囚。

十一,八日上海

(原载《申江日报》副刊《海潮》,1932 年 11 月 13 日第 9 号)

窗外的春光

几天不曾见太阳的影子，沉闷包围了她的心。今早从梦中醒来，睁开眼，一线耀眼的阳光已映射在她红色的壁上，连忙披衣起来，走到窗前，把洒着花影的素幔拉开。前几天种的素心兰，已经开了几朵，淡绿色的瓣儿，衬了一颗朱红色的花心，风致真特别，即所谓"冰洁花丛艳小莲，红心一缕更嫣然"了。同时一股沁人心脾的幽香，喷鼻醒脑，平板的周遭，立刻涌起波动，春神的薄翼，似乎已扇动了全世界凝滞的灵魂。

说不出是喜悦，还是惆怅，但是一颗心灵涨得满满的，——莫非是满园春色关不住，——不，这连她自己都不能相信；然而仅仅是为了一些过去的眷恋，而使这颗心不能安定吧！本来人生如梦，在她过去的生活中，有多少梦影已经模糊了，就是从前曾使她惆怅过，甚至于流泪的那种情绪，现在也差不多消逝净尽，就是不曾消逝的而在她心头的意义上，也已经变了色调，那就是说从前以为严重了不得的事，现在看来，也许仅仅只是一些幼稚的可笑罢了。

兰花的清香，又是一阵浓厚的包袭过来，几只蜜蜂嗡嗡的在花旁兜的圈子，她深切的意识到，窗外已充满了春光；同时二十年前的一个梦影，从那深埋的心底复活了：

一个仅仅十零岁的孩子，为了脾气的古怪，不被家人们的了解，于是把她送到一所因牢似的教会学校去寄宿。那学校的校长是美国人，——一个五十岁的老处女，对于孩子们管得异常严厉，整月整年不许孩子走出那所筑建庄严的楼房外去。四围的环境又是异样的枯燥，院子是一片沙土地；在角落里时时可以发现被孩子们踏陷的深坑，坑里纵横着人体的骨骼，没有树也没有花，所以也永远听不见鸟儿的歌曲。

春风有时也许可怜孩子们的寂寞吧！在那洒过春雨的土地上，吹出一些青草来——有一种名叫"辣辣棍棍"的，那草根有些甜辣的味儿，孩子们常常伏在地上，寻找这种草根，放在口里细细的嚼咀；这可算是春给她们特别的恩惠了！

那个孤零的孩子，处在这种阴森冷漠的环境里，更是倔强，没有朋友，在她那小小的心灵中,虽然还不曾认识什么是世界;也不会给这个世界一个估价,不过她总觉得自己所处的这个世界,是有些乏味;她追求另一个世界。在一个春风吹得最起劲的时候,她的心也燃烧着更热烈的希冀。但是这所囚牢似的学校,那一对黑漆的大门仍然严严的关着,就连从门缝看看外面的世界,也只是一个梦想。于是在下课后,她独自跑到地窖里去,那是一个更森严可怕的地方,四围是石板作的墙,房顶也是冷冰冰的大石板,走进去便有一股冷气袭上来,可是在她的心里.总觉得比那死气沉沉的校舍,多少有些神秘性吧。最能引诱她当然还是那几扇矮小的窗子,因为窗子外就是一座花园。这一天她忽然看见窗前一丛蝴蝶兰和金钟罩,已经盛开了,这算给了她一个大诱惑,自从发现了这窗外的春光后,这个孤零的孩子,在她生命上,也开了一朵光明的花,她每天一只猫儿般,只要有工夫,便蜷伏在那地窖的窗子上,默然的幻想着窗外神秘的世界。

　　她没有哲学家那种富有根据的想象,也没有科学家那种理智的头脑,她小小的心,只是被一种天所赋与的热情紧咬着。她觉得自己所坐着的这个地窖,就是所谓人间吧——一切都是冷硬淡漠,而那窗子外的世界却不一样了。那里一切都是美丽的,和谐的,自由的吧!她欣羡着那外面的神秘世界,于是那小小的灵魂,每每跟着春风,一同飞翔了。她觉得自己变成一只蝴蝶,在那盛开着美丽的花丛中翱翔着,有时她觉得自己是一只小鸟,直扑天空,伏在柔软的白云间甜睡着。她整日支着颐不动不响的尽量陶醉,直到夕阳逃到山背后,大地垂下黑幕时,她才快快地离开那灵魂的休憩地,回到陌生的校舍里去。

　　她每日每日照例的到地窖里来,——一直过完了整个的春天。忽然她看见蝴蝶兰残了,金钟罩也倒了头,只剩下一丛深碧的叶子,苍茂的在薰风里撼动着,那时她竟莫名其妙的流下眼泪来。这孩子真古怪得可以,十零岁的孩子前途正远大着呢,这春老花残,绿肥红瘦,怎能惹起她那么深切的悲感呢?!但是孩子从小就是这样古怪,因此她被家人所摒弃,同时也被社会所摒弃。在她的童年里,便只能在梦境里寻求安慰和快乐,一直到她是否认现实世界的一切,她终成了一个疏狂孤介的人。在她三十年的岁月里,只有这些片段的梦境,维系着她的生命。

　　阳光渐渐地已移到那素心兰上,这目前的窗外春光,撩拨起她童年的眷恋,她深深地叹息了:"唉,多缺陷的现实的世界呵!在这春神努力地创造美丽的刹那间,你也想遮饰起你的丑恶吗?人类假使的连这些梦影般的安慰也没有,我真不知道人们怎能延续他们的生命哟!"

　　但愿这窗外的春光,永驻人间吧!她这样虔诚地默祝着,素心兰像是解意般的向她点着头。

(选自《人间世》杂志,1934年第1期)

夏的歌颂

出汗不见得是很坏的生活吧,全身感到一种特别的轻松。尤其是出了汗去洗澡,更有无穷的舒畅,仅仅为了这一点,我也要歌颂夏天,

其久被压迫,而要挣扎过——而且要很坦然地过去,这也不是毫无意义的生活吧,——春天是使人柔困,四肢瘫软,好像受了酒精的毒,再无法振作;秋天呢,又太高爽,轻松使人忘记了世界上有骆驼——说到骆驼,谁也不忘了它那高峰凹谷之间的重载,和那慢腾腾,不尤不怨的往前走的姿势吧!冬天虽然是风雪严厉,但头脑尚不受压轧。只有夏天,它是无隙不入的压迫你,你每一个毛孔,每一根神经,都受着重大的压轧;同时还有臭虫蚊子苍蝇助虐的四面夹攻,这种极度紧张的夏日生活,正是训练人类变成更坚强而有力量的生物。因此我又不得不歌颂夏天!

二十世纪的人类,正度着夏天的生活——纵然有少数阶级,他们是超越天然,而过着四季如春享乐的生活,但这太暂时了,时代的轮子,不久就要把这特殊的阶级碎为齑粉,——夏天的生活是极度紧张而严重,人类必要努力地挣扎过,尤其是我们中国不论士农工商军,哪一个不是喘着气,出着汗,与紧张压迫的生活拚命呢?脆弱的人群中,也许有诅咒,但我却以为只有虔敬的承受,我们尽量地出汗,我们尽量地发泄我们生命之力,最后我们的汗液,便是甘霖的源泉,这炎威逼人的夏天,将被这无尽的甘霖所毁灭,世界变成清明爽朗。

夏天是人类生活中,最雄伟壮烈的一个阶段,因此,我永远地歌颂它。

吹牛的妙用

吹牛是一种夸大狂,在道德家看来,也许认为是缺点,可是在处事接物上却是一种刮刮叫的妙用。假使你这一生缺少了吹牛的本领,别说好饭碗找不到,便连黄包车夫也不放你在眼里的。

西洋人究竟近乎白痴,什么事都只讲究脚踏实地去做,这样费力气的勾当,我们聪明的中国人,简直连牙齿都要笑掉了。西洋人什么事都讲究按部就班地慢慢来,从来没有平地登天的捷径,而我们中国人专门走捷径,而走捷径的第一个法门,就是善吹牛。

吹牛是一件不可轻看的艺术,就如《修辞学》上不可缺少"张喻"一类的东西一样,像李白什么"黄河之水天上来",又是什么"白发三千丈",这在《修辞学》上就叫作'张喻',而在不懂《修辞学》的人看来就觉得李太白在吹牛了。

而且实际上说来,吹牛对于一个人的确有极大的妙用。人类这个东西,就有这么奇怪,无论什么事,你若老老实实的把实话告诉他,不但不能激起他共鸣的情绪,而且还要轻蔑你冷笑你,假使你见了那摸不清你根底的人,你不管他家里早饭的米是当了被褥换来的,你只要大言不惭的说"某部长是我父亲的好朋友,某政客是我拜把子的叔公,我认得某某某巨商,我的太太同某军阀的第五位太太是干姊妹"吹起这一套法螺来,那摸不清你的人,便帖帖服服的向你合十顶礼,说不定碰得巧还恭而且敬的请你大吃一顿蒸菜席呢!

吹牛有了如许的好处,于是无论哪一类的人,都各尽其力的大吹其牛了。但是且慢!吹牛也要认清对方的,不然的话,必难打动他或她的心弦,那么就失掉吹牛的功效了。比如说你见了一个仰慕文人的无名作家或学生时,而你自己要自充老前辈时,你不用说别的,只要说胡适是我极熟的朋友,郁达夫是我最好的知己,最好你再转弯抹角地去探听一些关于胡适、郁达夫琐碎的轶事,比如说胡适最喜听什么,郁达夫最讨厌什么,于是便可以亲亲切切的叫着"适之怎样怎样,达夫怎样怎样",这样一来,你便也就成了胡适、郁达夫同等的人物,而被人所尊敬了。

如果你遇见一个好虚荣的女子呢,你就可以说你周游过列国,到过土耳其、南非洲!并且还是自费去的,这样一来就可以证明你不但学识、阅历丰富,而且还是个资产阶级。于是乎你的恋爱便立刻成功了。

你如遇见商贾、官僚、政客、军阀,都不妨察颜观色,投其所好,大吹而特吹之。总而言之,好色者以色吹之,好利者以利吹之,好名者以名吹之,好权势者以权势吹之,此所谓以毒攻毒之法,无往而不利。

或曰吹牛妙用虽大,但也要善吹,否则揭穿西洋镜,便没有戏可唱了。

这当然是实话,并且吹牛也要有相当的训练,第一要不红脸,你虽从来没有著过一本半本的书,但不妨咬咬紧牙根说:"我的著作等身,只可恨被一把野火烧掉了!"你家里因为要请几个漂亮的客人吃饭,现买了一副碗碟,你便可以说:"这些东西十年前就有了",以表示你并不因为请客受窘。假如你荷包里只剩下一块大洋,朋友要邀你坐下来八圈,你就可以说:"我的钱都放在银行里,今天竟匀不出工夫去取!"假如哪天你的太太感觉你没多大出息时,你就可以说张家大小姐说我的诗作的好,王家少奶奶说我脸子漂亮而有丈夫气,这样一来太太便立刻加倍地爱你了。

这一些吹牛经,说不胜说,但神而明之,存乎其人!

咖啡店

　　橙黄色的火云包笼着繁闹的东京市，烈焰飞腾似的太阳，从早晨到黄昏，一直光顾着我的住房；而我的脆弱神经，仿佛是林丛里的飞萤，喜欢忧郁的青葱，怕那太厉害的阳光，只要太阳来统领了世界，我就变成了冬令的蛰虫，了无生气。这时只有烦躁疲弱无聊占据了我的全意识界，永不见如春波般的灵感荡漾，……呵！压迫下的呻吟，不时打破木然的沉闷。

　　有时勉强振作，拿一本小说在地席上睡下，打算潜心读两行，但是看不到几句，上下眼皮便不由自主地合拢了。这样昏昏沉沉挨到黄昏，太阳似乎已经使尽了威风，渐渐地偃旗息鼓回去，海风也凑趣般吹了来，我的麻木的灵魂，陡然惊觉了，"呵！好一个苦闷的时间，好像换过了一个世纪！"在自叹自伤的声音里，我从地席上爬了起来，走到楼下自来水管前，把头脸用冷水冲洗以后，一层遮住心灵的云翳遂向苍茫的暮色飞去，眼前现出鲜明的天地河山，久已凝闭的云海也慢慢掀起波浪，于是过去的印象，和未来的幻影，便一种种地在心幕上开映起来。

　　忽然一阵非常刺耳的东洋音乐不住地送来耳边，使听神经起了一阵痉挛。唉！这是多么奇异的音调，不像幽谷里多灵韵的风声，不像丛林里清脆婉转的鸣鸟之声，也不像碧海青崖旁的激越澎湃之声……而只是为衣食而奋斗的劳苦挣扎之声，虽然有时声带颤动得非常婉妙，使街上的行人不知不觉停止了脚步，但这只是好奇，也许还含着些不自然的压迫，发出无告的呻吟，使那些久受生之困厄的人们同样地叹息。

　　这奇异的声音正是从我隔壁的咖啡店里一个粉面朱唇的女郎樱口里发出来的。——那所咖啡店是一座狭小的日本式楼房改造成的，在三四天以前，我就看见一张红纸的广告贴在墙上，上面写着本咖啡店择日开张，从那天起，有时看见泥水匠人来洗刷门面，几个年青精壮的男人布置壁饰和桌椅，一直忙到今天早晨，果然开张了。当我才起来，推开玻璃窗向下看的时候，就见这所咖啡店的门口，两旁放着两张红白夹色纸糊的三角架子，上面各支着一个满缀纸花的华丽的花圈,在门楣上斜插着一枝姿势活泼鲜红色的枫树,沿墙根列着几种松柏和桂花的盆栽,右边临街的窗子垂着淡红色的窗帘,衬着那深咖啡色的墙,真有一种说不出的鲜明艳丽。

在那两个花圈的下端,各缀着一张彩色的广告纸,上面除写着本店即日开张,欢迎主顾以外,还有一条写着"本店用女招待"字样。——我看到这里,不禁回想到西长安街一带的饭馆门口那些红绿纸写的雇用女招待的广告了。呵!原来东方的女儿都有招徕主顾的神通!

我正出神地想着,忽听见叮叮当当的响声,不免寻声看去,只见街心有两个年青的日本男人,身上披着红红绿绿仿佛袈裟式的半臂,头上顶着像是凉伞似的一个圆东西,手里拿着铙钹,像戏台上的小丑一般,在街心连敲带唱,扭扭捏捏,怪样难描,原来这就是活动的广告。

他们虽然这样辛苦经营,然而从清晨到中午还不见一个顾客光临,门前除却他们自己做出热闹声外,其余依然是冷清清的。

黄昏到了,美丽的阳光斜映在咖啡店的墙隅,淡红色的窗帘被晚凉的海风吹得飘了起来,隐约可见房里有三个年青的女人盘膝跪在地席上,对着一面大菱花镜,细细地擦脸,涂粉,画眉,点胭脂,然后袒开前胸,又厚厚地涂了一层白粉,远远看过去真是"肤如凝脂,领如蝤蛴",然而近看时就不免有石灰墙和泥塑美人之感了。其中有一个是梳着两条辫子的,比较最年轻也最漂亮,在打扮头脸之后,换了一身藕荷色的衣服,腰里拴一条橙黄色白花的腰带,背上驮着一个包袱似的东西,然后款摆着柳条似的腰肢,慢慢下楼来,站在咖啡店的门口,向着来往的行人"巧笑倩兮,美目盼兮,"大施其外交手段。果然没有经过多久,就进去两个穿和服木履的男人。从此冷清清的咖啡店里骤然笙箫并奏,笑语杂作起来。有时那个穿藕荷色衣服的雏儿唱着时髦的爱情曲儿,灯红酒绿,直闹到深夜兀自不散。而我呢,一双眼的上眼皮和下眼皮简直分不开来,也顾不得看个水落石出。总而言之,想钱的钱到手,赏心的开了心,圆满因果,如是而已,只应合十念一声"善哉!"好了,何必神经过敏,发些牢骚,自讨苦趣呢!

(原载《妇女杂志》,1930年第16卷第12号)

庙　会

正是秋雨之后，天空的雨点虽然停了，而阴云兀自密布太虚。夜晚时的西方的天，被东京市内的万家灯火照得起了一层乌灰的绛红色。晚饭后，我们照例要到左近的森林中去散步。这时地上的雨水还不曾干，我们各人都换上破旧的皮鞋，拿着雨伞，踏着泥滑的石子路走去。不久就到了那高矗入云的松林里。林木中间有一座土地庙，平常时都是很清静地闭着山门，今夜却见庙门大开，门口挂着两盏大纸灯笼。上面写着几个蓝色的字——天主社，——庙里面灯火照耀如同白昼，正殿上搭起一个简单的戏台，有几个戴着假面具穿着彩衣的男人。那面具有的像龟精鳖怪，有的像判官小鬼，大约有四五个人，忽坐忽立，指手画脚地在那里扮演，可惜我们语言不通，始终不明白他们演的是什么戏文。看来看去，总感不到什么趣味，于是又到别处去随喜。在一间日本式的房子前，围着高才及肩的矮矮的木栅栏，里面设着个神龛，供奉的大约就是土地爷了。可是我找了许久，也没找见土地爷的法身，只有一个圆形铜制的牌子悬在中间，那上面似乎还刻着几个字，离得远，我也认不出是否写着本土地神位——反正是一位神明的象征罢了。在那佛龛前面正中的地方悬着一个幡旌似的东西，飘带低低下垂。我们正在仔细揣摩赏鉴的时候，只见一位年纪五十上下的老者走到神龛面前，将那幡旌似的飘带用力扯动，使那上面的铜铃发出零丁之声，然后从钱袋里掏出一个铜钱——不知是十钱还是五钱的，只见他便向佛龛内一甩，顿时发出铿锵的声响，他合掌向神前三击之后，闭眼凝神，躬身膜拜，约过一分钟，又合掌连击三声，这才慢步离开神龛，心安意得地走去了。

自从这位老者走后，接二连三来了许多人，男的女的，老的少的，——还有尚在娘怀抱里的婴孩也跟着母亲向神前祈祷求福，凡来顶礼的人都向佛龛中舍钱布施。还有一个年纪二十多岁的女人，身上穿着白色的围裙，手中捧着一个木质的饭屉，满满装着白米，向神座前贡献。礼毕，那位道袍秃顶的执事僧将饭屉接过去，那位善心的女施主便满面欣慰地退出。

我们看了这些善男信女礼佛的神气，不由得也满心紧张起来，似乎冥冥之中真有若干神明，他们的权威足以支配昏昧的人群，所以在人生的道途上，只要能逢山开路，见庙烧香，便可获福无穷了。不然，自己劳苦得来的银钱柴米，怎么便肯轻轻易易双手奉给僧道享受呢？神秘的宇宙！不可解释的人心！

我正在发呆思量的时候，不提防同来的建含扯了我的衣襟一下，我不禁"呀！"了一声，出窍的魂灵儿这才复了原位，我便问道："怎么？"建含笑道："你在想什么？好像进了梦境，莫非神经病发作了吗？"我被他说得也好笑起来，便一同离开神龛到后面去观光。吓！那地方更是非常热闹，有许多倩装艳服，脚着木屐的日本女人，在那里购买零食的也有，吃冰激凌的也有。其中还有几个西装的少女，脚上穿着长统丝袜和皮鞋，——据说这是日本的新女性，也在人丛里挤来挤去，说不定是来参礼的，还是也和我们一样来看热闹的。总之，这个小小的土地庙里，在这个时候是包罗万象的。不过倘使佛有眼睛，瞧见我满脸狐疑，一定要瞪我几眼吧。

迷信——具有伟大的威权，尤其是当一个人在倒霉不得意的时候，或者在心灵失却依据徘徊歧路的时候，神明便成人心的主宰了。我有时也曾经历过这种无归宿而想象归宿的滋味，然而这在我只像电光一瞥，不能坚持久远的。

说到这里，使我想起童年的时候——我在北平一个教会学校读书，那一个秋天，正遇着耶稣教徒的复兴会，——期间是一来复。在这一来复中，每日三次大祈祷，将平日所做亏心欺人的罪恶向耶稣基督忏悔，如是，以前的一切罪恶便从此洗涤尽净，——哪怕你是个杀人放火的强盗，只要能悔罪便可得救，虽然是苦了倒霉钉在十架的耶稣，然而那是上帝的旨意，叫他来舍身救世的，这是耶稣的光荣，人们的福音。——这种无私的教理，当时很能打动我弱小的心弦，我觉得耶稣太伟大了，而且法力无边，凡是人类的困苦艰难，只要求他，便一切都好了。所以当我被他们强迫地跪在礼拜堂里向上帝祈祷时,——我是无情无绪地正要到梦乡去逛逛,恰巧我们的校长朱老太太颤颤巍巍走到我面前也一同跪下,并且抚着我的肩说:"呵!可怜的小羊,上帝正是我们的牧羊人,你快些到他的面前去罢,他是仁爱的伟大的呵!"我听了她那热烈诚挚的声音,竟莫名其妙地怕起来了,好像受了催眠术,觉得真有这么一个上帝,在睁着眼看我呢,于是我就在那些因忏悔而痛哭的人们的哭声中流下泪来了。朱老太太更紧紧地把我搂在怀里说道:"不要伤心,上帝是爱你的。只要你虔心地相信他,他无时无刻不在你的左右……"最后她又问我:"你信上帝吗?……好像相信我口袋中有一块手巾吗?"我简直不懂这话的意思,不过这时我的心有些空虚,想到母亲因为我太顽皮送我到这个学校来寄宿,自然她是不喜欢我的,倘使有个上帝爱我也不错,于是就回答道:"朱校长,我愿意相信上帝在我旁边。"她听了我肯皈依上帝,简直喜欢得跳了起来,一面笑着一面擦着眼泪……从此我便成了耶稣教徒了。不过那年以后,我便离开那个学校,起初还是满心不忘上帝,又过了几年,我脑中上帝的印象便和童年的天真一同失去了。最后我成了个无神论者了。

但是在今晚这样热闹的庙会中,虔诚信心的善男信女使我不知不觉生出无限的感慨,同时又勾起既往迷信上帝的一段事实,觉得大千世界的无量众生,都只是些怯弱可怜的不能自造命运的生物罢了。

在我们回来时,路上依然不少往庙会里去的人,不知不觉又联想到故国的土地庙了,唉!……

(原载《妇女杂志》,1930年第16卷第12号)

邻　居

别了,繁华的闹市！当我们离开我们从前的住室门口的时候,恰恰是早晨七点钟。那耀眼的朝阳正照在电车线上,发出灿烂的金光,使人想象到不可忍受的闷热。而我们是搭上市外的电车,驰向那屋舍渐稀的郊野去;渐渐看见陂陀起伏的山上,林木葱茏,绿影婆娑,丛竹上满缀着清晨的露珠,兀自向人闪动。一阵阵的野花香扑到脸上来,使人心神爽快。经过三十分钟,便到我们的目的地。

在许多整饬的矮墙里,几株姣艳的玫瑰迎风袅娜,经过这一带碧绿的矮墙南折,便看见那一座郁郁葱葱的松柏林,穿过树林,就是那些小巧精洁的日本式的房屋掩映于万绿丛中。微风吹拂,树影摩荡,明窗净几间,帘幔低垂,一种幽深静默的趣味,顿使人忘记这正是炎威犹存的残夏呢。

我们沿着鹅卵石累成的马路前进,走约百余步,便见斜刺里有一条窄窄的草径,两旁长满了红蓼白荻和狗尾草,草叶上朝露未干,沾衣皆湿。草底鸣虫唧唧,清脆可听。草径尽头一带竹篱,上面攀缘着牵牛茑萝,繁花如锦,清香醉人。就在竹篱内,有一所小小精舍,便是我们的新家了。淡黄色木质的墙壁门窗和米黄色的地席,都是纤尘不染。我们将很简单的家具稍稍布置以后,便很安然地坐下谈天。似乎一个月以来奔波匆忙的心身,此刻才算是安定了。

但我们是怎么的没有受过操持家务的训练呵！虽是一个很简单的厨房,而在我这一切生疏的人看来,真够严重了。怎样煮饭——一碗米应放多少水,煮肉应当放些什么浇料呵！一切都不懂,只好凭想像力一件件地去尝试。这其中最大的难题是到后院井边去提水,老大的铅桶,满满一桶水真够累人的。我正在提着那亮晶晶发光的水桶不知所措的时候,忽见邻院门口走来一个身躯胖大,满面和气的日本女人,——那正是我们头一次拜访的邻居胖太太——我们不知道她姓什么,可是我们赠送她这个绰号,总是很合式的吧。

她走到我们面前,向我们咕哩咕噜说了几句日本话,我们是又聋又哑的外国人,简直一句也不懂，只有瞪着眼向她呆笑。后来她接过我手里的水桶，到井边满满的汲了一桶水，放在我们的新厨房里。她看见我们那些新买来的锅呀、碗呀、上面都微微沾了一点灰尘，她便自动地替我们一件一件洗干净了，又一件件安置得妥妥帖帖，然后她鞠着躬说声サセテラナ（再见）走了。

据说这位和气的邻居，对中国人特别有感情，她曾经帮中国人做过六七年的事，并且，她曾嫁过一个中国男人，……不过人们谈到她的历史的时候，都带着一种猜度的神气，自然这似乎是一个比较神秘的人儿呢，但无论如何，她是我们的好邻居呵！

她自从认识我们以后，没事便时常过来串门。她来的时候，多半是先到厨房，遇见一堆用过的锅碗放在地板上，或水桶里的水完了，她就不用吩咐地替我们洗碗打水。有时她还拿着些泡菜、辣椒粉之类零星物件送给我们。这种出乎我们意外的热诚，不禁使我有些赧然。

当我没有到日本以前，在天津大阪公司买船票时，为了一张八扣的优待券，——那是由北平日本公使馆发出来的，——同那个留着小胡子的卖票员捣了许久的麻烦。最后还是拿到天津日本领事馆的公函，他们这才照办了。而买票后找钱的时候，只不过一角钱，那位含着狡狯面像的卖票员竟让我们等了半点多钟。当时我曾赌气牺牲这一角钱，头也不回地离开那里。他们这才似乎有些过不去，连忙喊住我们，从桌子的抽屉里拿出一角钱给我们。这样尖酸刻薄的行为，无处不表现岛国细民的小气。真给我一个永世不会忘记的坏印象。

及至我们上了长城丸（日本船名）时，那两个日本茶房也似乎带着些欺侮人的神气。比如开饭的时候，他们总先给日本人开，然后才轮到中国人。至于那些同渡的日本人，有几个男人嘴脸之间时时表现着夜郎自大的气概——自然也由于我国人太不争气的缘故——那些日本女人呢,个个对于男人低首下心,柔顺如一只小羊。这虽然惹不起我们对她们的愤慨,却使我们有些伤心,"世界上最没有个性的女性呵,你们为什么情愿做男子的奴隶和傀儡呢!"我不禁大声地喊着,可惜她们不懂我的话,大约以为我是个疯子吧。

总之我对于日本人从来没有好感,豺狼虎豹怎样凶狠恶毒,你们是想象得出来的,而我也同样地想象那些日本人呢。

但是不久我便到了东京,并且在东京住了两个礼拜了。我就觉得我太没出息——心眼儿太窄狭,日本人——在我们中国横行的日本人,当然有些可恨,然而在东京我曾遇见过极和蔼忠诚的日本人,他们对我们客气,有礼貌,而且极热心地帮忙,的确的,他们对待一个异国人,实在比我们更有理智更富于同情些。至于做生意的人,无论大小买卖,都是言不二价,童叟无欺,——现在又遇到我们的邻居胖太太,那种慈和忠实的行为,更使我惭愧我的小心眼了。

我们的可爱的邻居,每天当我们煮饭的时候,她就出现在我们的厨房门口。

"奥サン(太太)要水吗?"柔和而熟习的声音每次都激动我对她的感愧。她是怎样无私的人儿呢!有一天晚上,我从街上回来,穿着一件淡青色的绸衫,因为时间已晏,忙着煮饭,也顾不得换衣服,同时又怕弄脏了绸衫,我就找了一块白袱袱权做围裙,胡乱地扎在身上,当然这是有些不舒服的。正在这时候,我们的邻居来了。她见了我这种怪样,连忙跑到她自己房里,拿出一件她穿着过于窄小的白围裙送给我,她说:"我现在胖了,不能穿这围裙,送给你很好。"她说时,就亲自替我穿上,前后端详了一阵,含笑学着中国话道:"很好!很好!"

她胖大的身影,穿过遮住前面房屋的树丛,渐渐地看不见了。而我手里拿着炒菜的勺子,竟怔怔地如同失了魂。唉!我接受了她的礼物,竟忘记向她道谢,只因我接受了她的比衣服更可宝贵的仁爱,将我惊吓住了;我深自忏悔,我知道世界上的人类除了一部分为利欲所沉溺的以外,都有着丰富的同情和纯洁的友谊,人类的大部分毕竟是可爱的呵!

我们的邻居,她再也想不到她在一些琐碎的小事中给了我偌大的启示吧。愿以我的至诚向她祝福!

(原载《妇女杂志》,1930年第16卷第12号)

沐　浴

说到人，有时真是个怪神秘的动物，总喜欢遮遮掩掩，不大愿意露真相；尤其是女人，无时无刻不戴假面具，不管老少肥瘠，脸上需要脂粉的涂抹，身上需要衣服的装扮，所以要想赏鉴人体美，是很不容易的。

有些艺术团体，因为画图需要模特儿，不但要花钱，而且还找不到好的，——多半是些贫穷的妇女，看白花花的洋钱面上，才不惜向人间现示色相，而她们那种不自然的姿势和被物质压迫的苦相，常常给看的人一种恶感，什么人体美，简直是怪肉麻的丑像。

至于那些上流社会的小姐太太们，若是要想从她们里面发现人体美，只有从细纱软绸中隐约的曲线里去想象了。在西洋有时还可以看见半裸体的舞女，然而那个也还有些人工的装点，说不上赤裸裸的。至于我们礼教森严的中国，那就更不用提了。明明是曲线丰富的女人身体，而束腰扎胸，把个人弄得成了泥塑木雕的偶像了。所以我从来也不曾梦想赏鉴各式各样的人体美。

但是，当我来到东京的第二天，那时正是炎热的盛夏，全身被汗水沸湿，加之在船上闷了好几天，这时要是不洗澡，简直不能忍受下去。然而说到洗澡，不由得我蹙起双眉，为难起来。

洗澡，本是平常已极的事情，何至于如此严重？然而日本人的习惯有些别致。男人女人对于身体的秘密性简直没有。在大街上，可以看见穿着极薄极短的衫裤的男人和赤足的女人。有时从玻璃窗内可以看见赤身露体的女人，若无其事似的，向街上过路的人们注视。

他们的洗澡堂，男女都在一处，虽然当中有一堵板壁隔断了，然而许多女人脱得赤条条的在一个汤池里沐浴，这在我却真是有生以来破题儿第一道的经验。这不能算不是一个大难关吧。

"去洗澡吧，天气真热！"我首先焦急着这么提议。好吧，拿了澡布，大家预备走的时候，我不由得又踌躇起来。

"呵,陈先生,难道日本就没有单间的洗澡房吗?"我向领导我们的陈先生问了。

"有,可是必须到大旅馆去开个房间,那里有西式盆汤,不过每次总要三四元呢。"

"三四元!"我惊奇地喊着,"这除非是资本家,我们哪里洗得起。算了,还是去洗公共盆汤吧。"

陈先生在我决定去向以后,便用安慰似的口吻向我道:"不要紧的,我们初来时也觉着不惯,现在也好了。而且非常便宜,每人只用五分钱。"

我们一路谈着,没有多远就到了。他们进了左边门的男汤池去。我呢,也只得推开女汤池这边的门,呵,真是奇观,十几个女人,都是一丝不挂的在屋里。我一面脱鞋,一面踌躇,但是既到了这里,又不能做唐明皇光着眼看杨太真沐浴,只得勉强脱了上身的衣服,然后慢慢地脱衬裙袜子,……先后总费了五分钟,这才都脱完了。急忙拿着一块极大的洗澡手巾,连遮带掩地跳进温热的汤池里,深深地沉在里面,只露出一个头来。差不多泡了一刻钟,这才出来,找定了一个角落,用肥皂乱擦了一遍,又跳到池子里洗了洗。就算完事大吉。等到把衣服穿起时,我不禁嘘了一口长气,严紧的心脉才渐渐地舒畅了。于是悠然自得地慢慢穿袜子。同时抬眼看着那些浴罢微带娇慵的女人们,她们是多么自然的,对着亮晶晶的壁镜理发擦脸,抹粉涂脂,这时候她们依然是一丝不挂,并且她们忽而起立,忽而坐下,忽而一条腿竖起来半跪着,各式各样的姿势,无不运用自如。我在旁边竟得饱览无余。这时我觉得人体美有时候真值得歌颂,——那细腻的皮肤,丰美的曲线,圆润的足趾,无处不表现着天然的艺术。不过有几个鸡皮鹤发的老太婆,满身都是瘪皱的,那还是披上一件衣服遮丑好些。

我一面赏鉴,一面已将袜子穿好,总不好意思再坐着呆着。只得拿了手巾和换下来的衣服,离开这现示女人色相的地方了。

在回家的路上,我的神经似乎有些兴奋,我想到人间种种的束缚,种种的虚伪,据说这些是历来的圣人给我们的礼赐——尤其严重的是男女之大防,然而日本人似乎是个例外。究竟谁是更幸福些呢?

(原载《妇女杂志》,1930 年第 16 卷第 12 号)

樱花树头

春天到了，人人都兴高采烈盼望看樱花，尤其是一个初到日本留学的青年，他们更是渴慕名闻世界的蓬莱樱花，那红艳如天际火云，灿烂如黄昏晚霞的色泽真足使人迷恋呢。

在一个黄昏里，那位丰姿翩翩的青年，抱着书包，懒洋洋地走回寓所，正在门口脱鞋的时候，只见那位房东西川老太婆接了出来行了一叩首的敬礼后便说道："陈样（日本对人之尊称）回来了，楼上有位客人在等候你呢！"那位青年陈样应了一声，便匆匆跑上楼去，果见有一人坐在矮几旁翻《东方杂志》呢，听见陈样的脚步声便回过头叫道：

"老陈！今天回来得怎么这样晚呀？"

"老张，你几时来的？我今天因为和一个朋友打了两盘球，所以回来迟些。有什么事？我们有好久不见了。"

那位老张是个矮胖子，说话有点土腔，他用劲地说道：

"没有……什么大事，……只是……现在天气很，——好！樱花有的都开了，昨天一个日本朋友——提起来，你大概也认得——就是长泽一郎，他家里有两棵大樱花已开得很好……他请我们明天一早到他家里去看花，你去不？"

"哦，这么一回事呀！那当然奉陪。"

老张跟着又嘻嘻笑道："他家还有……很好看的漂亮姑娘呢！"

"你这个东西，真太不正经了。"老陈说。

"怎么太不正经呀！"老张满脸正色地说。

"得了！得了！那是人家的女眷，你开什么玩笑，不怕长泽一郎恼你！"老陈又说。

老张露着轻薄的神色笑道：

"日本的女儿，生来就是替男人开……心的呀！在他们德川时代，哪一个将军不是把酒与女人看成两件消遣品呢？你不要发痴了，要想替日本女人树贞节坊，那真是太开玩笑了！"

老陈一面蹙眉一面摇头道:"咳!这是怎么说,老张简直愈变愈下流了……正经地说吧,明天我们怎么样去法?"

老张眯着眼想了想道:"明早七点钟我来找你同去好了。"

"好吧!"老陈道:"你今天在这里吃晚饭吧!"

"不!"老张站起来说:"我还要去……看一个朋友,……不打搅你了,明天会吧?"

"明天会!"老陈把老张送到门口回来,吃了晚饭,看了几页书,又写了两封家信就去睡了。

第二天七点钟时,老张果然跑来了。他们穿好衣服便一同到长泽一郎家里去,走到门口已看见两棵大樱花树,高出墙头,那上面花蕊异常稠密,现在只开了一小部分,但是已经很动人了。他们敲了两下门,长泽一郎已迎了出来,请他们在一间六铺席的客堂里坐下。不久,有一个十四五岁的女郎托着一个花漆的茶盘,里面放着三盏新茶,中间还有一把细磁的小巧茶壶放在他们围坐着的那张小矮几上,一面恭恭敬敬地说了一声"诸位请用茶。"那声音娇柔极了,不禁使老陈抬起头来,只见那女孩头上盘着松松的坠马髻,一张长圆形的脸上,安置着一个端正小巧的鼻子,鼻梁两旁一双日本人特有的水秀细长的眼睛,两片如花瓣的唇含着驯良的微笑——老陈心里暗暗地想道:这个女孩倒不错,只因初次见面不好意思有什么表示。但是老张却张大了眼睛,看着那女孩嘻嘻地笑道:"呵!这位贵孃的相貌真漂亮!"

长泽一郎道:"多谢张样夸奖,这是我的小舍妹,今年才十四岁,年纪还小呢,她还有一个阿姊比她大四岁……"长泽一郎得意扬扬地夸说她的妹子,同时又看了陈样一眼,向老张笑了笑。老张便向他挤眉弄眼地暗传消息。

长泽一郎敬过茶后便站起来道:"我们可以到外面去看樱花吧!"

他们三个一同到了长泽一郎的小花园里,那是一个颇小而布置得有趣的花园;有玫瑰茶花的小花畦,在花畦旁还有几块假山石。长泽一郎同老张走到假山后面去了。这里只剩下老陈。他站在樱花树下,仰着头向上看时,只听见一阵推开玻璃窗的声音,跟着楼窗旁露出一个十八九岁少女的艳影。她身上穿着一件淡绿色大花朵的和服,腰间系了一根藕荷色的带子,背上背着一个绣花包袱,那面庞儿和适才看见的那个小女孩有些相像,但是比她更艳丽些。有一枝樱花正伸在玻璃窗旁,那女郎便伸出纤细而白嫩的手摘了一朵半开的樱花,放在鼻旁嗅了嗅,同时低头向老陈嫣然一笑。这真使老陈受宠若惊,连忙低下头去装作没理会般。但是觉得那一刹那的印象竟一时抹不掉,不由自主地又抬起头来,而那个捻花微笑的女郎似乎害羞了,别转头去吃吃地笑,这些做作更使老陈灵魂儿飞上半天去了,不过老陈是一个很有操守的青年,而且他去年暑假才同他的爱人结婚,——这一个诱惑其势来得太凶,使老陈不敢兜揽,赶紧悬崖勒马,离开这个危险的处所,去找老张他们。

走到假山后,正见他们两人坐在一张长凳上,见他来了,长泽一郎连忙站起来让坐,一面含笑说道:"陈样看过樱花了吗?觉得怎么样?"

老陈应道:"果然很美丽,尤其远看更好,不过没有梅花香味浓厚。"

"是的,樱花的好看只在它那如荼如火的富丽,再过几天我们可以到上野公园去看,那里樱花非常多,要是都开了,倒很有看头呢。"长泽一郎非常热烈地说着。

"那么很好,哪一天先生有工夫,我们再来相约吧。我们打搅了一早晨,现在可要告别了。"

"陈样事情很忙吧!那么我们再会吧!"

"再会!"老张老陈说着就离开了长泽一郎家里。在路上的时候,老张嬉皮笑脸地向老陈说道:

"名花美人两争艳,到底是哪一个更动心些呢?"老陈被他这一奚落不觉红了脸道:"你满嘴里胡说些什么?"

"得了!别装腔吧!适才我们走出门的时候,还看见人家美目流盼地在送你呢?你念过词没有——若问行人去哪边,眉眼盈盈处。真算是为你们写真了。"

老陈急得连颈都红了道:"你真是无中生有,越说越离奇,我现在还要到图书馆去,没工夫和你斗口,改日闲了,再同你慢慢地算账呢!"

"好吧!改天我也正要和你谈谈呢,那么这就分手——好好地当心你的桃花运!"老张狡狯地笑着往另一条路上去了。老陈就到图书馆里看了两点多钟的书,在外面吃过午饭后才回到寓所，正好他的妻子的信到了，他非常高兴拆开读后，便急急的写回信，写到正中，忽然间停住笔，早晨那一出剧景又浮上在心头，但是最后他只归罪于老张的爱开玩笑，一切都只是偶然的值不得什么。这么一想，他的心才安定下来，把其余的半封信续完，又看了些时候的书，就把这天混过去了。第二天是星期一，老早便起来到学校去，走到半路的时候，他忽然想起他到学校去的那条路是要经过长泽一郎的门口的，当他走到长泽一郎家的围墙时，那两棵樱花树枝在温暖的春风里微微向他点头，似乎在说"早安呵，先生！"这不禁使他站住了。正在这时候，那楼窗上又露出一张熟识的女郎笑靥来，那女郎向他微微点着头，同时伸手折了一枝盛开的樱花含笑地扔了下来，正掉在老陈的脚旁，老陈踌躇了一下，便捡了起来说了一声"谢谢，"又急急地走了。隐隐还听见女郎关玻璃窗的声音，老陈一路走一路捉摸，这果真是偶然吗？但是怎么这样巧，有意吗？太唐突人了。不过老张曾说过日本女人是特别驯良是特别没有身份的，也许是有意吧？管她呢，有意也吧，无意也吧，纵使"小"姑居处本无郎，而"使君自有妇"……或者是我神经过敏，那倒冤枉了人家，不过魔由自招，我明天以后换条路走好了。

过了三四天，老张又来找他，一进门便嚷道：

"老陈！你真是红鸾星照命呵！恭喜恭喜！"

"喂！老张，你真没来由，我哪里又有什么红鸾星照命，你不知道我已经结过婚吗？"

"自然！你结婚的时候还请我喝过喜酒，我无论如何不会把这件事忘了，可是谁叫你长得这么漂亮，人家一定要打你的主意，再三央告我做个媒，你想我受人之托怎好不忠人之事呢！"

"难道你不会告诉他我已经结过婚了吗？"老陈焦急地说。

"唉！我怎么没说过啊,不过人家说你们中国人有的是三房四妾,结过婚,再结一个又有什么要紧。只要分开两处住,不是也很好的吗？"老张说了这一番话,老陈更有些不耐烦了,便道:"老张,你这个人的思想竟是越来越落伍,这个三妻四妾的风气还应当保持到我们这种时代来吗？难道你还主张不要爱情的婚姻吗？你知道爱情是要有专一的美德的啊！"

"老陈,你慢慢的,先别急得脸红筋暴,做媒只管做,允不允还在你。其实我早就知道这事一定是碰钉子的,不过我要你相信我一向的话——日本女人是太没个性,没身份的,你总以为我刻薄,就拿你这回事说吧,长泽一郎为什么要请你看樱花,就是想叫你和他的妹妹见面。他很知道青年人是最易动情的,所以他让他妹妹向你卖尽风情,要使这婚事易于成功……"

"哦！原来如此啊！怪道呢！……"

"你现在明白了吧！"老张插言道:"日本人家里只要有女儿,他便逢人就宣传这个女儿怎样漂亮,怎样贤慧,好像买卖人宣传他的货品一样,惟恐销不出去。尤其是他们觉得嫁给中国留学生是一个最好的机会,因为留学生家里多半有钱,而且将来回国后很容易得到相当的地位,并且中国女人也比较自由舒服。有了这些优点,他情愿把女儿给中国人做妾,而不愿为本国人的妻。所以留学生不和日本女人发生关系的可以说是很难得,而他们对于女人的贞操又根本没有这个观念。日本女人的性的解放在世界上可算首屈一指了,并且和她们发生关系之后,只要不生小孩,你便可以一点责任不负地走开,而那个女孩依然可以光明正大地嫁人。其实呢,讲到贞操本应男女两方面共同遵守才公平。如像我们中国人,专责备女人的贞操而男子眠花宿柳养情妇都不足为怪,倘使哪个女孩失去处女的贞洁便终身要为人所轻视,再休想抬头,这种残酷的不平等的习惯当然应当打破。不过像日本女人那样毫没有处女神圣的情感和尊严,也是太可怕的。唷！我是来做媒,谁知道打开话匣子便不知说到哪里去了。怎么样,你是绝对否认的,是不是？"

"当然否认！那还成问题吗？"

"那么我的喜酒是喝不成了。好吧,让我给他一个回话,免得人家盼望着。"

"对了！你快些去吧！"

老张走后,老陈独自睡在地席上看着玻璃窗上静默的阳光,不禁把这件出乎意料的滑稽剧从头到尾想了一遍,心头不免有些不痛快。女权的学说尽管像海潮般涌了起来,其实只是为人类的历史装些好看的幌子,谁曾受到实惠？——尤其是日本女人,到如今还只幽囚在十八层的地狱里呵！难怪社会永远呈露着畸形的病态了！……

(原载《妇女杂志》,1931年第1卷第5号)

那个怯弱的女人

我们隔壁的那所房子,已经空了六七天了。当我们每天打开窗子晒阳光时,总有意无意地往隔壁看看。有时我们并且讨论到未来的邻居,自然我们希望有中国人来住,似乎可以壮些胆子,同时也热闹些。

在一天的下午,我们正坐在窗前读小说,忽见一个将近二十岁的男子经过我们的窗口,到后边去找那位古铜色面容而身体胖大的女仆说道:

"哦!大婶,那所房子每月要多少房租啊?"

"先生!你说是那临街的第二家吗?每月十六元。"

"是的,十六元,倒不贵,房主人在这里住吗?"

"你看那所有着绿顶白色墙的房子,便是房主人的家;不过他们现在都出去了。让我引你去看看吧!"

那个男人同着女仆看过以后,便回去了。那女仆经过我们的窗口,我不觉好奇地问道:

"方才租房子的那个男人是谁?日本人吗?"

"哦!是中国人,姓柯……他们夫妇两个……"

"他们已决定搬来吗?"

"是的,他们明天下午就搬来了。"

我不禁向建微笑道:"是中国人多好啊?真的,从前在国内时,我不觉得中国人可爱,可是到了这里,我真渴望多看见几个中国人!……"

"对了!我也有这个感想;不知怎么的他们那副轻视的狡猾的眼光,使人看了再也不会舒服。"

"但是,建,那个中国人的样子,也不很可爱呢,尤其是他那撅起的一张嘴唇,和两颊上的横肉,使我有点害怕。倘使是那位温和的陈先生搬来住,又是多么好!建,我真感觉得此地的朋友太少了,是不是?"

"不错!我们这里简直没有什么朋友,不过慢慢的自然就会有的,比如隔壁那家将来一定可以成为我们的朋友!……"

"建,不知他的太太是哪一种人?我希望她和我们谈得来。"

"对了!不知道他的太太又是什么样子?不过明天下午就可以见到了。"

说到这里,建依旧用心看他的小说;我呢,只是望着前面绿森森的丛林,幻想这未来的邻居。但是那些太没有事实的根据了,至终也不曾有一个明了的模型在我脑子里。

第二天的下午,他们果然搬来了,汽车夫扛着沉重的箱笼,喘着放在地席上,发出些许的呼声。此外还有两个男人说话和布置东西的声音。但是还不曾听见有女人的声音,我悄悄从竹篱缝里望过去,只看见那个姓柯的男人,身上穿了一件灰色的绒布衬衫,鼻梁上架了一副罗克式的眼镜,额前的头发蓬蓬的盖到眼皮,他不时用手往上梳掠,那嘴唇依然撅着,两颊上一道道的横肉,依然惹人害怕。

"建,奇怪,怎么他的太太还不来呢?"我转回房里对建这样说。建正在看书,似乎不很注意我的话,只"哦"了声道:"还没来吗?"

我见建的神气是不愿意我打搅他,便独自走开了。借口晒太阳,我便坐到窗口,正对着隔壁那面的竹篱笆。我只怔怔地盼望柯太太快来。不久,居然看见门前走进一个二十多岁的少妇;穿着一件紫色底子上面有花条的短旗袍,脚上穿的是一双黑色高跟皮鞋,剪了发,向两边分梳着。身子很矮小,脸子也长得平常,不过比柯先生要算强点。她手里提了一个白花布的包袱,走了进来。她的影子在我眼前撩过去以后,陡然有个很强烈的印象粘在我的脑膜上,一时也抹不掉。——这便是她那双不自然的脚峰,和她那种移动呆板直撅的步法,仿佛是一个装着高脚走路的,木硬无生气。这真够使人不痛快。同时在她那脸上,近俗而简单的表情里,证明她只是一个平凡得可以的女人,很难引起谁对她发生什么好感,我这时真是非常的扫兴!

建,他现在放了书走过来了。他含笑说:

"隐,你在思索什么?……隔壁的那个女人来了吗?"

"来是来了,但是呵……"

"但是怎么样?是不是样子很难惹?还是过分的俗不可耐呢?"

我摇头应道:"难惹倒不见得,也许还是一个老好人。然而离我的想象太远了,我相信我永不会喜欢她的。真的!建,你相信吗?我有一种可以自傲的本领,我能在见任何人的第一面时,便已料定那人和我将来的友谊是怎样的。我举不出什么了不起的理由;不过最后事实总可以证明我的直觉是对的。"

建听了我的话,不回答什么,只笑笑,仍回到他自己的屋子里去了。

我的心怏怏的,有一点思乡病。我想只要我能回到那些说得来的朋友面前,便满足了。我不需要更多认识什么新朋友,邻居与我何干?我再也不愿关心这新来的一对,仿佛那房子还是空着呢!

几天平平安安的日子过去了。大家倒能各自满意。忽然有一天,大约是星期一吧,我因为星期日去看朋友,回来很迟;半夜里肚子疼起来,星期一早晨便没有起床。建为了要买些东西,到市内去了。家里只剩我独自一个,静悄悄地正是好睡。陡然一个大闹声,把我从梦里惊醒,竟自出了一身冷汗。我正在心跳着呢,那闹声又起来了。先是砰磅砰磅地响,仿佛两个东西在扑跌;后来就听见一个人被挥击的声音,同时有女人尖锐的哭喊声:

"哎唷!你打死人了!打死人了!"

呀!这是怎样可怕的一个暴动呢?我的心更跳得急,汗珠儿沿着两颊流下来,全身打颤。我想,"打人……打死人了!"唉!这是多么严重的事情!然而我没有胆量目击这个野蛮的举动。但隔壁女人的哭喊声更加凄厉了。怎么办呢?我听出是那个柯先生在打他矮小的妻子。不问谁是有理,但是女人总打不过男人;我不觉有些愤怒了。大声叫道:"野蛮的东西!住手!在这里打女人,太不顾国家体面了呀!……"但是他们的打闹哭喊声竟压过我这微弱的呼喊。我正在想从被里跳起来的时候,建正好回来了。我便叫道:"隔壁在打架,你快去看看吧!"建一面踌躇,一面自言自语道:"这算是干什么的呢?"我不理他,又接着催道:"你快去呀!你听,那女人又在哭喊打死人了!……"建被我再三催促,只得应道:"我到后面找那个女仆一同去吧!我也是奈何不了他们。"

不久就听见那个老女仆的声音道:"柯样!这是为什么?不能,不能,你不可以这样打你的太太!"捶击的声音停了,只有那女人呜咽悲凉的高声哭着。后来仿佛听见建在劝解柯先生,——叫柯先生到外面散散步去。——他们两人走了。那女人依然不住声地哭。这时那女仆走到我们这边来了,她满面不平地道;"柯样不对!……他的太太真可怜!……你们中国也是随便打自己的妻子吗?"

"不!"我含羞地说道:"这不是中国上等人能做出来的行为,他大约是疯子吧!"老女仆叹息着走了。

隔壁的哭声依然继续着。使得我又烦躁又苦闷。掀开棉被,坐起来,披上一件大衣,把头发拢拢。就跑到隔壁去。只见那位柯太太睡在四铺地席的屋里,身上盖着一床红绿道的花棉被,两泪交流的哭着。我坐在她身旁劝道:"柯太太,不要伤心了!你们夫妻间有什么不了的事呢?"

"哎唷!黄样,你不知道,我真是一个苦命的人呵!我的历史太悲惨了,你们是写小说的人,请你们替我写写。哎!我是被人骗了哟!"

她无头无尾地说了这一套,我简直如堕入五里雾中,只怔怔地望着她,后来我就问她道:

"难道你家里没有人吗?怎么他们不给你做主?"

"唉!黄样,我家里有父亲,母亲,还有哥哥嫂嫂,人是很多的。不过这其中有一个缘故,就是我小的时候我父亲替我定下了亲,那是我们县里一个土财主的独子。他有钱,又是独子,所以他的父母不免太纵容了他,从小就不好生读书,到大了更是吃喝嫖赌不成材料。那时候我正在中学读书,知识一天一天开了。渐渐对于这种婚姻不满意。到我中学毕业的时候,我就打算到外面来升学。同时我非常不满意我的婚姻,要请求取消婚约。而我父亲认为这个婚姻对于我是很幸福的,就极力反对。后来我的两个堂房侄儿,他们都是受过新思潮洗礼的,对于我这种提议倒非常表同情。并且答应帮助我,不久他们到日本来留学,我也就随后来了。那时日本的生活,比现在低得多,所以他们每月帮我三四十块钱,我倒也能安心读书。"

"但是不久我的两个侄儿都不在东京了。一个回国服务,一个到九洲进学校去了。只剩下我一个人在东京。那时我是住在女生寄宿舍里。当我侄儿临走的时候,他便托付了一位同乡照应我,就是柯先生,所以我们便常常见面,并且我有什么疑难事,总是去请教他,请他帮忙。而他也非常殷勤地照顾我。唉!黄样!你想我一个天真烂漫的女孩,哪里有什么经验?哪里猜到人心是那样险诈?……"

"在我们认识了几个月之后,一天,他到寄宿舍来看我,并且约我到井之头公园去玩。我想同个朋友出去逛逛公园,也是很平常的事,没有理由拒绝人家,所以我就和他同去了。我们在井之头公园的森林里的长椅上坐下,那里是非常寂静,没有什么游人来往,而柯先生就在这种时候开始向我表示他对我的爱情。——唉!说的那些肉麻话,到现在想来,真要脸红。但在那个时候,我纯洁的童心里是分别不出什么的,只觉得承他这样的热爱,是应当有所还报的。当他要求和我接吻时,我就对他说:'我一个人跑到日本来读书,现在学业还没有成就,哪能提到婚姻上去?即使要提到这个问题,也还要我慢慢想一想;就是你,也应当仔细思索思索。'他听了这话,就说道:'我们认识已经半年了,我认为对你已十分了解,难道你还不了解我吗?……'那时他仍然要求和我接吻,我说你一定要吻就吻我的手吧;而他还是坚持不肯。唉,你想我一个弱女子,怎么强得过他,最后是被他占了胜利,从此以后,他向我追求得更加厉害。又过了几天,他约我到日光去看瀑布,我就问他:'当天可以回来吗?'他说:'可以的。'因此我毫不迟疑的便同他去了。谁知在日光玩到将近黄昏时,他还是不肯回来,看看天都快黑了,他才说:'现在已没有火车了,我们只好在这里过夜吧!'我当时不免埋怨他,但他却做出种种哀求可怜的样子,并且说:'倘使我再拒绝他的爱,他立即跳下瀑布去。唉!这些恐吓欺骗的话,当时我都认为是爱情的保障,后来我就说:'我就算答应你,也应当经过正当的手续呵!'他于是就发表他对于婚姻制度的意见,极力毁诋婚姻制度的坏习,结局他就提议我们只要两情相爱,随时可以共同生活。我说说:'倘使你将来负了我呢?'他听了这话立即发誓赌咒,并且还要到铁铺里去买两把钢刀,各人拿一把,倘使将来谁背叛了爱情,就用这刀取掉谁的生命。我见这种信誓旦旦的热烈情形,简直不能再有所反对了,我就说:'只要你是真心爱我,那倒用不着耍刀弄枪的,不必买了吧!'他说,'只要你允许了我,我就一切遵命。'"

"这一夜我们就找了一家旅馆住下,在那里我们私自结了婚。我处女的尊严,和未来的光明,就在沉醉的一刹那中失掉了。"

"唉!黄样……"

柯太太述说到这里,又禁不住哭了。她呜咽着说:"从那夜以后,我便在泪中过日子了!因为当我同他从日光回来的时候,他仍叫我回女生寄宿舍去,我就反对他说:'那不能够,我们既已结了婚,我就不能再回寄宿舍去过那含愧疚心的生活。'他听了这话,就变了脸说:'你知道我只是一个学生,虽然每月有七八十元的官费,但我还须供给我兄弟的费用。'在这种情形之下,我不免气愤道:'柯泰南,你是个男子汉,娶了妻子能不负养活的责任吗?当时求婚的时候,你不是说我以后的一切事都由你负责吗?'他被我问得无言可答,便拿起帽子走了,一去三四天不回来,后来由他的朋友出来调停,才约定在他没有毕业的时候,我们的家庭经济由两方彼此分担——在那时节我侄儿还每月寄钱来,所以我也就应允了。在这种条件之下,我们便组织家庭。唉!这只是变形的人间地狱呵,在我们私自结婚的三个月后,我家里知道这事,就写信给我,叫我和柯泰南非履行结婚的手续不可。同时又寄了一笔款作为结婚时的费用;由我的侄儿亲自来和柯办交涉。柯被迫无法,才勉强行过结婚礼。在这事发生以后,他对我更坏了。先是骂,后来便打起来了。哎!我头一个小孩怎么死的呵?就是因为在我怀孕八个月的时候,他把我打掉了的。现在我又已怀孕两个月了,他又是这样将我毒打。你看我手臂上的伤痕!"

柯太太说到这里,果然将那紫红的手臂伸给我看。我禁不住一阵心酸,也陪她哭起来。而她还在继续地说道:"唉!还有多少的苦楚,我实在没心肠细说。你们看了今天的情形,也可以推想到的。总之,柯泰南的心太毒,到现在我才明白了,他并不是真心想同我结婚,只不过拿我耍耍罢了!"

"既是这样,你何以不自己想办法呢?"我这样对她说了。

她哭道:"可怜我自己一个钱也没有!"

我就更进一步地对她说道:"你是不是真觉得这种生活再不能维持下去?"

她说:"你想他这种狠毒,我又怎么能和他相处到老?"

"那么,我可要说一句不客气的话了,"我说,"你既是在国内受过相当的教育,自谋生计当然也不是绝对不可能,你就应当为了你自身的幸福,和中国女权的前途,具绝大的勇气,和这恶魔的环境奋斗,干脆找个出路。"

她似乎被我的话感动了,她说:"是的,我也这样想过,我还有一个堂房的姊姊,她在京都,我想明天先到京都去,然后再和柯泰南慢慢地说话!"

我握住她的手道:"对了!你这个办法很好!在现在的时代,一个受教育有自活能力的女人,再去忍受从前那种无可奈何的侮辱,那真太没出息了。我想你也不是没有思想的女人,纵使离婚又有什么关系?倘使你是决定了,有什么用着我帮忙的地方,我当尽力!……"

说到这里,建和柯泰南由外面散步回来了。我不便再说下去,就告辞走了。

这一天下午,我看见柯太太独自出去了,直到深夜才回来。第二天我趁柯泰南不在家时,走过去看她,果然看见地席上摆着捆好的行李和箱笼,我就问道:"你吃了饭吗?"

她说:"吃过了,早晨剩的一碗粥,我随便吃了几口。唉!气得我也不想吃什么!"

我说:"你也用不着自己戕贼身体,好好地实行你的主张便了。你几时走?"

她正伏在桌上写行李上的小牌子,听见我问她,便抬头答道:"我打算明天乘早车走!"

"你有路费吗?"我问她。

"有了,从这里到京都用不了多少钱,我身上还有十来块钱。"

"希望你此后好好努力自己的事业,开辟一个新前途,并希望我们能常通消息。"我对她说到这里,只见有一个男人来找她,——那是柯泰南的朋友,他听见他们夫妻决裂,特来慰问的。我知道再在那里不便,就辞了回来。

第二天我同建去看一个朋友,回来的时候,已经下午七点了。走过隔壁房子的门外,忽听有四五个人在谈话,而那个捆好了行李,决定今早到京都去的柯太太,也还是谈话会中之一员。我不免低声对建说:"奇怪,她今天怎么又不走了?"

建说:"一定他们又讲和了!"

"我可不能相信有这样的事!并不是两个小孩子吵一顿嘴,隔了会儿又好了!"我反对建的话。但是建冷笑道:"女孩儿有什么胆量?有什么独立性?并且说实在话,男人离婚再结婚还可以找到很好的女子,女人要是离婚再嫁可就难了!"

建的话何尝不是实情,不过当时我总不服气,我说:"从前也许是这样,可是现在的时代不是从前的时代呵!纵使一辈子独身,也没有什么关系,总强似受这种的活罪。哼!我不瞒你说,要是我,宁愿给人家去当一个佣人,却不甘心受他的这种凌辱而求得一碗饭吃。"

"你是一个例外;倘使她也像你这么有志气,也不至于被人那样欺负了。"

"得了,不说吧!"我拦住建的话道:"我们且去听听他们开的什么谈判。"

似乎是柯先生的声音,说道:"要叫我想办法,第一种就是我们干脆离婚。第二种就是她暂时回国去;每月生活费,由我寄日金二十元,直到她分娩两个月以后为止。至于以后的问题,到那时候再从长计议。第三种就是仍旧维持现在的样子,同住下去,不过有一个条件,我的经济状况只是如此,我不能有丰富的供给,因此她不许找我麻烦。这三种办法随她选一种好了。"

但是没有听见柯太太回答什么,都是另外诸个男人的声音,说道:"离婚这种办法,我认为你们还不到这地步。照我的意思,还是第二种比较稳当些。因为现在你们的感情虽不好,也许将来会好,所以暂时隔离,未尝没有益处,不知柯太太的意思以为怎样?……"

"你们既然这样说,我就先回国好了。只是盘费至少要一百多块钱才能到家,这要他替我筹出来。"

这是柯太太的声音,我不禁哎了一声。建接着说:"是不是女人没有独立性?她现在让步了,也许将来更让一步,依旧含着苦痛生活下去呢!……"

我也不敢多说什么了,因为我也实在不敢相信柯太太做得出非常的举动来,我只得自己解嘲道:"管她三七二十一,真是吹皱一池春水,干卿底事?……我们去睡了吧。"

他们的谈判直到夜深才散。第二天我见着柯太太,我真有些气不过,不免讥讽她道:"怎么昨天没有走成呢?柯太太,我还认为你已到了京都呢!"她被我这么一问,不免红着脸说:"我已定规月底走!……"

"哦,月底走!对了,一切的事情都是慢慢的预备,是不是?"她真羞得抬不起头来,我心想饶了她吧,这只是一个怯弱的女人罢了。

果然建的话真应验了,已经过了两个多月,她还依然没走。

"唉!这种女性!"我最后发出这样叹息了,建却含着胜利的笑……

(原载《妇女杂志》,1931年第1卷第6号)

柳岛之一瞥

我到东京以后,每天除了上日文课以外,其余的时间多半花在漫游上。并不是一定自命作家,到处采风问俗;只是为了满足我的好奇心,同时又因为我最近的三四年里,困守在旧都的灰城中,生活太单调,难得有东来的机会,来了自然要尽量地享受了。

人间有许多秘密的生活,我常抱有采取各种秘密的野心。但据我想象最秘密而且最足以引起我好奇心的,莫过于娼妓的生活。自然这是因为我没有逛妓女的资格,在那些惯于章台走马的王孙公子们看来,那又算得什么呢?

在国内时,我就常常梦想:哪一天化装成男子,到妓馆去看看她们轻颦浅笑的态度,和纸迷金醉的生活,也许可以从那里发见些新的人生。不过,我的身材太矮小,装男子不够格,又因为中国社会太顽固,不幸被人们发见,不一定疑神疑鬼的加上些什么不堪的推测。我存了这个怀惧,绝对不敢轻试。——在日本的漫游中,我又想起这些有趣的探求来。有一天早晨,正是星期日,补习日文的先生有事不来上课,我同建坐在六铺席的书房间,秋天可爱的太阳,晒在我们微感凉意的身上;我们非常舒适的看着窗外的风景。在这个时候,那位喜欢游逛的陆先生从后面房子里出来,他两手插在磨光了的斜纹布的裤袋里,拖着木屐,走近我们书屋的窗户外,向我们用日语问了早安,并且说道:"今天天气太好了,你们又打算到哪里去玩吗?"

"对了,我们很想出去,不过这附近的几处名胜,我们都走遍了,最好再发现些新的;陆样,请你替我们做领导,好不好?"建回答说。

陆样哦了一声,随即仰起头来,向那经验丰富的脑子里,搜寻所谓好玩的地方,而我忽然心里一动,便提议道:"陆样,你带我们去看看日本娼妓生活吧!"

"好呀!"他说:"不过她们非到四点钟以后是不做生意的,现在去太早了。"

"那不要紧,我们先到郊外散步,回来吃午饭,等到三点钟再由家里出发,不就正合式了吗?"我说。建听见我这话,他似乎有些诧异,他不说什么,只悄悄地瞟了我一眼。我不禁说道:"怎么,建,你觉得我去不好吗?"建还不曾回答。而陆样先说道:"那有什么关系,你们写小说的人,什么地方都应当去看看才好。"建微笑道:"我并没有反对什么,她自己神经过敏了!"我们听了这话也只好一笑算了。

  午饭后,我换了一件西式的短裙和薄绸的上衣。外面罩上一件西式的夹大衣,我不愿意使她们认出我是中国人。日本近代的新妇女,多半是穿西装的。我这样一打扮,她们绝对看不出我本来的面目。同时,陆样也穿上他那件蓝地白花点的和服,更可以混充日本人了。据陆样说日本上等的官妓,多半是在新宿这一带,但她们那里门禁森严,女人不容易进去。不如到柳岛去。那里虽是下等娼妓的聚合所,但要看她们生活的黑暗面,还是那里看得逼真些。我们都同意到柳岛去。我的手表上的短针正指在三点钟的时候,我们就从家里出发,到市外电车站搭车,——柳岛离我们的住所很远,我们坐了一段市外电车,到新宿又换了两次的市内电车才到柳岛。那地方似乎是东京最冷落的所在,当电车停在最后一站——柳岛驿——的时候,我们便下了车。当前有一座白石的桥梁,我们经过石桥,沿着荒凉的河边前进,远远看见几根高矗云霄的烟筒,据说那便是纱厂。在河边接连都是些简陋的房屋,多半是工人们的住家。那时候时间还早,工人们都不曾下工。街上冷冷落落的只有几个下女般的妇人,在街市上来往地走着。我虽仔细留心,但也不曾看见过一个与众不同的女人。我们由河岸转弯,来到一条比较热闹的街市,除了几家店铺和水果摊外,我们又看见几家门额上挂着"待合室"牌子的房屋。那些房屋的门都开着,由外面看进去,都有一面高大的穿衣镜,但是里面静静的不见人影。我不懂什么叫做"待合室",便去问陆样。他说,这样"待合室"专为一般嫖客,在外面钓上了妓女之后,便邀着到那里去开房间。我们正在谈论着,忽见对面走来一个姿容妖艳的女人,脸上涂着极厚的白粉,鲜红的嘴唇,细弯的眉梢,头上梳的是蟠龙髻;穿着一件藕荷色绣着凤鸟的和服,前胸袒露着,同头项一样的僵白,真仿佛是大理石雕刻的假人,一些也没有肉色的鲜活。她用手提着衣襟的下幅,姗姗地走来。陆样忙道:"你们看,这便是妓女了。"我便问他怎么看得出来。他说:"你们看见她用手提着衣襟吗?她穿的是结婚时的礼服,因为她们天天要和人结婚,所以天天都要穿这种礼服,这就是她们的标识了。"

"这倒新鲜!"我和建不约而同地这样说了。

穿过这条街,便来到那座"龟江神社"的石牌楼前面。陆样告诉我们这座神社是妓女们烧香的地方,同时也是她们和嫖客勾诱的场合。我们走到里面,果见正当中有一座庙,神龛前还点着红蜡和高香,有几个艳装的女人在那里虔诚顶礼呢。庙的四面布置成一个花园的形式,有紫藤花架,有花池,也有石鼓形的石凳。我们坐在石凳上休息,见来往的行人渐渐多起来,不久工厂放哨了。工人们三五成群从这里走过。太阳也已下了山,天色变成淡灰,我们就到附近中国料理店吃了两碗乔麦面,那时候已快七点半了。陆样说:"正是时候了,我们去看吧。"我不知为什么有些胆怯起来,我说:"她们看见了我,不会和我麻烦吗?"陆样说:"不要紧,我们不到里面去,只在门口看看也就够了。"我虽不很满意这种办法,可是我也真没胆子冲进去,只好照陆样的提议做了。我们绕了好几条街,好容易才找到目的地,一共约有五六条街吧,都是一式的白木日本式的楼房,陆样和建在前面开路,我像怕猫的老鼠般,悄悄怯怯地跟在他俩的后面。才走进那胡同,就看见许多阶级的男人,——有穿洋服的绅士,有穿和服的浪游者;还有穿制服的学生,和穿短衫的小贩。人人脸上流溢着欲望的光炎,含笑地走来走去。我正不明白那些妓人都躲在什么地方,这时我已来到第一家的门口了。那纸隔扇的木门还关着。但再一仔细看,每一个门上都有两块长方形的空隙处,就在那里露出一个白石灰般的脸,和血红的唇的女人的头。谁能知道这时她们眼里是射的哪种光?她们门口的电灯特别的阴暗,陡然在那淡弱的光线下,看见了她们故意做出的娇媚和淫荡的表情的脸;禁不住我的寒毛根根竖了起来。我不相信这是所谓人间,我仿佛曾经历过一个可怕的梦境:我觉得被两个鬼卒牵到地狱里来。在一处满是脓血腥臭的院子里,摆列着无数株艳丽的名花,这些花的后面,都藏着一个缺鼻烂眼,全身毒疮溃烂的女人。她们流着泪向我望着,似乎要向我诉说什么;我吓得闭了眼不敢抬头。忽然那两个鬼卒,又把我带出这个院子!在我回头再看时,那无数株名花不见踪影,只有成群男的女的骷髅,僵立在那里。"呀!"我为惊怕发出惨厉的呼号,建连忙回头问道:"隐,你怎么了?……快看,那个男人被她拖进去了。"这时我神志已渐清楚,果然向建手所指的那个门看去,只见一个穿西服的男人,用手摸着那空隙处露出来的脸,便听那女人低声喊道:"请,哥哥……洋哥哥来玩玩吧!"那个男人一笑,木门开了一条缝,一只纤细的女人的手伸了出来,把那个男人拖了进去。于是木门关上,那个空隙处的纸帘也放下来了,里面的电灯也灭了……

我们离开这条胡同,又进了第二条胡同,一片"请呵,哥哥来玩玩"的声音,在空气中震荡。假使我是个男人,也许要觉得这娇媚的呼声里,藏着可以满足我欲望的快乐,因此而魂不守舍的跟着她们这声音进去的吧。但是实际我是个女人,竟使那些娇媚的呼声,变了色彩。我仿佛听见她们在哭诉她们的屈辱和悲惨的命运。自然这不过是我的神经作用。其实呢,她们是在媚笑,是在挑逗,引动男人迷荡的心。最后她们得到所要求的代价了。男人们如梦初醒地走出那座木门,她们重新在那里招徕第二个主顾。我们已走过五条胡同了。当我们来到第六条胡同口的时候,看见第二家门口走出一个穿短衫的小贩。他手里提着一根白木棍,笑迷迷的,似乎还在那里回味什么迷人的经过似的。他走过我们身边时,向我看了一眼,脸上露出惊诧的表情,我连忙低头走开。但是最后我还逃不了挨骂。当我走到一个没人照顾的半老妓女的门口时,她正伸着头在叫"来呵!可爱的哥哥,让我们快乐快乐吧!"一面她伸出手来要拉陆样的衣袖。我不禁"呀"了一声,——当然我是怕陆样真被她拖进去,那真太没意思了。可是她被我这一声惊叫,也吓了一跳,等到仔细认清我是个女人时,她竟恼羞成怒地骂起我来。好在我的日本文不好,也听不清她到底说些什么,我只叫建快走,我逃出了这条胡同,便问陆样道:"她到底说些什么?"陆样道:"她说你是个摩登女人,不守妇女清规,也跑到这个地方来逛,并且说你有胆子进去吗?"这一番话,说来她还是存着忠厚呢!我当然不愿怪她,不过这一来我可不敢再到里边去了。而陆样和建似乎还想再看看。他们说:"没关系,我们既来了,就要看个清楚。"可是我极力反对,他们只好随我回来了。在归途上,我问陆样对于这一次漫游的感想,他说:"当我头一次看到这种生活时,的确心里有些不舒服;不过看过几次之后,也就没有什么了。"建他是初次看,自然没有陆样那种镇静,不过他也不像我那样神经过敏。我从那里回来以后,差不多一个月里头每一闭眼就看见那些可怕的灰白脸,听见含着罪恶的"哥哥!来玩"的声音。这虽然只是一瞥,但在心幕上已经留下不可磨灭的印象了!

(原载《妇女杂志》,1931 年第 1 卷第 7 号)

烈士夫人

异国的生涯,使我时时感到陌生和飘泊。自从迁到市外以来,陈样和我们隔得太远,就连这唯一的朋友也很难有见面的机会。我同建只好终日幽囚在几张席子的日本式的房屋里读书写文章——当然这也是我们的本分生活,一向所企求的,还有什么不满足,不过人总是群居的动物,不能长久过这种单调的生活而不感到不满意。

在一天早饭后,我们正在那临着草原的窗子前站着,——这一带的风景本不坏,远远有滴翠的群峰,稍近有万株矗立的松柯,草原上虽仅仅长些蓼荻同野菊,但色彩也极鲜明,不过天天看,也感不到什么趣味。我们正发出无聊的叹息时,忽见,从松林后面转出一位中年以上的女人。她穿着黑色白花纹的和服,拖着木屐往我们的住所的方向走来,渐渐近了,我们认出正是那位嫁给中国人的柯太太。唉!这真仿佛是那稀有而陡然发现的空谷足音,使我们惊喜了,我同建含笑的向她点头。

来到我们屋门口,她脱了木屐上来了,我们请她在矮几旁的垫子上坐下,她温和地说:

"怎么,你们住得惯吗?"

"还算好,只是太寂寞些。"我有些怅然地说。

"真的,"建接着说:"这四周都是日本人,我们和他们言语不通,很难发生什么关系。"

柯太太似乎很了解我们的苦闷,在她沉思以后,便替我们出了以下的一条计策。她说:"我方才想起在这后面西川方里住着一位老太婆,她从前曾嫁给一个四川人,她对于中国人非常好,并且她会煮中国菜,也懂得几句中国话。她原是在一个中国人家里帮忙,现在她因身体不好,暂且在这里休息。我可以去找她来,替你介绍,以后有事情尽可请她帮忙。"

"那真好极了,就是又要麻烦柯太太了!"我说。

"哦,那没有什么,黄样太客气了,"柯太太一面谦逊着,一面站起来,穿了她的木屐,绕过我们的小院子,往后面那所屋里去。我同建很高兴地把坐垫放好,我又到厨房打开瓦斯管,烧上一壶开水。一切都安排好了,恰好柯太太领着那位老太婆进来,——她是一个古铜色面孔而满嘴装着金牙的硕胖的老女人,在那些外表上自然引不起任何人的美感,不过当她慈和同情的眼神射在我们身上时,便不知不觉想同她亲近起来。我们请她坐下,她非常谦恭伏在席上向我们问候。我们虽不能直接了解她的言辞,但那种态度已够使我们清楚她的和蔼与厚意了。我们请柯太太当翻译随意地谈着。

在这一次的会见之后,我们的厨房里和院子中便时常看见她那硕大而和蔼的身影。当然,我对于煮饭洗衣服是特别的生手,所以饭锅里发出焦臭的气味,和不曾拧干的衣服,从晒竿上往下流水等一类的事情是常有的;每当这种时候,全亏了那位老太婆来解围。

那一天上午因为忙着读一本新买来的日语文法,煮饭的时候完全"心不在焉",直到焦臭的气味一阵阵冲到鼻管时,我才连忙放下书,然而一锅的白米饭,除了表面还有几颗淡黄色的米粒可以辨认,其余的简直成了焦炭。我正在不知所措的时候,那位老太婆也为着这种浓重的焦臭气味赶了来。她不说什么,立刻先把瓦斯管关闭,然后把饭锅里的饭完全倾在铅筒里,把锅拿到井边刷洗干净;这才重新放上米,小心地烧起来。直到我们开始吃的时候,她才含笑地走了。

我们在异国陌生的环境里,居然遇到这样热肠无私的好人,使我们忘记了国籍,以及一切的不和谐,常想同她亲近。她的住室只和我们隔着一个小院子。当我们来到小院子里汲水时,便能看见她站在后窗前向我们微笑;有时她也来帮我,抬那笨重的铅筒,有时闲了,她便请我们到她房里去坐,于是她从橱里拿出各式各种的糖食来请我们吃,并教我们那些糖食的名辞;我们也教她些中国话。就在这种情形之下,大家渐渐也能各抒所怀了。

在一个星期六的下午,建同我都不到学校去。天气有些阴,阵阵初秋的凉风吹动院子里的小松树,发出竦竦的响声。我们觉得有些烦闷,但又不想出去,我便提议到附近点心铺里买些食品,请那位老太婆来吃茶;既可解闷,又应酬了她。建也赞成这个提议。

不久我们三个人已团团围坐在地席上的一张小矮几旁,喝着中国的香片茶。谈话的时候,我们便问到她的身世,——我们自从和她相识以来,虽然已经一个多月了,而我们还不知道她的姓名,平常只以"ォバサン"(伯母之意)相称。当这个问题发出以后,她宁静的心不知不觉受了撩拨,在她充满青春余辉的眸子中宣示了她一向深藏的秘密。

"我姓斋滕,名叫半子,"她这样的告诉我们以后,忽然由地席上站了起来,一面向我鞠躬道:"请二位稍等一等,我去取些东西给你们看。"她匆匆地去了。建同我都不约而同地感到一种新奇的期待,我们互相沉默地猜想着等候她。约莫过了十分钟她回来了,手里拿着一个淡灰色绵绸的小包,放在我们的小茶几上。于是我们重新围着矮几坐下,她珍重地将那绵绸包袱打开,只见里面有许多张的照片,她先拣了一张四寸半身的照像递给我们看,一面叹息着道:"这是我二十三年前的小照,光阴比流水还快,唉,现在已这般老了。你们看我那时是多么有生机?实在的,我那时有着青春的娇媚——虽然现在是老了!"我听了她的话,心里也不免充满无限的惆惘,默然地看着她青春时的小照。我仿佛看见可怕的流光的锤子,在捣毁一切青春的艺术。现在的她和从前的她简直相差太远了,除了脸的轮廓还依稀保有旧时的样子,其余的一切都已经被流光伤害了。那照片中的她,是一个细弱的身材,明媚的目睛,温柔的表情,的确可以使一般青年沉醉的,我正在呆呆地痴想时,她又另递给我一张两人的合影;除了年青的她以外,身旁边站着一个英姿焕发的中国青年。

"这位是谁?"建很质直地问她。

"哦,那位吗?就是我已死去的丈夫呵!"她答着话时,两颊上露出可怕的惨白色,同时她的眼圈红着，我同建不敢多向她看，连忙想用别的话混过去，但是她握着我的手，悲切地说道："唉，他是你们贵国一个可钦佩的好青年呢，他抱着绝大的志愿，最后他是做了黄花岗七十二个烈士中的一个，——他死的时候仅仅二十四岁呢，也正是我们同居后的第三年……"

老太婆说到这些事上，似乎受不住悲伤回忆的压迫，她低下头抚着那些像片，同时又在那些像片堆里找出一张六寸的照像递给我们看道："你看这个小孩怎样？"我拿过照片一看，只见是个十五六岁的男孩，穿着学生装，含笑地站在那里，一双英敏的眼睛很和那位烈士相像，因此我一点不迟疑地说道："这就是你们的少爷吗？"她点头微笑道："是的，他很有他父亲的气概唎。"

"他现在多大了，在什么地方住，怎么我们不曾见过呢？"

"唉！"她叹了一口气道："他今年二十一岁了，已经进了大学，但是，"说到这里，她的眼皮垂下来了，鼻端不住地掀动，似乎正在那里咽她的辛酸泪液；这使我觉得窘迫了，连忙装作拿开水对茶，走出去了！建也明白我的用意，站起来到外面屋子里去拿点心；过了些时，我们才重新坐下，请她喝茶，吃糖果，她向我们叹口气道："我相信你们是很同情我的，所以我情愿将我的历史告诉你们。"

"我家里的环境，一向都不很宽裕，所以在我十八岁的时候，我便到东京来找点职业做。后来遇到一个朋友，他介绍我在一个中国人的家里当使女，每月有十五块钱的工资，同时吃饭住房子都不成问题。这是对于我很合宜的，所以就答应下来。及至到了那里，才知道那是两个中国学生合组的贷家，他们没有家眷，每天到大学里去听讲，下午才回来。事情很简单，这更使我觉得满意，于是就这样答应下来。我从此每天为他们收拾房间，煮饭洗衣服，此外有的是空闲的时间,我便自己把从前在高等学校所读过的书温习温习,有时也看些杂志,遇到不明白的地方,常去请求那两位中国学生替我解释。他们对于我的勤勉,似乎都很为感动,在星期日没有什么事情的时候,便和我谈论日本的妇女问题,等等。这两个青年中有一位姓余的,他是四川人,对我更觉亲切。渐渐的我们两人中间就发生了恋爱,不久便在东京私自结了婚。我们自从结婚后,的确过着很甜蜜的生活;所使我们觉得美中不满足的,就是我的家族不承认这个婚姻,因此我们只能过着秘密的结婚生活。两年后我便怀了孕,而余君便在那一年的暑假回国。回国以后,正碰到中国革命党预备起事的时期,他为了爱祖国,不顾一切地加入工作,所以暑假后他就不曾回日本来。过了半年多,便接到黄花岗七十二烈士遭难的消息,而他的噩耗也同时传了来。唉!可怜我的小孩,也就在他死的那一个月中诞生了。唉!这个可怜的一生下来就没有父亲的小孩,叫我怎样安排?而且我的家族既不承认我和余君的婚姻,那么这个小孩简直就算是个私生子,绝不容我把他养在身边。我没有办法,恰好我的妹子和妹夫来看我,见了这种为难,就把孩子带回去作为她的孩子了。从此以后,我的孩子便姓了我妹夫的姓,与我断绝母子关系;而我呢,仍在外面帮人家做事,不知不觉已过了二十多年……"

"呵,原来她还是烈士夫人呢!"建悄悄地对我说。

"可不是吗?……但她的境遇也就够可怜了。"我说。

建和我都不免为她叹息,她似乎很感激我们对她的同情,紧紧握着我的手,好久才说道:"你们真好呵!"一面含笑将绸包收起告辞走了。

过了两个月,天气渐渐冷了,每天自己做饭洗碗够使人麻烦的,我便和建商议请那位烈士夫人帮帮我们。但我们经济很穷,只能每月出一半的价钱,不知道她肯不肯就近帮帮忙,因此我便去找柯太太请她代我们接洽。

那时柯太太正坐在回廊晒太阳,见我们来了,便让我们也坐在那里谈话,于是我便把来意告诉她。柯太太笑了笑道:"这正太不巧,……不然的话那个老太婆为人极忠厚,绝不会不帮你们的。不过现在她正预备嫁人,恐怕没有工夫吧!"

"呀,嫁人吗?"我不禁陡然地惊叫起来道:"这真是想不到的事,她现在将近五十岁的人,怎么忽然间又思起凡来呢?"

柯太太听了这话也不禁笑了起来,但同时又叹了一口气道:"自然,她也有她的苦痛,照我看来,以为她既已守了二十多年寡,断不至再嫁了。不过,她从前的结婚始终是不曾公布的,她娘家父母仍认为她没有结婚,并且余先生家里她势不能回去。而她的年纪渐渐老上来,孤孤单单一个无依无靠的人,将来死了都找不到归宿,所以她现在决定嫁了。"

"嫁给什么人?"建问。

"一个日本老商人,今年有五十岁吧!"

"倒也是个办法!"建含笑地说。

他这句话不知为什么惹得我们全笑起来。我们谈到这里,便告辞回去。在路上恰好遇见那位烈士夫人,据说她本月就要结婚,但她脸上依然憔悴颓败,再也看不出将要结婚的喜悦来。

真的,人们都传说,"她是为了找死所而结婚呢!"呵!妇女们原来还有这种特别的苦痛!……

(原载《妇女杂志》,1931年第1卷第8号)

给我的小鸟儿们

一

整整两年了,我不看见你们。

世路太崎岖,然而我相信你们仍是飞翔空中的自由鸟。在我感到生活过分的严重时,我就想躲在你们美丽的羽翼下,求些许时的安息。

唉!亲爱的小鸟儿们——你们最欢喜我这样的称呼,不是吗?当我将要离开你们时,我曾经过虑地猜疑你们,我说:"孩子们,我要多看你们几次,使我的脑膜上深印着你们纯洁的印象,一直到我没有知觉的那一天……"

"先生!你不是说两年后就回来吗?"阿堃诚挚地望着我的脸说。

"不错,我是这样计划着,不过我怕两年后你们已不像现在的对我热烈了。我怕失掉这人间的至宝,所以现在我要深深地藏起来。"

"哦!不会的,先生!我们永远是一只柔驯的小鸟儿,时常围绕着您!"

多可爱,你们那清脆的声音,无邪的眼睛,现在虽然离开了你们整两年,为了特别的原因,我不能回到你们那里,而关于你们的一切,我不时都能想起。

每逢在下课后,你们牵成一个大圈子,把我围在核心,你们跳舞、唱歌,有时我急着要走,你们便抢掉我手里的书包,夺走我披着的大衣。阿堃最顽皮,跑出圈子,悄悄走到整容镜前,穿上我的大衣,拿着书包,学着我走路的姿势,一般正经地走过同学们面前,以致惹得他们大笑,而阿堃的脸上却绷得没有一丝笑纹,这时你们有的笑得俯下身体叫肚子疼,我却高声地喊:"小鸟们不要吵!"

"是的大姐姐,我们不再吵了,可是大姐姐得告诉我们《夜莺诗人》的故事!"阿堃娇憨地央求着。而你们也附和着大姐姐讲,大姐姐讲,乱哄地嚷成一片。呵!多可爱的小鸟儿们呀!两年来我不曾听见你们清脆的歌声了,在江南我虽也教着那一群天真的女孩,但是她们太娇婉,太懂事故,使我不能从她们的身上,找出你们的坦白、直爽、无愁无虑,因此我时常热切地怀念你们。

你们所刻在我心幕上的印象太深了,在丰润苹果般的脸上,不只充溢了坦白的顽皮;有时诚挚感动的光波,是盎然于你们的眼里,每当我不响地向你们每个可爱的面孔上看时,你们是那样乖,那样知趣地等待着,自然你们早已摸到我的脾气,每逢这种时候,我总有些严重的话,要敲进你们的心门,唉!亲爱的小鸟儿们,现在想来我真觉得罪过,我自己太脆弱易感,可是我有了什么忧愁和感慨,我不愿在那些老成持重的人们面前申诉,而我只喜欢把赤裸的心弦在你们面前弹。说起来我太自私,因为我得把定这凄音能激起你们深切的共鸣,而我忘记这是使你们受苦的。

那一天我给你们讲国语,正讲到一个《爱国童子》的故事,那时你们已经够兴奋了,而我还要更使你们兴奋到流泪,我把国内政治的黑暗,揭示给你们听;把险诈的人心在你们面前解剖,立刻我看见你们脸上的笑容淡了;舒展的眉峰慢慢攒聚起来了,你们在地板上擦鞋底的毛病,也陡然改了,课堂里那样静悄悄,我呢,庄严地坐在讲坛上,残忍地把你们的灵魂宰割,好像一个屠夫宰割一群小羊般。因此每次在我把你们搅扰后,我不知不觉要红脸,要咽泪。唉!亲爱的孩子们,我虽然对你们如是的不仁,而你们还是那样热烈地信任我、爱戴我,有时候你们遇到困难的问题,不去告诉你们亲切的父母,而反来和我商量,当这种时候,竟使我又欢喜又惭愧。在这个到处弥漫了欺诈的世界上,而你们偏是这样天真,无邪,这怎能叫我不欢喜呢?但是自己仔细一想,像我这样寒伧的灵魂,又有什么修养,究能帮助你们多少?恐怕要辜负了你们的热望,这种罪恶,比我在一切人群中,所犯的任何罪恶都来得不容轻赦。唉!亲爱的小鸟儿们呀!你们诚意的想从人间学到一切,而你们实是这世界上最高明的先生,你们有世人久已遗失的灵魂,你们有世人所绝无的纯真。你们的器量胸襟。是与万物神灵相融合的。一个乞丐,被人人所鄙视,而你们看他与天上的神祇没有分别;便是一只麻雀也能得你们热烈友情的爱护。你们是伟大的,我一生不崇拜英雄,我只崇拜你们。

但是残忍的时光,转变的流年,他们无时无刻不在剥蚀你们,层出不穷的人事,将如毒蛇般毁灭你们的灵魂。在你们含着甜净的美靥上,刻了轻微的愁苦之纹,渐渐地你们便失去了纯真。被快乐的神祇所摒弃。唉!亲爱的小鸟儿们!你们应当怎样抓住你们的青春!你们不愿意永远保持孩子的心吗?但是你们无法禁止太阳的轮子,继续不断地转,也不能留住你们的青春!只有一件事是你们可以办得到的,你们永远不要做一件使良心痛苦的事,努力亲近大自然,选择你们的朋友,于春风带来的鸟声中;于秋雨洒遍的田野间。一切的小生物都比久经世故的人类聪明、纯洁。这样你们才能永远保持孩子纯真的心,永远做只自由翔空的鸟儿;并且可用你们大公无私的纯情来拯救沉沦的人类。

亲爱的小鸟儿们,愿秋风带来你们清醇的歌声,更盼雁阵从这里过时,给我留下些你们的消息。

我心弦的繁音,将慢慢地向你们弹;我将告诉你们在这分别的两年中,我所经历的一切。我更想把江南温柔女儿的心音,弹给你们听。

再谈了,我亲爱的小鸟儿们!愿今夜你们的美羽,飞入我的梦魂!

二

黄昏时你们如一群小天使般飞到我家里。堃和璧每人手里捧着两束鲜花。花束上的凤尾草直拖到地上,堃个子太小,又怕踏着它,因此踞起脚来走着,璧先开口说:"大姐!这是我们送你的纪念品!"

"呵!多谢!我的小鸟儿们!"我说过这话。心里真有些酸楚,回头看你们时,也都眼泪汪汪地注视着我,天真的孩子们!我真有些不该,使你们嫩弱的心灵上,受到离别的创伤!我笑着拉你们到房里。把我预备好了的许多小画片分给你们,并且每人塞了一块糖在嘴里,你们终竟笑了,我才算放了心。

七点多钟,我们分坐三辆汽车,一同来到东车站,堃和璧还不曾忘记那两束花。可怜的小手臂,一定捧得发酸了吧!我叫你们把它们放在箱子上,你们只笑着摇头,直到我的车票买好,上了二等车,你们才恭恭敬敬地把那两束花放在我身旁的小桌上。这时来送行的朋友亲戚竟挤满了一屋子,你们真乖觉,连忙都退出来,只站在车窗前,两眼灼灼地望着我。这使我无心应酬那些亲戚朋友,丢下他们,跑下车来,果然不出所料,你们都团团把我围住。可是你们并没多话说。只在你们的神色上,把你们惜别的真情,都深印在我心上了。

不久开车的铃声响了。我和你们握过手,跳上车去,那车已渐渐地动起来了。

"给我们写信!"在人声喧闹中,我听见堃这样叫着,我点头,摇动手中,而你们的影子远了。车子已出了城,我只向着那两束花出神,好像你们都躲在花心里,可是当我采下一朵半开的玫瑰细看时,我的幻想被惊破了。哦!我才知道从此我的眼前找不到你们,要找除非到我的心里去。

不知不觉,车子已到了丰台站,推开窗子。漫天涌着朵朵的乌云,那上弦的残月,偶尔从云隙里向外探头,照着荒漠的平原,显出一种死的寂静,我靠窗子看了半响,觉得秋夜的风十分锐利,吹得全身发颤,连忙关上玻璃窗,躲在长椅上休息,正在有些睡意的时候,忽听见一阵细碎的声音,敲在窗上,抬起身子细看了,才知道已经下起雨来,这时车已到天津站了。雨越下越紧,水滴从窗子缝里淌了下来,车厢里满了积水,脚不敢伸下去,只好蜷伏着不动。

在听风听雨的心情中我竟沉沉睡去,天亮时我醒来,知道雨还不曾止,车窗外的天竟墨墨地向下沉,几乎立刻就要被活埋了。唉,亲爱的孩子们!这时我真想回去,同你们在一起唱歌捉迷藏呢!

正在我烦躁极了的时候,忽然车子又停住了。伸头向外看看正是连山车站,我便约了同行的朋友,到饭车去吃些东西,一顿饭吃完了,而车子还没有开走的消息,我们正在猜疑,忽又遇见一个朋友,从头等车那面走来,我们谈起,才知道前面女儿河的桥被大水冲坏了,车子开不过去,据他说也许隔几个钟头便可修好,因此我们只好闷坐着等,可恨雨仍不止,便连到站台上散散步都办不到,而且车厢里非常潮湿,一群群的苍蝇像造反般飞旋。同时厕所里一阵阵的臭味,熏得令人作呕,——而最可恼的是你们送我的那些鲜花,也都低垂了头,憔悴地望着我。

夜里八点了,仍然没有开车的消息,雨呢!一阵密一阵稀地下着,全车上的人,都无精打采地在打盹,忽然听见呜呜的汽笛声,跟着从东北开来一辆火车,到站停车,我们以为前面断桥已经修好,都不禁喜形于色,热望开车,哪晓得这时跳上几个铁路的路警,和护车的兵士来,他们满身淋得水鸡似的,一个身材高高,年纪很轻的兵自言自语地道:"他妈的,差点没干了,好家伙,这群胡子,够玩的,要不仗了水深,他们早追上来了,瞎乒乓开了几十枪!……"

"怎么,没有受伤吗?"一个胖子护车警察接着问。

"还好!没有受伤的,唉,他妈的,我们就没敢开枪,也顾不得要开车的牌子,拨转车头就跑回来了。"那高身材的兵说。

这个没头没脑的消息,多么使人可怕,全车的人,脸上都变了颜色,这二等车上有从北戴河上来的外国女人。她们听说胡子,不知是什么东西,也许她们是想到那戏台上所看见披红胡子的花脸了吗?于是一阵破竹般的笑声,打破了车厢里的沉闷空气。

后来经一个中国女医生,把这胡子的可怕告诉她们,立刻她们耸了一耸肩皱皱眉头,沉默了!

车上的客人们,全为了这件事,纷纷议论,才知道适才那车辆,是从山海关开来的,车上有几箱现款,被胡子探听到了,所以来抢车,那些胡子都在陈家屯高粱地里埋伏着。只是这时山水大涨,高粱地上水深三尺多,这些胡子都伏在水里,因此走得慢,不然把车子包围了,两下里就免不了要开火,那就要苦了车上的客人,所以只好掉头跑回来了。现在这辆车也停在连山站,就是退回去都休想了,因为上一站绥中县也被大水冲了,因此只好都在连山过夜,连山是个小站,买东西极不方便,饭车上的饭也没有多少了,这些事情都不免使客人们着急。

夜里车上的电灯都熄了，所有的路警护车兵，都调到站外驻扎去了。满车乌黑，而且窗外狂风虎吼般地吹着，睡也不能入梦，不睡却苦无法消遣，真窘极了，好容易挨到村外的鸡唱五更东方有些发白了，心才稍稍安定，——亲爱的小鸟儿们！我想你们看到这里也正为我担着心呢，不是吗？

我们车上，女客很少，除了几个外国女人外，还有两个年轻的姑娘，一个姓唐的，是比你们稍微大些，可是比你们像是懂事。她是一个温柔沉默的女孩，这次为了哥哥娶嫂嫂同父亲回奉天参加典礼的。另外的那一个姓李，她是女子大学的学生，这次回家看她的母亲，并且曾打电报给家里，派人来接，因此她最焦急，——怕她倚闾盼望的母亲担心，她一直愁容满面地呆坐着，亲爱的孩子们！我同那两个年轻的姑娘，在连山站的站台上，散着步时，我是深切地想到你们，假如在这苦闷的旅途里，有了你们的笑声歌声，我一定要快乐得多！而我现在呢，我也是苦恼地皱着眉头。

中午到了，太阳偶尔从云缝里透出光来，我的朋友铁君他忽走来说道：恐怕这车一时开不成，吃饭睡觉都不方便，约我到离这里不远的高桥镇去，那里他有一个朋友，在师范学校做教务主任。真的这车上太闷人，所以我就决定去了。

到了高桥镇，小小的几间破烂瓦房，原来就是车站的办公室了。走过一条肮脏的小泥路，忽见面前河水涟漪；除变成有翅翼的小天使，是没法过去的。后来一个乡下人，赶着一辆骡车来了，骡车你们大约都没有看见过吧！用木头做成轿子形成的一个车厢，下面装上两个轮子，用一头骡子拖着走，这种车子，是从前清朝的时候，王公大人常坐的。可是太不舒服了，不但脚伸不直，而且时时要挨暴栗，——因为车子四周围都是硬木头做成的，车轮也是木头的，走在那坑陷不平的道路上，一颠一簸，使坐在车里的人，一不小心，头上就碰起几个疙瘩来。

那个赶车的乡下人对我们说："坐我的车子过去吧！"

"你拖我们到师范学校要多少钱？"我的朋友们问。

"一块半钱吧！"车夫说。

"怎么那么贵？"我们说。

"先生！你不知道这路多难走呢，这样吧，干脆你给一块钱好了！"

"好，可是你要拖得稳！"

我们把东西先放到车上，然后我坐在车厢最里面，那两个朋友一个坐在外面，一个坐在右车沿上，赶车的坐在左车沿，他一声"于，得，"骡子开始前进了，走不到几步，那积水越发深了，骡子的四条腿都淹没在水里，车厢歪在一边，我的心吓得怦怦跳，如果稍稍再歪一些，那车厢一定要翻过来扣在水里，这是多么险呀！

这时候车夫用蛮劲的打那骡，打得那骡子左闪右避，脚踝上淌着鲜血，真叫我不忍心，连忙禁止车夫不许打,我们想了方法,先叫一个乡下人把两位朋友背过河去,然后再把东西拿出来,车子轻了,骡子才用劲一跳,离开了那陷坑,我才算脱了险。

下了车子,一脚就踏进黄泥潆里去,一双白皮鞋立刻染成淡黄色的了。而且水都渗进鞋里去,满脚都觉得湿漉漉的,非常不舒服,巅巅簸簸,最后走到了师范学校了,可是我真不好意思进去,一双水泥鞋若被人看见了,简直非红脸不可。亲爱的小鸟儿们!假使你们看见了我这副形象,我想你们一定要好笑,可是你们同时也一定替我找双干净的鞋袜换上。现在呢!我只有让它湿着。因为箱子没有拿来,也无处找干净鞋子,只把袜子换了,坐在椅子上等鞋干。

这个学校房屋破旧极了,而且又因连日的大雨,墙也新塌了几座,不过这里的王先生待我们很忠实,心里也就大满意了。我们分住在几间有雨漏的房子里,把东西放下后,王先生请我们到馆子里去吃饭,可是我们走到所谓的大街上,原来是一条长不到十丈,阔不满一丈的小土道,在道旁有一家饭馆,也就是这镇上唯一的大店了,我们坐下喝了一杯满是咸涩味儿的茶,点起菜来除了猪肉就是羊肉,我被这些肉装满了肚子,回来时竟胃疼起来了。

到了晚上,没有电灯,只好点起洋蜡头来,正想睡觉,忽听见远处哨子的响声,那令人丧胆的胡匪影子,又逼真地涌上我的心头,这一夜我半睁着眼挨到天亮。

一天一天像囚犯坐监般地过去,也竟挨过十天了。这时忽得到有车子开回北平的消息,虽然我们不愿意折回去,可是通辽宁的车也不知什么时候才能开。没有办法,只好预备先回天津,从天津再乘船到日本去吧!

夜半从梦里醒来,半天空正下着倾盆的大雨,第二天清晨看见院子里积了一二尺深的水,叫人到车站问今天几点钟有车,谁知那人回来说,轨道又被昨夜的大雨冲坏了。——我们只得把已经打好的行李再打开,苦闷地等,足足又等了三天才上了火车,一路走过营盘、绥中等处,轨道都只用沙石暂垫起来的,所以车子走得像一条受了伤的虫子一般慢。挨到山海关时,车子停下来时,前途又发生了风波,车站上人声乱哄哄,有的说这车不往南开了。问他为什么不开,他支支吾吾的更叫人疑心,我们也推测不出其中的奥妙。后来隐约听见有人在低声地说,"关里兵变所以今夜这车不能开。"过了半点钟光景,我的朋友铁君又得了一个消息说:"兵变的事,完全是谣言,车子立刻就开了!"

果然不久车子便动起来,第二天九点钟到了天津,在天津住了几天,又坐船到日本,……呵!亲爱的孩子们,你们再想不到我又回到天津了吧!按理我应当再到北平和你们玩玩,不过我竟因了许多困难不能如愿——而且直到今天我才得工夫,把这一段艰辛的旅途告诉你们,亲爱的小鸟儿们,我想在这两年中,你们一定都长高了,但我愿你们还保持着从前那种纯真的心!

(原载1932年11月27日、12月11日《申江日报》)

愧

在整理旧稿时,发现了一个孩子给我的信,那是一颗如水晶般透明的心,热诚地贡献给我,而且这个孩子,正走到满是荆棘的园地里,家庭使他受苦,社会又使他惶惑,他那颗稚嫩的心,便开始受伤,隐隐地滴血,正在这时候,他抓住了我,叫道:"老师!你领导我呀,你给我些止血的圣药呀!"唉,伟大这霎时间,在我心灵中闪光,我觉得我的确充实着力量,而且我很愿意,摧毁一切的虚伪,一样的把我赤裸裸的心,贡献于他,于是两颗无疵无瑕的心,携着手,互相地抚摸安慰。

但恶魔从暗陬里闪了进来,把我灵宫中昙花一现的神光遮蔽了,在渐积的世故人情的威权下,我忽略了那孩子所贡献给我的心,他是那样饥饿地盼望我的救助,而我只是淡淡地对他一瞥便躲开了。

残酷的流年,变迁了一切,这颗孩子的心,恐也不免被渐积的世故人情所污染,这自然未必都是我的错,可是在事隔五年的今天,翻出那孩子所给我心的供状。我的脸不禁火般地灼热:我的心难免战抖,呵,我怎能避免良心的鞭策?

而且就是如今,我仍继续着,干这惨忍的勾当,我不能如我想象般应付那些透明孩子的心,当她们将纯洁的心泪,流向我面前时,只有我受恩惠,因为在那一霎时,我真烛见无掩无饰的人生,而我又给他们些什么呢?

惭愧,我对于一切的孩子的心抱愧,在这谲诡奸诈的社会里,孩子们从所谓教育家那里所能得到,仅是一些龌龊的人世经验,唉,这个世界上只有孩子才配称得起人们之师吧!

(原载 1933 年 7 月 28 日《时事新报》)

我愿秋常驻人间

提到秋，谁都不免有一种凄迷哀凉的色调，浮上心头；更试翻古往今来的骚人、墨客，在他们的歌咏中，也都把秋染上凄迷哀凉的色调，如李白的《秋思》："……天秋木叶下，月冷莎鸡悲，坐愁群芳歇，白露凋华滋。"柳永的《雪梅香辞》："景萧索，危楼独立面晴空，动悲秋情绪，当时宋玉应同。"周密的《声声慢》："……对西风休赋登楼，怎去得，怕凄凉时节，团扇悲秋。"

这种凄迷哀凉的色调，便是美的元素，这种美的元素只有"秋"才有。也只有在"秋"的季节中，人们才体验得去，因为一个人在感官被极度的刺激和压轧的时候，常会使心头麻木。故在盛夏闷热时，或在严冬苦寒中，心灵永久如虫类的蛰伏。等到一声秋风吹到人间，也正等于一声春雷，震动大地，把一些僵木的灵魂如虫类般地唤醒了。

灵魂既经苏醒，灵的感官便与世界万汇相接触了。于是见到阶前落叶萧萧下，而联想到不尽长江滚滚来，更因其特别自由敏感的神经，感到不尽的长江是千古常存，而倏忽的生命，譬诸昙花一现。于是悲来填膺，愁绪横生。

这就是提到秋，谁都不免有一种凄迷哀凉的色调，浮上心头的原因了。

其实秋是具有极丰富的色彩，极活泼的精神的，它的一切现象，并不像敏感的诗人墨客所体验的那种凄迷哀凉。

当霜薄风清的秋晨，漫步郊野，你便可以看见如火般的颜色染在枫林、柿丛和浓紫的颜色泼满了山巅天际，简直是一个气魄伟大的画家的大手笔，任意趣之所在，勾抹涂染，自有其雄伟的丰姿，又岂是纤细的春景所能望其项背？

至于秋风的犀利，可以洗尽积垢，秋月的明澈，可以照烛幽微，秋是又犀利又潇洒，不拘不束的一位艺术家的象征，这种色调，实可以苏息现代困闷人群的灵魂，因此我愿秋常驻人间！

（原载1933年8月18日《时事新报》）

寄天涯一孤鸿

亲爱的朋友：

这是什么消息，正是你从云山叠翠的天末带来的！我绝不能顷刻忘记，也绝不能刹那不为此消息思维。我想到你所说的"从今后我真成了天涯一孤鸿了"，这一句话日夜在我心魂中回旋荡漾。我不时地想，倘若一只孤鸿，停驻在天水交接的云中，四顾苍茫，无枝可栖，其凄凉当如何？你现在既是变成天涯一孤鸿，我怎堪为你虚拟其凄凉之境，我也不愿你真个是那样的冷漠凄凉。但你带来的一纸消息，又明明是："……一切的世界都变了，我处身其中，正是活骸转动于冷酷的幽谷里，但是我总想着一年之中，你要听到我归真的信息……"唉，朋友！久已心灰意懒的海滨故人，不免为此而怦怦心动，正是积思成痗了。我昨夜因赴友人之召，回来已经十时后，我归途中穿过一带茂密的树林，从林隙中闪烁着淡而无力的上弦月，我不免又想起你了。回来后，我懒懒坐在灯光下，桌上放着一部宋人词钞，我随手翻了几页，本想于此中找些安慰，或能把想你的念头忘却；但是不幸，我一翻便翻出你给我的一封信来，我想搁起它，然而不能，我始终又从头把它读了。这信是你前一个月寄给我的，大约你已忘了这其中的话。我本不想重复提这些颓丧的话，以惹你的伤心，但是其中有一个使命，是你叫我为你作一篇记述的，原文是："……我友，汝尚念及可怜陷入此种心情的朋友吗？你有兴，我愿你用诚恳的笔墨为伤心人一吐积悃……"朋友！这个使命如何的重大？你所希望我的其实也是我所愿意作的。但是朋友，你将叫我怎样写法？唉！我终是踯躅，我曾三翻五次，握管沉思，竟至镇日无语，而只字不曾落纸。我与你交虽莫逆，但是你的心究竟不是我的心，你的悲伤我虽然知道，但是我所知道的，我不敢臆断你伤感的程度，是否正应我所直觉到的一样。我每次作稿，描写某人的悲哀或烦恼，我只是欺人自欺，说某人怎样的痛哭，无论说得怎样像，但是被我描写的某人，是否和我所想象的伤心程度一样，谁又敢断定呢？然而那些人只是我借他们来为我象征之用，是否写得恰合其当，都无伤于事；而你是我最好的朋友，我对于你的嘱托，怎好不忠于其事。因此我再三踟躇，不能轻易落笔，便到如今我也不敢为你作记述。我只能把我所料想你的心情,和你平日的举动,使我直觉到你的特性,随便写些寄给你。你看了之后,你若因之而浮白称快,我的大功便成了五分。你若读了之后,竟为之流泪,而至于痛哭,我的大功便成了九分九。这种办法,谅你也必赞成?

  我记得我认识你的时候,正是我将要离开学校的头一年春天。你与我同学虽不止一年,可是我对于新来的同学,本来多半只知其名,不识其面,有的识其面又不知其名,我对于你也是如此。我虽然知道新同学中有一个你,而我并不知道,我所看见很活泼的你,便是常在报纸上作缠绵悱恻的诗的你。直到那一年春天,我和同级的莹如在中央公园里,柏树荫下闲谈,恰巧你和你的朋友从荷池旁来,我们只以彼此面熟的缘故,点头招呼。我们也不曾留你坐下谈谈,你也不曾和我说什么,不过那时我觉得你很好,便想认识你,我便问莹如你叫什么名字。她告诉我之后,才狂喜地叫起来道:"原来就是她呵,不像!不像!"莹如对于我无头无脑的话,很觉得诧异,她说:"什么不像不像呵?"我被她一问,自己也不觉笑起来,我说:"你不知道我的心里的想头,怪不得你不懂我的意思了。你常看见报上 PM 的诗吗?你就那个诗的本身研究,你应当觉到那诗的作者心情的沉郁了,但是对她的外表看起来,不是很活泼的吗?我所以说不像就是这个原故了。"莹如听了我的解释,也禁不住点头道:"果然有点不像,我想她至少也是怪人了!"朋友!自从那日起,我算认识你了,并且心中常有你的影像,每当无事的时候,便想把你的人格分析分析,终以我们不同级,聚会的时间很少,隔靴搔痒式的分析,总觉无结果,我的心情也渐渐懒了。

  过了二年,我在某中学教书。那中学是个男校,教职员全是男人。我第一天到学校里,觉得很不自然,坐在预备室里很觉得无聊,正在神思飞越的时候,忽听预备室的门呀的一响,我抬头一看,正是你拿着一把藕合色的绸伞进来了。我这时异常兴奋,连忙握着你的手道:"你也来了,好极!好极!你是不是担任女生的体操。"你也顾不得回答我的话,只管嘻嘻地笑——这情景谅你尚能仿佛?亲爱的朋友!我这时心里的欢乐,真是难以形容,不但此后有了合作的伴侣,免得孤孤单单一个人坐在女教员预备室里,而且与你朝夕相爱,得以分析你的特性,酬了我的心愿。

想你还记得那女教员预备室的样子,那屋子是正正方形的,四壁新裱的白粉连纸,映着阳光,都十分明亮。不过屋里的陈设,异常简陋,除了一张白木的桌子,和两三张白木椅子外,还有一个书架,以外便什么都没有了。当时我们看了这干燥的预备室,都感到一种怅惘情绪。过了几天,我们便替这个预备室起了一个名字,叫做白屋。每逢下课后,我们便在白屋里雄谈阔论起来。不过无论怎样,彼此总是常常感到苦闷,所以后来我们竟弄得默然无言。我喜欢诗词,你也爱读诗词,便每人各手一卷,在课后浏览以消此无谓的时间。我那时因为这预备室里很干燥,一下了课便想回到家里去,但是当我享到家庭融洽乐趣的时候,免不得想到栖身学校寄宿舍中,举目无与言笑的你,便决意去访你,看你如何消遣。我因雇车到了你所住的地方,只见两扇欲倒未倒的剥漆黑灰不分明的大柴门,墙头的瓦七零八落的叠着,门楼上满长着狗尾巴草,迎风摇摆,似乎代表主人招待我。下车后,我微用力将柴门推了一下,便呀地开了。一个老看门人恰巧从里面出来,我便问他你住的屋子,他说:"这外头院全是男教员的住舍,往东去另有一小门,又是一个院子,便是女教员住的地方了。"我因按他话往东去,进了小门,便看见一个院落,院之中间有一座破亭子,亭子的四围放着些破木头的假枪戟,上头还有红色的缨子,过了破亭有一株合抱的大槐树,在枝叶交覆的荫影下,有三间小小的瓦房,靠左边一间,窗上挂着淡绿色的纱幔,益衬得四境沉寂。我走到窗下,低声叫你时,心潮突起,我想着这种冷静的所在,何异校中白屋。以你青年活泼的少女,镇日住在这种的环境里,何异老僧踞石崖而参禅,长此以往,宁不销铄了生趣。我一走进屋子里,看见你突然问道:"你原来住在破庙里!"你微笑着答道:"不错!我是住在破庙里,你觉得怎样?"我被你这一问,竟不知所答,只是怔怔地四面观望。只见在小小的门斗上有一张妃红色纸,写着梅窟两字。这时候我仿佛有所发见,我知道素日对你所想象的,至少错了一半,从此我对你的性格分析,更觉兴味浓厚了。

光阴过得很快,不觉开学两个多月了,天气已经秋凉。在那晓露未干的公园草地上,我们静静地卧着。你对我说:"我愿就这样过一世,我的灵魂便可常常与浩然之气,结伴遨游。"我听了你的话,勾起我好作玄思的心,便觉得身飘飘凌云而直上,顷刻间来到四无人迹的仙岛里,枕藉芳草以为茵缛,餐美果,饮花露,绝不染丝毫烟火气。那时你心里所想的什么,我虽无从知道,但看你那优然游然的样子,我感到你已神游天国了。

我和你相处将及一年,几次同游,几次深谈,我总相信你是超然物外的人。我记得冬天里我们彼此坐在白屋里向火的时候,你曾对我说,你总觉得我是个怪人,你说:"我不曾和你同事的时候,我常常对婉如说,你是放荡不羁的天马。但是现在我觉得你志趣销沉束缚维深……"我当时听了你的话,我曾感到刺心的酸楚,因为我那时正困顿情海里拔脱不能的时候,听你说起我从前悲歌慷慨的心情,现在何以如此萎靡呢?

但是朋友!你所怀疑于我的,也正是我所怀疑于你;不过我觉得你只是被矛盾的心理争战而烦闷,我却不曾疑心你有什么更深的苦楚。直到我将要离开北京的那一天,你曾到车站送我,你对我说:"朋友!从此好好的游戏人间吧!"我知道你又在打趣我,我因对你说:"一样的大家都是游戏人间,你何必特别嘱咐我呢!"你听了我这话,脸色忽然惨淡起来。哽咽着道:"只怕要应了你在《或人的悲哀》里的一句话:我想游戏人间,反被人间游戏了我!"当时我见你这种情形,我才知道我从前的推想又错了。后来我到上海,你写信给我,常常露着悲苦的调子,但我还不能知道你悲苦到什么地步;直到上月我接到你一封信说,你从此变成天涯一孤鸿了,我才想起有一次正是风雨交作的晚上,我在你所住的梅窟坐着,你对我说:"隐!世界上冷酷的人太多了,我很佩服你的卓然自持,现在已得到最后的胜利!我真没有你那种胆量和决心,只有自己摧残自己,前途结果现在虽然不能定,但是惨象已露,结果恐不免要演悲剧呢。"我那时知道你蕴藏心底必有不可告人的哀苦,本想向你盘诘,恐怕你不愿对我说,故只对你说了几句宽解的话。不久雨止了,余云尽散,东山捧出淡淡月儿,我们站在廊庑下,沉默着彼此无语,只有互应和着低微之吁气声。

最近我接到你一封信,你说:

隐友!《或人的悲哀》中的恶消息:"唯逸已于昨晚死了!"隐友!怎么想得到我便是亚侠了,游戏人间的结果只是如斯!……但是亚侠的悲哀是埋葬在湖心

了,我的悲哀

只有飘浮的天心了,有母亲在,我须忍受腐蚀的痛苦活着……

我自从接到你这封信,我深悔《或人的悲哀》之作。不幸的唯逸和亚侠,其结果之惨淡,竟深刻在你活跃的心海里。即你的拘执和自傲,何尝不是受我此作的无形影响。我虽然知道纵不读我的作品,在你超特的天性里早已蛰伏着拘执的分子,自傲的色彩,不过若无此作,你自傲和拘执或不至如是之深且刻。唉!亲爱的朋友,你所引为同情的唯逸既已死了,我是回天无术,但我却要恳求你不要作亚侠罢。你本来体质很好,并没有心脏病,也不曾吐血,你何必自己过分地糟蹋呢。我接到你纵性喝酒的消息,十分难受。亲爱的朋友!你对于爱你的某君,既是不能在他生时牺牲无谓的毁誉,而满足他如饥如渴的纯挚情怀,又何必在他死后,作无谓的摧残呢?你说:"人事难测,我明年此日或者已经枯腐,亦未可知!……现在我毫无痛苦,一切麻木,仰观明月一轮常自窃笑人类之愚痴可怜。"唉!你的矛盾心理,你自己或不觉得,而我却不能不为你可怜。你果真麻木,又何至于明年此日化为枯槁?我诚知人到伤心时,往往不可理喻,不过我总希望你明白世界本来不是完全的,人生不如意事也自难免,便是你所认为同调的某君不死,并且很顺当的达到完满的目的;但是胜利以后,又何尝没有苦痛?况且恋感譬如漠漠平林上的轻烟微雾,只是不可捉摸的,使恋感下跻于可捉摸的事实,恋感便将与时日而并逝了。亲爱的朋友呀!你虽确是悲剧中之一角,我但愿你以此自傲,不要以此自伤吧!

　　昨夜星月皎洁,微风拂煦,炎暑匿迹,我同一个朋友徘徊于静安寺路。忽见一所很美丽庄严的外国坟场,那时铁门已阖,我们只在那铁棚隙间向里窥看,只见坟牌莹洁,石墓纯白;墓旁安琪儿有的低头沉默,似为死者之幽灵祝福;有的仰嘱天容,似伴飘忽的魂魄上游天国。我们驻立忘返。忽然坟场内松树之巅,住着一个夜莺,唱起悲凉的曲子。我忽然又想起你来了。

　　回来之后忽接得文菊的一封信说:

　　　　隐友!前接来信,令我探听 PM 的近状,她现在确是十分凄楚。我每和她谈起 FN 的死,她必泪沾襟袖呜咽地说:"造物戏我太甚!使我杀人,使我陷入于类似自杀之心境!"自然哟!她的悲凉原不是无因。我当年和她在故乡同学的时候,她是很聪明特殊的学生。有一个青年十分羡慕她,曾再三想和她缔交,她也晓得那青年也是个很有志趣的人,渐渐便相熟了。后来她离开故乡,到北京去求学,那青年便和她同去。她以离开温情的父母和家庭,来到四无亲故的燕都,当然更觉寂寞凄凉,FN 常常伴她出游。在这种环境下,她和他的交感之深,自与时日俱进了。那时我们总以为有情人终成眷属了;然而人事不可测,不久便听说 FN 病了,病因很复杂,隐约听说是呕血之症。这种的病,多半因抑郁焦劳而起,我很觉得为 PM 担忧,因到她住的梅窟去访她。我一进门便看见她黯然无言的坐在案旁,手里拿着一张甫写成的几行信稿。她见我进来,便放下信稿招呼我。正在她倒茶给我喝的时候,我已将那桌上的信稿看了一遍,她写的是:"……飞蛾扑火而焚身,春蚕作茧以自缚,此岂无知之虫虱独受其危害,要亦造物罗网,不可逃数耳!即灵如人类,亦何能摆脱?……"隐友PM的哀苦,已可在这数行信笺中寻绎了解,何况她当时复戚容满面呢。我因问她道:"你曾去看FN吗?他病好些吗?"她听我问完,便长叹道:"他的病怎能那么容易好呢!瞧着罢!我虽不杀伯仁,伯仁终不免因我而死!"我说:"你既知你有左右他的生死权,何忍终置之于死地!"她这时禁不住哭了,她不能回答我所问的话,只从抽屉里拿出一封信给我看,只见上面写道:

"PM!近来我忽觉得我自己的兴趣变了,经过多次的自省,我才晓得我的兴趣所以致变的原因。唉!PM!在这广漠的世界上我只认识了你,也只专程的膜拜你,愿飘零半世的我,能终覆于你爱翼之下!"

"诚然,我也知道,这只是不自然的自己束缚自己。我们为了名分地位的阻碍,常常压伏着自然情况的交感,然而愈要冷淡,结果愈至于热烈。唉!我实不能反抗我这颗心,而事实又不能不反抗,我只有幽囚在这意境的名园里,做个永久的俘虏罢!"

F 韩

隐友!世界上不幸的事何其多!不过因为区区的名分和地位,卒断送了一个有用的青年!其实其惨淡尚不止此,PM的毁形灭灵,更使人为之不忍,当时我禁不住陪着哭,但是何益!

她现在体质日渐衰弱,终日哭笑无常,有人劝她看佛经,但何处是涅槃?我听说她叫你替她作一篇记述,也好!你有功夫不妨替她写写,使她读了痛痛快快哭一场;久积的郁闷,或可借之一泻!

文菊

亲爱的朋友！当我读完文菊这封信，正是午夜人静的时候，淡月皎光已深深隐于云被之后，悲风呜咽，以助我的叹息。唉，朋友呵！我常自笑人类痴愚，喜作茧自缚，而我之愚更甚于一切人类。每当风清月白之夜，不知欣赏美景，只知握着一管败笔，为世之伤心人写照，竟使洒然之心，满蓄悲楚！故我无作则已，有所作必皆凄苦哀凉之音，岂偌大世界，竟无分寸安乐土，资人欢笑！唉！朋友哟！我不敢责备你毁情绝义以自苦，你为了因你而死的FN，终日以眼泪洗面，我也绝不敢说你想不开。因为被宰割的心绝不是别人所能想到其痛楚；那么更有何人能断定你的哭是不应该的呢。哭罢，吾友！有眼泪的时候痛快的流，莫等欲哭无泪，更要痛苦万倍了。

你叫我替你作记述，无非要将一腔积闷宣泄。文菊叫我作记述，也不过要借我的酒杯为你浇块垒。这都有益于你的，我又焉敢辞。不过我终不敢大胆为你作传，我怕我的预料不对，我若写得不合你的意，必更增你的惆怅，更觉得你是天涯一孤鸿了。但是我若写得合你的意，我又怕你受了无形的催眠，——只有这封信给你，我对于你同情和推想，都可于此中寻得。你为之欣慰或伤感，我无从得知，只盼你诚实地告诉我，并望你有出我意料外的澈悟消息告诉我！亲爱的朋友！保重罢！

隐自海滨寄

（原载《小说月报》，1926年第17卷第10号）

灵海潮汐致梅姊

亲爱的梅姊：

我接到你的来信后,对于你的热诚,十分的感激。当时就想抉示我心头的隐衷,详细为你申说。然自从我回到故乡以后,我虽然每天照着明亮的镜子,不曾忘却我自己的形容,不过我确忘记了整个儿我的心的状态。我仿佛是喝多了醇酒,一切都变成模糊。其实这不是什么很奇怪的事,因为你只要知道我的处境,是怎样的情形,和我的心灵怎样被捆扎,那么你便能想象到,纵使你带了十二分活泼的精神来到这里,也要变成阶下的罪囚,一切不能自由了。

我住的地方,正在城里的闹市上。靠东的一条街,那是全城最大的街市,两旁全是店铺,并不看见什么人们的住房。因为这地方的街市狭小,完全赁用人民的住房的门面作店铺,所以你可以想象到这店铺和住家是怎样的毗连。住户们自然有许多不便,他们店铺的伙计和老板,当八点以后闭了店门,便掇三两条板凳,放上一块藤绷子,横七竖八地睡着；倘若你夜里从外头回来的时候,必要从他们挺起睡着的床边走过,不但是鼾声吓人,那一股炭气和汗臭,直熏得人呕吐。尤其是当你从朋友家里宴会回来以后,那一股强烈的刺激,真容易使得人宿酒上涌呢！

我曾记得有一次,我和玉姊同到青年会看电影,那天的片子是《月宫宝盒》,其中极多幽美的风景,使我麻木的感想,顿受新鲜的刺激,那轻松的快感仿佛置身另一世界。不久,影片映完,我们自然要回到家里,这时候差不多快十二点了。街上店铺大半全闭了门,电灯也都掩息,只有三数盏路灯,如曙后孤星般在那里淡淡地发着亮,可是月姊已明装窥云,遂使世界如笼于万顷清波之下似的,那一种使人悄然意远的美景,不觉与心幕上适才的印象,熔而为一……但是不久已到家门口,吓一阵"鼾呼""鼾呼"的鼾声雷动,同时空气中渗着辣臭刺鼻,全身心被重浊的气压困着出不来气,这才体贴出人间的意味来。至于庭院里呢？为空间经济起见,并不种蓓蕾的玫瑰和喷芬的夜合,只是污浊破烂的洗衣盆,汲水桶,纵横杂陈。从这不堪寓目的街市,走到不可回旋的天井里,只觉手绊脚牵。至于我住的那如斗般的屋子里,虽勉强的把它美化,然终为四境的嘈杂,和孩子们的哭叫声把一切搅乱了。

这确是沉重的压迫,往往激起我无名的愤怒。我不耐烦再开口和人们敷衍,我只咒诅上帝的不善安置,使我走遍了全个儿的城市,找不到生命的休息处。我又怎能抉示我心头的灵潮,于我亲爱的梅姊之前呢?

不久又到了夏天,赤云千里的天空,可怜我不但心灵受割宰,而且身体更郁蒸,我实在支持不住了,因移到鼓岭来住——这是我们故乡三山之一。鼓岭位于鼓山之巅,仿佛宝塔之尖顶,登峰四望,可以极目千里,看得见福州的城市民房栉比,及汹涛骇浪的碧海,还有隐约于紫雾白云中的岩洞迷离,峰峦重叠。我第一天来到这个所在,不禁满心怅惘,仿佛被猎人久围于暗室中的歧路亡羊,一旦被释重睹天日,欣悦自不待说。然而回想到昔日的颠顿艰幸,不禁热泪沾襟!

然而透明的溪水,照见我灵海的潮汐,使它重新认识我自己。我现在诚意的将这潮汐的印影,郑重的托付云雀,传递给我千里外的梅姊和凡关心我的人们,这是何等的幸运。使我诅咒人生之余,不免自惭,甚至忏悔,原来上帝所给予人们的宇宙,正不是人们熙攘奔波的所在。呵!梅姊,我竟是错了哟!

一 鸡声茅店月

当我从崎岖陡险的山径,攀缘而上以后,自是十分疲倦,没有余力更去饱觅山风岚韵;但是和我同来的圃,她却斜披夕阳,笑意沉酣的,来到我的面前说:"这里风景真好,我们出去玩玩吧!"我听了这话,不免惹起游兴,早忘了疲倦,因遵着石阶而上,陡见一片平坦的草地,静卧于松影之下。我们一同坐在那柔嫩的碧茵上,觉得凉风拂面,仿佛深秋况味。我们悄悄坐着,谁也不说什么,只是目送云飞,神并霞驰,直到黄昏后,才慢慢地回去。晚饭后,摊开被褥,头才着枕,就沉沉入梦了。这一夜睡得极舒畅。一觉醒来,天才破晓,淡灰色的天衣,还不曾脱却,封岩闭洞的白云,方姗姗移步。天边那一钩残月,容淡光薄,仿佛素女身笼轻绡,悄立于霜晨凌竦中。隔舍几阵鸡声,韵远趣清。推窗四望,微雾轻烟,掩映于山巅林际。房舍错落,因地为势,美景如斯,遂使如重囚的我,蘧然被释,久已不波的灵海,顿起潮汐,芸芸人海中的我真只是一个行尸呵!

灵海既拥潮汐,其活泼腾越有如游龙,竟至不可羁勒。这一天黎明,我便起来,伫立在回廊上,不知是何心情,只觉得心绪茫然,不复自主。

记起五年前的一个秋天早晨,——天容淡淡,曙光未到之前,我和仪姊同住在一所临河的客店里,——那时正是我们由学校回家乡的时候。头一天起早,坐轿走了五十里,天已黑了,必须住一夜客店,第二天方能到芜湖乘轿。那一家客店,只有三间屋子,一间堂屋,一间客房,一间是账房,后头还有一个厂厅排着三四张板床,预备客商歇脚的。在这客店住着的女客除了我同仪姊没有第三个人,于是我们两人同住在一间房里,——那是唯一的客房。我一走进去,只见那房子里阴沉沉的,好像从来未见阳光。再一看墙上露着不到一尺阔的小洞,还露着些微的亮光,原来这就是窗户。仪姊皱着眉头说:"怎么是这样可怕的所在?你看这四面墙壁上和屋顶上,都糊着十年前的陈报纸,不知道里面藏着多少的臭虫虱子呢!……"我听了这话由不得全身肌肉紧张,掀开那板床上的破席子看了看,但觉臭气蒸溢不敢再往那上面坐。这时我忽又想到《水浒》上的黑店来了,我更觉心神不安。这一夜简直不敢睡,怔怔地坐着数更筹。约莫初更刚过,就来了两个查夜的人,我们也不敢正眼看他,只托店主替我们说明来历,并给了他一张学校的名片,他才一声不响地走了。查夜的人走了不久,就听见在我们房顶上,许多人嘻嘻哈哈地大笑。我和仪姊四目对望着,正不知怎么措置,刚好送我们的听差走进来了,问我们吃什么东西。我们心里怀着黑店的恐惧,因对他说一概不吃。仪姊又问他这上面有楼吗,怎么有许多人在上面呵?那听差的说:"那里并不是楼,只是高不到三尺堆东西的地方,他们这些人都窝在上边过大烟瘾和赌钱。"我和仪姊听了这话,才把心放下了,然而一夜究竟睡不着。到三更后,那楼上的客人大概都睡了,因为我们曾听见鼾呼的声音,又坐了些时就听见远远的鸡叫,知道天快亮了,因悄悄地开了门到外面一看,倒是满庭好月色,茅店外稻田中麦秀迎风,如拥碧波。我同仪姊正在徘徊观赏,渐听见村人赶早集的声音,我们也就整装奔前途了。

灵潮正在奔赴间,不觉这时的月影愈斜,星光更淡,鸡鸣、犬吠,四境应响,东方浓雾渐稀,红晕如少女羞颜的彩霞,已择隙下窥,红而且大的昊日冉冉由山后而升,霎那间霞布千里,山巅云雾,逼炙势而匿迹,蔚蓝满空。唉!如浮云般的人生,其变易还甚于这月露风云呵,梅姊也以为然吗?

二　动人无限愁如织

梅姊!你不是最喜欢苍松吗?在弥漫黄沙的燕京,固然缺少这个,然而我们这里简直遍山都是。这种的树乡里的人都不看重它,往往砍下它的枝干作薪烧,可是我极爱那伏龙夭矫的姿势。恰好在我的屋子前有数十株臂般的大松树,每逢微风穿柯,便听见涛声澎湃,我举目云天,一缕愁痕,直奔胸臆。噫!清翠的涛声呵!然而如今都变成可怕的涛声了。梅姊!你猜它是带来的什么消息?记得去年八月里,正是黄昏时候,我还是住在碧海之滨的小楼上,我们沿着海堤看去,只见斜阳满树,惊风鼓浪,细沫飞溅衣襟,也正是涛声澎湃,然而我那时对于这种如武士般的壮歌,只是深深地崇拜,崇拜它的伟大的雄豪。

我深深记得我们同行海堤共是五人,其间有一个J夫人——梅姊未曾见过,——她的面貌很美丽,尤其她天性的真稚,仿佛出壳的雏莺。她从来不曾见过四无涯涘的海,这是她第一次看见了海,她极欣悦地对我说:"海上的霞光真美丽,真同闪光的柔锦相仿佛,我几时也能乘坐那轮船,到外国邀游一番,便不负此生了。"我微笑道:"海行果然有趣。然而最怕遇见风浪……"J夫人道："吓，如果遇见暴风雨，那真是可怕呢。我记得我母亲的一个内侄，有一次从天津到上海，遇到飓风，在海里颠沛了六七天，幸而倚傍着一个小岛，不然便要全船翻覆了！"我们说到海里的风浪，大家都感着心神的紧张，我更似乎受到暗示般，心头觉得忐忑不定。我忽想到涵曾对我说："星相者曾断定他二十八岁必死于水……"这自然是可笑的联想，然而实觉得涵明年出洋的计划，最好不要实现……这时涵正与铎谈讲着怎样为他的亡友编辑遗稿，我自不便打断他的话头，对他说我的杞忧……

我们谈着不觉天色已黑下来，并且天上又洒下丝丝的细雨来。我们便沿着海堤回去了。晚饭后我正伏着窗子看海，又听见涛声澎湃，陡的又勾起我的杞忧来。我因对涵说："我希望你明年不要到外国去……"涵怔怔地道："为什么？"我被他一问又觉得我的思想太可笑了，不说罢！然而不能，我嗫嚅着说："你不记得星相者说你二十八岁要小心吗？……"涵听了这话不觉嗤的一声笑道："你真有些神经过敏了，怎么忽然又想起这个来！"我被她讪笑了一阵，也自觉惭沮，便不愿多说，……而不久也就忘记了。

涛声不住的澎湃，然而涵却不曾被它卷入旋涡，但是涵还不到二十八岁，已被病魔拖了去。唉！这不但星相者不曾料到，便是涵自身也未曾梦想到呵！当他在浪拥波掀的碧海之滨，计划为他的亡友整理遗稿，他何尝想到第二年的今日，松涛澎湃中，我正为他整理残篇呢。我一页一页地抄着，由不得心凄目眩。我更拿出他为亡友预备编辑而未曾编辑的残简一叠，更不禁鼻酸泪涕。唉！不可预料的昙花般的生命，正不知道我能否为他整理完全遗著，并且又不知道谁又为我整理遗著呢！梅姊！你看风神勤鼓着双翼，松涛频作繁响，它带来的是什么消息，……正是动人无限愁如织呵！

三　斜阳正在烟柳断肠处

斜阳满山，繁英呈艳。我同圃绕过山径，那山路忽高忽低曲折蜿蜒。山洼处一方稻田，麦浪拥波，翠润悦目。走尽田垄，忽见奇峰壁立，一抹残阳，正反映其上。由这里拨乱草探幽径，转而东折，忽露出一条石阶，随阶而上，其势极险，弯腰曲背，十分吃力，走到顶巅，下望群峰起伏，都映掩于淡阳影里。我同圃坐在悬崖上，默默地各自沉思。

我记得那是一个极轻柔而幽静的夜景，没有银盆似的明月，只是点点的疏星，发着闪烁的微光。那寺里一声声钟鼓荡漾在空气里时，实含着一种庄严玄妙的暗示。那一队活泼的青年旅行者，正在那大殿前一片如镜般地平地上手搀着手，捉迷藏为嬉。我同圃德三个人悄悄地走出了山门，便听见瀑布潺潺溅溅的声音，我们沿着石路慢慢地散着步，两旁的松香清彻，树影参差。我们唱着极凄凉的歌调，圃有些怅惘了，她微微地叹息道："良辰美景……"底下的话她不愿意再说下去，因换了话头说："这个景致，极像某一张影片上的夜景，真比什么都好，可是我顶恨这种太好的风景恒使我惹起无限莫名的怅惘来。"我仿佛有所悟似的，因道："圃，你猜这是什么原因？……正是因为环境的轻松，内心得有回旋的余地，潜伏心底的灵性的要求自然乘机发动；如果不能因之满足，便要发生一道怅惘的情绪，然而这怅惘的情绪，却是一种美感，恒使我人迟徊不忍舍去。"我们正发着各自的议论，只有德一声不哼地感叹着。圃似乎不在意般地又接着道："我想无论什么东西，过于着迹，就要失却美感，风景也是如此，只要是自然的便好，那人工堆砌的究竟经不住仔细端相，……甚至于交朋友，也最怕的是腻，因为腻了便觉得丑态毕露。世界上的东西，一面是美的一面是丑的，若果能够掩饰住丑的，便都是美的可欣羡的，否则都是些罪恶！"唉！梅姊，圃的一席话，正合了我的心。你总当记得朋友们往往嫌我冷淡，其实这种电流般的交感，不过是霎时的现象，索居深思的时候，一切都觉淡然！我当时极赞同圃的话，但我觉得德这时有些仿佛失望似的。自然啦，她本是一个热情的人，对于朋友，常常牺牲了自己而宛转因人，而且是过分的细心，别人的一举一动，她都以为是对她而发的，或者是有什么深意。她近来待我很好，可是我久已冷淡的心情，虽愿意十分的和她亲热，无如总是落落的。她自然常时感到不痛快，可是我不能出于勉强的敷衍，不但这是对良心不住，而且也不耐烦；然而她现在没精打采地长叹着，我有些难受了。我想上帝太作弄我，既是给我这种冷酷而少信仰的心性，就不该同时又给我这种热情的焚炙。

最使我不易忘怀的，是德将要离开我们的那一天。午饭后，她便忙着收拾行装，我只怔怔地坐着发呆。她凄然地对我说："我每年暑假离开这个学校时，从不曾感到一些留恋的意味，可是这一次就特别了，老早的就心乱如麻说不出那一种'剪不断，理还乱'的滋味……"她说着眼圈不觉红了。我呢？梅姊若是前五年，我的眼泪早涌出来了，可是现在百劫之余的心灵,仿佛麻木了。我并不是没有同情心,然而我终没有相当的表现,使那对方的人得到共鸣的安慰,当我送她离开校门的时候,正是斜阳满树,烟云凄迷,我因冷冷地道:"德!你看斜阳正在烟柳断肠处。"德听了这话,顿时泪如雨下,可是我已经干枯的泪泉,只有惭愧着,直到德的影子不可再见了,我才悄悄地回来。我想到了这里,不觉叹了一声,圕忽回头对我说:"趁着好景未去的时候,我们回去吧!也留些不尽的余兴。"梅姊!这却是至理名言吧!

四　寒灰寂寞凭谁暖,落叶飘扬何处归

　　梅姊!我这个心终久是空落落的,然而也绝不想使这个心不空落,因为世界上究少可凭托的地方,至于归宿呢,除出进了"死之宫门"恐怕没有归宿处呵!空落落的心不免到处生怯,明明是康庄大道,然而我从不敢坦然地前进,但是独立于落日参横,灰淡而沉寂的四空中,又不免怅然自问"寒灰寂寞凭谁暖?落叶飘扬何处归"了。梅姊!可怜以矛刺盾,转战灵田,不至筋疲力倦,奄然物化,尚有何法足以解脱?

　　有时觉得人们待我也很有情谊,聊以自慰吧!然而多半是必然的关系,含着责任的意味,而且都是搔不着痒处的安慰,甚于有时强我咽所不愿咽的东西。唉!转不如没有这些不自然的牵扯,反落得心身潇洒,到而今束身于桎梏之中,承颜仰色,何其无聊!

　　但是世界上可靠的人,究竟太少,怯生生的我,总不敢挣脱这个牢笼,放胆前去。我梦想中的乐园,并不是想在绮罗丛里,养尊处优,也不是想在饮宴席上,觥筹交错。我不过求

两椽清洁质朴的茅屋,一庭寂寞的花草,容我于明窗净几之下,饮酽茶,茹山果,读秋风落叶之什,抉灵海潮汐,示我亲爱的朋友们。唉!我所望的原来非奢,然而蹉跎至今,依然夙愿莫偿,岁月匆匆,安知不终抱恨长辞。虽然我也知道在这世界上,正有许多醉梦沉酣的人们,膏沐春花秋月般的艳容,傲睨于一群为她们而颠倒的青年之前,是何等的尊若天神。青年们如疯狂似地俯伏她们的足前,求她们的嫣然一笑时,是何等的沉醉迷离。呵!梅姊!你当然记得从前在梅窟时你我的豪兴,我们曾谈到前途的事业,你说你希望诗神能够假你双翼,使你凌霄而上,采撷些仙果琼葩,赐与久不赏识美味的世人,这又是何等超越之趣,然而现在你却伫立在悲风惨日的新墓之旁,含泪仰视。呵!梅姊!你岂是已经掀开人间的厚幕,看到最后的秘密了吗?若果是的,请你不必深说罢!我并恳求你暂且醉于醇醪,以幻象为真实吧!更不必问到"落叶飘扬何处归"的消息,因为我不能相信在这世界上可以求到所谓凭托与归宿呵!

  梅姊!只要我一日活着,我的灵海潮汐将掀腾没有已时,我尤其怕回首到那已经成尘的往事,然而我除了以往事的余味,强为自慰外,我更不知将何物向你诉说!现在的我,未来的我,真仿佛剩余的糟粕,无情的世界诚然厌弃我,然而我也同样的憎厌世界呵!

  梅姊!我自然要感激你对我的共鸣,你希望我再到北京,并应许我在凄风苦雨之下伴我痛哭,唉!我们诚然是世界上的怯弱者,终不免死于失望呵!……梅姊!我兴念及此,一管秃笔不堪更续了哟!

(原载《小说月报》,1926年第17卷第11号)

月夜孤舟

发发弗弗的飘风,午后吹得更起劲,游人都带着倦意寻觅归程。马路上人迹寥落,但黄昏时风已渐息,柳枝轻轻款摆,翠碧的景山巅上,斜辉散霞,紫罗兰的云幔,横铺在西方的天际。他们在松阴下,迈上轻舟,慢摇兰桨,荡向碧玉似的河心去。

全船的人都悄默地看远山群岫,轻吐云烟,听舟底的细水潺湲,渐渐的四境包溶于模糊的轮廓里,这景地更清幽了。

他们的小舟,沿着河岸慢慢地前进。这时淡蓝的云幕上,满缀着金星,皎月盈盈下窥,河上没有第二只游船,只剩下他们那一叶的孤舟,吻着碧流,悄悄地前进。

这孤舟上的人们——有寻春的骄子,有飘泊的归客,在咿呀的桨声中,夹杂着欢情的低吟和凄意的叹息。把舵的阮君在清辉下,辨认着孤舟的方向,森帮着摇桨,这时他们的确负有伟大的使命,可以使人们得到安全,也可以使人们沉溺于死的深渊。森努力拨开牵绊的水藻,舟已到河心。这时月白光清,银波雪浪动了沙的豪兴,她扣着船舷唱道:

十里银河堆雪浪,
四顾何茫茫?
这一叶孤舟轻荡,
荡向那天河深处;
只恐玉宇琼楼高处不胜寒!
……
我欲叩苍穹,
问何处是隔绝人天的离恨宫?
奈雾锁云封!
奈雾锁云封!

绵绵恨……几时终!

这凄凉的歌声使独坐船尾的罃黯然了,她呆望天涯,悄数陨堕的生命之花;而今呵,不敢对冷月逼视,不敢向苍天伸诉。这深抑的幽怨,使得她低默饮泣。

自然,在这展布无衣缺限的人间,谁曾看见过不谢的好花?只要在静默中掀起心幕,摧毁和焚炙的伤痕斑斑可认。这时全船的人,都觉灵弦凄紧,虞斜倚船舷,仿佛万千愁恨,都要向清流洗涤,都要向河底深埋。

天真的丽,他神经更脆弱,他凝视着含泪的罃,狂痴的沙,仿佛将有不可思议的暴风雨来临,要摧毁世间的一切:尤其要捣碎雨后憔悴的梨花,他颤抖着稚弱的心,他发愁,他叹息,这时的四境实在太凄凉了!

沙呢,她原是飘泊的归客,并且归来后依旧飘泊,她对着这凉云淡雾中的月影波光,只觉幽怨凄楚,她几次问青天,但苍天冥冥依旧无言!这孤舟夜泛,这冷月只影,都似曾相识——但细听没有灵隐深处的钟磬声,细认也没有雷峰塔痕,在她毁灭而不曾毁灭尽的生命中,这的确是一个深深的伤痕。

八年前的一个月夜,是她悄送掉童心的纯洁,接受人间的绮情柔意,她和青在月影下,双影厮并,她那时如依人的小鸟,如迷醉的酴醾,她傲视冷月,她窃笑行云。

但今夜呵!一样的月影波光,然而她和青已隔绝人天,让月儿蹂躏这寞落的心。她扎挣残喘,要向月姊问青的消息,但月姊只是阴森的惨笑,只是傲然的凌视,——指示她的孤独。唉!她在将凄音冲破行云,柱将哀调深渗海底,——天意永远是不可思议!

沙低声默泣,全船的人都罩在绮丽的哀愁中。这时船已穿过玉桥,两岸灯光,映射波中,似乎万蛇舞动,金彩飞腾。沙凄然道:"这到底是梦境,还是人间?"

罃道:"人间便是梦境,何必问哪一件是梦,哪一件非梦!"

"呵!人间便是梦境,但不幸的人类,为什么永远没有快活的梦,……这惨愁,为什么没有焚化的可能?"

大家都默然无言,只有阮君依然努力把舵,森不住地摇桨,这船又从河心荡向河岸,"夜深了,归去罢!"森仿佛有些倦了,于是将船儿泊在岸旁,他们都离开这美妙的月影波光,在黑夜中摸索他们的归程。

月儿斜倚翡翠云屏,柳丝细拂这归去的人们,——这月夜孤舟又是一番梦痕!

(原载《蔷薇周刊》,1927年5月24日第2卷第26期)

愁情一缕付征鸿

霩：

你想不到我有冒雨到陶然亭的勇气吧！妙极了，今日的天气，从黎明一直到黄昏，都是阴森着，沉重的愁云紧压着山尖，不由得我的眉峰蹙起。——可是在时刻挥汗的酷暑中，忽有这么仿佛秋凉的一天，多么使人兴奋！汗自然的干了，心头也不曾燥热得发跳；简直是初赦的囚人，四围顿觉松动。

霩！你当然理会得，关于我的僻性。我是喜欢暗淡的光线和模糊的轮廓。我喜欢远树笼烟的画境，我喜欢晨光熹微中的一切，天地间的美，都在这不可捉摸的前途里。所以我最喜欢"笑而不答心自闲"的微妙人生，雨丝若笼雾的天气，要比丽日当空时玄妙得多呢！

今日我的工作，比任何一天都多，成绩都好，当我坐在公事房的案前，翠碧的树影，横映于窗间，刷刷的雨滴声，如古琴的幽韵，我写完了一篇温妮的故事，心神一直浸在冷爽的雨境里。

雨丝一阵紧，一阵稀，一直落到黄昏。忽在叠云堆里，露出一线淡薄的斜阳，照在一切沐浴后的景物上，真的，霩！比美女的秋波还要清丽动怜，我真不知怎样形容才恰如其分，但我相信你总领会得，是不是！

这时君素忽来约我到陶然亭去，霩！你当然深切地记得陶然亭的景物，——万顷芦田，翠苇已有人高。我们下了车，慢慢踏着湿润的土道走着。从苇隙里已看见白玉石碑矗立，呵！霩！我的灵海颤动了，我想到千里外的你，更想到隔绝人天的涵和辛。我悲郁地长叹，使君素诧异，或者也许有些惘然了。他悄悄对我望着，而且他不让我多在辛的墓旁停留，真催得我紧！我只得跟着他走了；上了一个小土坡，那便是鹦鹉冢，我蹲在地下，细细辨认鹦鹉曲。霩！你总明白北京城我的残痕最多，这陶然亭，更深深地埋葬着不朽的残痕。五六年前的一个秋晨吧；蓼花开得正好，梧桐还不曾结子，可是翠苇比现在还要高，我们在这里履行最凄凉的别宴。自然没有很丰盛的筵席，并且除了我和涵也更没有第三人。我们带来一瓶血色的葡萄酒和一包五香牛肉干,还有几个辛酸的梅子。我们来到鹦鹉冢旁,把东西放下,搬了两块白石,权且坐下。涵将酒瓶打开,我用小玉杯倒了满满的一盏,鹦鹉冢前,虔诚的礼祝后,就把那一盏酒竟洒在鹦鹉冢旁。这也许没有什么意义,但到如今这印象兀自深印心头呢:

我祭奠鹦鹉以后,涵似乎得了一种暗示,他握着我的手说:"音!我们的别宴不太凄凉吗?"我自然明白他言外之意,但是我不愿这迷信是有证实的可能,我咽住凄意笑道:"我闹着玩呢,你别管那些,咱们喝酒吧。你不是说在你离开之先,要在我面前一醉吗?好,涵!你尽量地喝吧。"他果然拿起杯子,连连喝了几杯。他的量最浅,不过三四杯的葡萄酒,他已经醉了;——两颊红润得如黄昏时的晚霞,他闭眼斜卧在草地上,我坐在他的身旁,把剩下大半瓶的酒,完全喝了;我由不得想到涵明天就要走了,离别是什么滋味?那孤零会如沙漠中的旅人吗?无人对我的悲叹注意,无人为我的不眠嘘唏!我颤抖,我失却一切矜持的力,我悄悄地垂泪,涵睁开眼对我征视,仿佛要对我剖白什么似的,但他始终未哼出一个字,他用手帕紧紧捂住脸,隐隐透出啜泣之声,这旷野荒郊充满了幽厉之凄音。

颦!悲剧中的一角之造成,真有些自甘陷溺之愚蠢,但自古到今,有几个能自拔?这就是天地缺陷的唯一原因吧!

我在鹦鹉冢旁眷怀往事,心痕暴裂。颦!我相信如果你在跟前,我必致放声痛哭,不过除了在你面前,我不愿向人流泪,况且君素又催我走,结果我咽下将要崩泻的泪液。我们绕过了芦堤,沿着土路走到群冢时,细雨又轻轻飘落,我冒雨在晚风中悲嘘,颦!呵!我实在觉得羡慕你,辛的死,为你遗留下整个的爱,使你常在憧憬的爱园中踯躅。那满地都开着紫罗兰的花,常有爱神出没其中,永远是圣洁的。我的遭遇,虽有些像你,但是比你差逊多了。我不能将涵的骨骸,葬埋在我所愿他葬埋的地方,他的心也许是我的,但除了这不可捉摸的心以外,一切都受了牵掣。我不能像你般替他树碑,也不能像你般,将寂寞的心泪,时时浇洒他的墓土。呵!颦!我真觉得自己可怜!我每次想痛哭,但是没有地方让我恣意地痛哭。你自然记得,我屡次想伴你到陶然亭去,你总是摇头说:"你不用去吧!"颦!你怜惜我的心,我何尝不知道,因此我除了那一次醉后痛快地哭过,到如今我一直抑积着悲泪,我不敢让我的泪泉溢出。颦!你想这不太难堪吗?世界上的悲情,孰有过于要哭而不敢哭的呢?你虽是怜惜我,但你也曾想到这怜惜的结果吗?

我也知道,残情是应当将它深深地埋葬,可恨我是过分的懦弱,眉目间虽时时含有英气,可济什么事呢?风吹草动,一点禁不住撩拨呵!

雨丝越来越紧,君素急要回去,我也知道在这里守着也无味;跟着他离开陶然亭。车子走了不远,我又回头前望,只见丛芦翠碧,雨雾幂幂,一切渐渐模糊了。

到家以后,大雨滂沱,君素也不能回去,我们坐在书房里,君素在案上写字,我悄悄坐在沙发上沉思，颦呵！我们相隔千里，我固然不知道你那时在做什么；可是我想你的心魂，日夜萦绕着陶然亭旁的孤墓呢！人间是空虚的，我们这种摆脱不开，聪明人未免要笑我们多余，——有时我自己也觉得似乎多余！然而只有颦你能明白：这绵绵不尽的哀愁，在我们有生之日，无论如何，是不能扫尽抛开的呵！

　　我往往想做英雄，——但此念越强，我的哀愁越深。为人类流同情的泪，固然比较一切伟大，不过对于自身的伤痕，不知抚摸悯惜的人，也绝对不是英雄。颦我们将来也许能做英雄，不过除非是由辛和涵使我们在悲愁中扎挣起来，我们绝不会有受过陶炼的热情，在我们深邃的心田中蒸勃呢！

　　我知道你近来心绪不好，本不应再把这些近乎撩拨的话对你诉说，然而我不说，便如梗在喉，并且我痴心希望，说了后可以减少彼此的深郁的烦纡，所以这一缕愁情，终付征鸿，颦呵！请你恕我吧！

云音七月十五写于灰城

（原载《蔷薇周刊》，1927年5月24日第2卷第32期）

寄燕北故人

亲爱的朋友们：

在你们闪烁的灵光里，大约还有些我的影子吧！但我们不见已经四年了，以我的测度你们一定不同从前了，——至少梅姊给我的印影——夕阳下一个倚新坟而凝泪的梅姊，比起那衰草寒烟的梅窟，吃鸡蛋煎菊花的豪情逸兴要两样了。至于轩姊呢，听说愁病交缠，近来更是人比黄花瘦。那么中央公园里，慢步低吟的幽趣，怕又被病魔销尽了！……呵！现在想到隽妹，更使我心惊！我记得我离开燕京的时候，她还睡在医院里，后来虽常常由信里知道她的病终久痊愈了，并且她又生了两个小孩子，但是她活泼的精神和天真的情态，不曾因为病后改变了吗？哎！不过四年短促的岁月中，便有这许多变迁了，谁还敢打开既往的生活史看，更谁敢向那未来的生活上推想！

我自从去年自己害了一场大病，接着又遭人生的大不幸，终日只是被暗愁锁着。无论怎样的环境，都是我滋感之菌，——清风明月，苦雨寒窗，我都曾对之泣泪泛澜，去年我不是告诉你们：我伴送涵的灵柩回乡吗？那时我满想将我的未来命运，整个的埋没于闭塞的故乡，权当归真的墟墓吧！但当我所乘的轮船才到故乡的海岸时，已经给我一个可怕的暗示——一片寒光，深笼碧水。四顾不禁毛发为之悚栗，满不是我意想中足以和暖我战惧灵魂的故乡；及至上了岸，就见家人，约了许多道士，在一张四方木桌上，满插着招魂幡旗，迎冷风而飘扬。只见涵的衰年老父，揾泪长号，和那招魂的磬钹繁响争激。唉！马江水碧，鼓岭云高，渺渺幽冥，究竟何处招魂！徒使劫余的我肝肠俱断。到家门时，更是凄冷鬼境，非复人问。唉！那高举的丧幡，沉沉的白幔，正同五年前我奔母亲丧时的一样刺心伤神。不过几年之间，我却两度受造物者的宰割。哎！雨打风摧，更经得几番磨折！——再加着故乡中的俚俗困人，我究竟不过住了半年，又离开故乡了——正是谁念客身轻似叶，千里飘零！

去年承你们的盛情约我北去，更续旧游，只恨我胆怯，始终不敢应诺。按说北京是我第二故乡,我七八岁的时候,就和它相亲相近,直到我离开它,其间差不多十八九年,它使我发生对它的好感,实远胜我发源地的故乡。我到北京去,自然是很妥当而适意的了;不过你们应当知道,我为什么不敢去?东交民巷的皎月馨风,万牲园的幽廊斜晖,中央公园的薄霜淡雾,都深深地镂刻着我和涵的往事前尘!我又怎么敢去?怎么忍去!朋友们!你们千里外的故人,原是不中用的呢!不过也不必因此失望,因为近来我似乎又找到新生路了。只要我的灵魂出了牢狱,我便可和你们相见了!

我这一次重到上海,得到一个出我意料外的寂静的环境,读书作稿,都用不着等待更深夜静。确是蓼荻绕宅,梧桐当户,荒坟蔓草,白杨晚鸦,而它们萧然地长叹,或冷漠,都给我以莫大的安慰,并且启示我,为俗虑所掩遮的灵光——虽只是很淡薄的灵光,然而我已经似有所悟了。

我所住的房子,正对着一片旷野,窗前高列着几棵大树,枝叶繁茂,宿鸟成阵,时时鼓舌如簧,娇啭不绝。我课余无事,每每开窗静听,在它们的快乐声中,常常告诉我,它们是自由的……有时竟觉得,它们在嘲笑我太不自由了,因为我灵魂永远不曾解放过,我不能离开现实而体察神的隐秘,无论做什么事情,都只能宛转因人,这不是太怯弱了吗?

有一天我正向窗外凝视,忽然看见几个小孩子,满脸都是污泥,衣服也和他们的脸一样的肮脏,在我们房子左右满了落叶枯枝的草地上,撷拾那落叶枯枝。这时我由不得心里一惊——天寒岁暮了,这些孩子们,捡这枯枝,想来是,燃了取暖的。昨天听说这左右发见不少小贼,于是我告诉门房的人,把那些孩子赶了出去,并且还交代小工,将那破损的竹篱笆修修好,不要让闲杂人进来,……这自然是我的责任,但是我可对不起那几个圣洁的小灵魂了。我简直是蔑视他们,贼自然是可怕的罪恶,然而我没有用的人,只知道关紧门,不许他们进来,这只图自己的安适,再不为那些不幸的人们着想,这是多么卑鄙的灵魂?除自私之外没有更大的东西了！朋友们：在这灵光一瞥中，我发现了人类的丑恶，所以现在除了不幸的人外，我没有朋友。有许多人，对着某一个不幸的人，虽有时也说可怜，然而只是上下唇、及舌头筋肉间的活动，和音带的震响罢了——真是十三分的漠然，或者可以说，其间含着幸灾乐祸的恶意呢？总之一个从来不懂悲哀和痛苦真义的人，要叫他能了解悲哀和痛苦的神秘，未免太不容易！所以朋友们！你们要好好记住，如果你们是有痛苦悲哀的时候，与其对那些不能了解的人诉说，希冀他们予以同情的共鸣，那只是你们的幻想，决不会成事实的。不如闭紧你们的口，眼泪向肚里流要好得多呢。

悲哀才是一种美妙的快感，因为悲哀的纤维，是特别的精细，它无论是触于怎样温柔的玫瑰花朵上，也能明切的感觉到，比起那近于欲的快乐的享受，真是要耐人寻味多了。并且只有悲哀，能与超乎一切的神灵接近。当你用怜悯而伤感的泪眼，去认识神灵的所在，比较你用浮夸的享乐的欲眼时，要高明得多。悲哀诚然是伟大的！

朋友们！你们读我的信到这个地方，总要放下来揣想一下吧！甚或要问这倒是怎么一回事？——想来这个不幸的人，必要被暗愁搅乱了神经，不然为何如此尊崇悲哀和不幸者呢？……要不然这个不幸的人，一定改了前此旷达的心胸，自囿于凄栗之中，……呵！朋友们：如果你们如是的怀疑，我可以诚诚实实地告诉你们，这揣想完全错了。我现在的态度，固然是比较从前严肃，然而我却好久不掉眼泪了。看见人家伤心，我仿佛是得到一句隽永的名句，有意义的，耐人寻味的名句。我得到这名句，一面是刻骨子的欣赏，一面又从其中得到慰安。这真是一种灵的认识，从悲哀的历程中，所发见的宝藏。

我前此常常觉得人生，过于单调：青春时互相的爱恋者，一天天平凡的度过去，究竟什么是生命的意义！——有什么无上的价值，完全不明了。现在我仿佛得到神明的诏示，真了解悲哀才有与神接近的机会，才能以鲜红的热血为不幸者牺牲。朋友们！我相信你们中一定有能了解我这话的人，至少梅姊可以和我表同情，是不是？

我自从沦入失望和深愁浸渍的漩涡中，一直总是颓废不振。我常常自危，幸而近来灵光普照，差不多已由颓废的漩涡中扎挣起来了。只要我一旦对于我的灵魂，更能比较地解放，更认识得清楚些，那么那个人的小得失，必不至使我惊心动魄了。

梅姊的近状如何？我记得上半年来信，神气十分萎靡。固然我也知道梅姊的遭遇多苦。但是，我希望梅姊把自己的价值看重些，把自己的责任看大些，像我们这种个人的失意，应该把它稍为靠后些。因为这悲哀造成的世界，本以悲哀为原则，不过有的是可医治的悲哀，有的是不可医治的悲哀。我们的悲哀，是不可医治的根本的烦冤，除非毁灭，是不能使我们与悲哀相脱离。我们只有推广这悲哀的意味，与一切不幸者同运命，我们的悲哀岂不更觉有意义些吗？呵！亲爱的朋友！为了怜悯一个贫病的小孩子而流泪，要比因自己的不幸而流泪，要有意味得多呢！

神实在是不可思议的,所以能够使世界瑰琦灿烂,不可逼视,在这里我要告诉你一件很有趣味的事实。前天下午,我去看星姊,那时美丽的太阳,正射着玫瑰色的玻璃窗上,天边浮动着变幻的浅蓝的飞云。我走到星姊的房间的时候,正静悄悄不听一点声息。后来我开门进去,只见星姊正在摇篮旁用手极轻微地摇着睡在里面的小孩子。我一看,突然感觉到母亲伟大而高远的爱的神光,从星姊的两眸子中流射出来。那真是一朵不可思议的灿烂之花!呵隽妹!我现在能想象你,那温慈的爱欢,正注射着你那可爱的娇儿呢!这真是人间最大慰安吧,无论是怎么痛苦或疲乏的人,只要被母亲的春晖拂照便立刻有了生气。世界上还有比母亲的爱更伟大么?这正是能牺牲自己而爱,爱她们的孩子,并且又是无所为而爱的呵!母亲的爱是怎样的神圣,也正和为不幸而悲哀同样有意味呢?

现在天气冷了,秋风秋雨一阵紧一阵,燕北彤云,雪意必浓,四境的冷涩,不知又使多少贫苦人惊心骇魄。但愿梅姊用悲哀的更大同情,为他们洗涤创污,隽妹以母亲伟大的温情,为他们的孤零嘘拂。

如果是无甚阻碍,明年暑假,我们定可图一晤。敬祝亲爱的朋友为使灵魂的超越而努力呵!

你们海角的故人书于凄风冷雨之下。

(选自《曼丽》,北平古城书社 1928 年 1 月初版)

房　东

当我们坐着山兜,从陡险的山径,来到这比较平坦的路上时,兜夫"哎哟"地舒了一口气,意思是说"这可到了"。我们坐山兜的人呢,也照样地深深地舒了一口气,也是说:"这可到了!"因为长久的颠簸和忧惧,实在觉得力疲神倦呢!这时我们的山兜停在一座山坡上,那里有一所三楼三底的中国化的洋房。若从房子侧面看过去,谁也想不到那是一座洋房,因为它实在只有我们平常比较高大的平房高。不过正面的楼上,却也有二尺多阔的回廊,使我们住房子的人觉得满意。并且在我们这所房子的对面,是峙立着无数的山峦,当晨曦窥云的时候,我们睡在床上,可以看见万道霞光,从山背后冉冉而升。跟着雾散云开,露出艳丽的阳光。再加着晨气清凉,稍带冷意的微风,吹着我们不曾掠梳的散发,真有些感觉得环境的松软。虽然比不上列子御风那么飘逸。至于月夜,那就更说不上来的好了。月光本来是淡青色,再映上碧绿的山景,另是一种翠润的色彩,使人目跃神飞。我们为了它们的倩丽往往更深不眠。

这种幽丽的地方,我们城市里熏惯了煤烟气的人住着,真是有些自惭形秽,虽然我们的外面是强似他们乡下人。凡从城里来到这里的人,一个个都仿佛自己很明白什么似的,但是他们乡下人至少要比我们离大自然近得多,他们的心要比我们干净得多。就是我那房东,她的样子虽特别的朴质,然而她却比我们好像知道什么似的人更知道些,也比我们天天讲自然趣味的人,实际上更自然些。

可是她的样子,实在不见得美,她不但有乡下人特别红褐色的皮肤,并且她左边的脖项上长着一个盖碗大的肉瘤。我第一次看见她的时候,对于她那个肉瘤很觉厌恶,然而她那很知足而快乐的老面皮上,却给我很好的印象。倘若她只以右边没长瘤的脖项对着我,那倒是很不讨厌呢!她已经五十八岁了,她的老伴比她小一岁,可是他俩所做的工作,真不像年纪这么大的人。他俩只有一个儿子,倒有三个孙子,一个孙女儿。他们的儿媳妇是个瘦精精的妇人。她那两只脚和腿上的筋肉,一股一股地隆起,又结实又有精神。她一天到晚不在家，早上五点钟就到田地里去做工，到黄昏的时候，她有时肩上挑着几十斤重的柴来家了。那柴上斜挂着一顶草笠，她来到她家的院子里时，把柴担从这一边肩上换到那一边肩上时，必微笑着同我们招呼道："吃晚饭了吗？"当这时候，我必想着这个小妇人真自在，她在田里种着麦子，有时插着白薯秧，轻快的风吹干她劳瘁的汗液，清幽的草香，阵阵袭入她的鼻观，有时可爱的百灵鸟，飞在山岭上的小松柯里唱着极好听的曲子，她心里是怎样的快活！当她向那小鸟儿瞬了一眼，手下的秧子不知不觉已插了很多了。在她们的家里，从不预备什么钟，她们每一个人的手上也永没有带什么手表，然而她们看见日头正照在头顶上便知道午时到了，除非是阴雨的天气，她们有时见了我们，或者要问一声：师姑，现在十二点了罢！据她们的习惯，对于做工时间的长短也总有个准儿。

住在城市里的人每天都能在五点钟左右起来，恐怕是绝无仅有，然而在这岭里的人，确没有一个人能睡到八点钟起来。说也奇怪，我在城里头住的时候，八点钟起来，那是极普通的事情，而现在住在这里也能够不到六点钟便起来，并且顶喜欢早起。因为朝旭未出将出的天容和阳光未普照的山景，实在别有一种情趣。更奇异的是山间变幻的云雾，有时雾拥云迷，便对面不见人。举目唯见，一片白茫茫，真有人在云深处的意味。然而刹那间风动雾开，青山初隐隐如笼轻绡。有时两峰间忽突起朵云,亭亭如盖,翼蔽天空,阳光黯淡,细雨霏霏,斜风潇潇,一阵阵凉沁骨髓,谁能想到这时是三伏里的天气。我曾记得古人词有"采药名山,读书精舍,此计何时就"?就是我从前一读一怅然,想望而不得的逸兴幽趣,今天居然身受,这是何等的快乐!更有我们可爱的房东,每当夕阳下山后,我们坐在岩上谈说时,她又告诉我们许多有趣的故事,使我们想象到农家的乐趣,实在不下于神仙呢。

女房东的丈夫,是个极勤恳而可爱的人,他也是天天出去做工,然而他可不是去种田,他是替他们村里的人,收拾屋漏。有时没有人来约他去收拾时,他便戴着一顶没有顶的草笠,把他家的老母牛和老公牛,都牵到有水的草地上拴在老松柯上,他坐在草地上含笑看他的小孙子在水涯旁边捉蛤蟆。

不久炊烟从树林里冒出来,西方一片红润,他两个大的孙子从家塾里一跳一蹿的回来了。我们那女房东就站在斜坡上叫道:"难民仔的公公,回来吃饭。"那老头答应了一声"来了",于是慢慢从草地上站起来,解下那一对老牛,慢慢蹚了回来。那女房东在堂屋中间摆下一张圆桌,一碗热腾腾的老倭瓜,一碗煮糟大头菜,一碟子海蜇,还有一碟咸鱼,有时也有一碗鱼鲞墩肉。这时他的儿媳妇抱着那个七八个月大的小女儿喂着奶,一手抚着她第三个儿子的头。吃罢晚饭他给孩子们洗了脚,于是大家同坐在院子里讲家常,我们从楼上的栏杆望下去,老女房东便笑嘻嘻地说:"师姑!晚上如果怕热,就把门开着睡。"我说:"那怪怕的,倘若来个贼呢?……这院子又只是一片石头叠就的短墙,又没个门!""呵哟师姑!真真

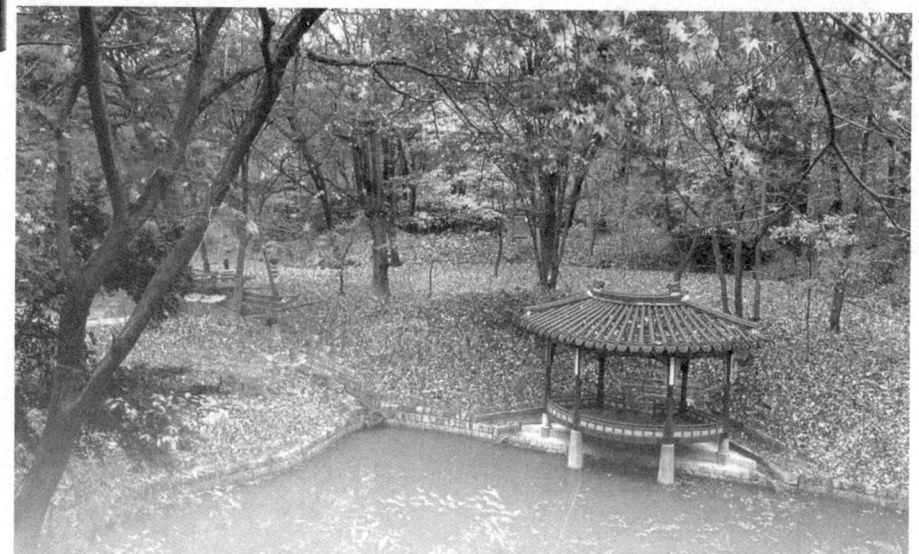

的不碍事,我们这里从来没有过贼,我们往常洗了衣服,晒在院子里,有时被风吹了掉在院子外头,也从没有人给拾走。倒是那两只狗,保不定跑上去。只要把回廊两头的门关上,便都不得了!"我听了那女房东的话,由不得称赞道:"到底是你们村庄里的人朴厚,要是在城里头,这么空落落的院子,谁敢安心睡一夜呢!"那老房东很高兴地道:"我们乡户人家,别的能力没有,只讲究个天良,并且我们一村都是一家人,谁提起谁来都是知道的。要是做了贼,这个地方还住得下去吗?"我不觉叹了一声,只恨我不做乡下人,听了这返朴归真的话,由不得不心凉,不用说市井不曾受教育的人,没有天良;便是在我们的学校里还常常不见了东西呢!怎由得我们天天如履薄冰般的,掬着一把汗,时时竭智虑去对付人,哪复有一毫的人生乐趣?

　　我们的女房东,天天闲了就和我们说闲话儿,她仿佛很羡慕我们能读书识字的人,她往往称赞我们为聪明的人。她提起她的两个孙子也天天去上学,脸上很有傲然的颜色。其实她未曾明白现在认识字的人,实在不见得比他们庄农人家有出息。我们的房东,他们身上穿着深蓝老布的衣裳,用着极朴质的家具,吃的是青菜萝卜,白薯搀米的饭,和我们这些穿缎绸,住高楼大厦,吃鱼肉美味的城里人比,自然差得太远了。然而试量量身份看,我们是家之本在身,吃了今日要打算明日的,过了今年要打算明年的,满脸上露着深虑所渍的微微皱痕,不到老已经是发苍苍而颜枯槁了。她们家里有上百亩的田,据说好年成可收七八十石的米,除自己吃外,尚可剩下三四十石,一石值十二三块钱,一年仅粮食就有几百块钱的裕余。

　　以外还有一块大菜园,里面萝卜白菜,茄子豆角,样样俱全,还有白薯地五六亩,猪牛羊鸡和鸭子,又是一样不缺。并且那一所房除了自己住,夏天租给来这里避暑的人,也可租上一百余元,老母鸡一天一个蛋,老母牛一天四五瓶牛奶,倒是纯粹的奶子汁,一点不搀水的。我们天天向他买一瓶要一角二分大洋,他们吃用全都是自己家里的出产品,每年只有进款加进款,却不曾消耗一文半个,他们舒舒齐齐地做着工,过着无忧无虑的日,他们可说是"外干中强",我们却是"外强中干"。只要学校里两月不发薪水,简直就要上当铺,外面再掩饰得好些,也遮不着隐忧重重呢!

　　我们的老房东真是一个福气人,她快六十岁的人了,却像四十几岁的人。天色朦胧,她便起来,做饭给一家的人吃。吃完早饭儿子到村集里去做买卖,媳妇和丈夫,也都各自去做工,她于是把她那最小的孙女用极阔的带把她驮在背上,先打发她两个大孙子去上学,回来收拾院子,喂母猪,她一天到晚忙着,可也一天到晚地微笑着。逢着她第三个孙子和她撒娇时,她便把地里掘出来的白薯,递一片给他,那孩子笑嘻嘻地蹲在捣衣石上吃着。她闲时,便把背上的孙女儿放下来,抱着坐在院子里,抚弄着玩。

　　有一天夜里月色布满了整个的山,青葱的树和山,更衬上这淡淡银光,使我恍疑置身碧玉世界,我们的房东约我们到房后的山坡上去玩,她告诉我们从那里可以看见福州。我们越过了许多壁立的巉岩,忽见一片细草平铺的草地,有两所很精雅的洋房,悄悄地站在那里。一带的松树被风吹得松涛澎湃,东望星火点点,水光泻玉,那便是福州了。那福州的城子,非常狭小,民屋垒集,烟迷雾漫,与我们所处的海中的山巅,真有些炎凉异趣。我们看了一会福州,又从这垒岩向北沿山径而前,见远远月光之下竖立着一座高塔,我们的房东指着对我们说:"师姑!你们看见这里一座塔吗?提到这个塔,有一个很有趣的故事,我们这里相传已久了。"

　　"人们都说那塔的底下是一座洞,这洞叫做小姐洞,在那里面住着一个神道,是十七八岁长得极标致的小姐,往往出来看山,遇见青年的公子哥儿,从那洞口走过时,那小姐便把他们的魂灵捉去,于是这个青年便如痴如醉地病倒,吓得人们都不敢再从那地方来。——有一次我们这村子,有一家的哥儿只有十九岁,这一天收租回来,从那洞口走过,只觉得心里一打寒战,回到家里便昏昏沉沉睡了,并且嘴里还在说:'小姐把他请到卧房坐着,那卧房收拾得像天宫似的。小姐长得极好,他永不要回来。后来又说某家老二老三等都在那里做工。'他们家里一听这话,知道他是招了邪,因找了一位道士来家作法。第一次来了十几个和尚道士,都不曾把那哥儿的魂灵招回来;第二次又来了二十几个道士和尚,全都拿着枪向洞里放,那小姐才把哥儿的魂灵放回来!自从这故事传开以后,什么人都不再从小姐洞经过,可是前两年来了两个外国人,把小姐洞旁的地买下来,造了一所又高又大的洋房,说也奇怪,从此再不听小姐洞有什么影响,可是中国的神道,也怕外国鬼子——现在那地方很热闹了,再没有什么可怕!"

我们的房东讲完这一件故事,不知想起什么,因问我道:"那些信教的人,不信有鬼神,……师姑!你们读书的人自然知道有没有鬼神了。"

这可问着我了,我沉吟半晌答道:"也许是有,可是我可没看见过,不过我总相信在我们现实世界以外,总另有一个世界,那世界你们说他是鬼神的世界也可以,而我们却认那世界为精神的世界……"

"哦!倒是你们读书的人明白!……可是什么叫做精神的世界呵!是不是和鬼神一样?"

我被那老头儿这么一问,不觉嗤地笑了,笑我自己有点糊涂,把这么抽象的名词和他们天真的农人说。现在我可怎样回答呢,想来想去,要免解释的麻烦,因嗫嚅着道:"正是也和鬼神差不多！"

好了！我不愿更谈这玄之又玄的问题，不但我不愿给他勉强的解释，其实我自己也不大明白，我因指着他那大孙子道："孩子倒好福相，他几岁了？"我们的房东，听我问她的孩子，十分高兴地答道："他今年九岁了，已定下亲事，他的老婆今年十岁了，"后又指着她第二个孙子道："他今年六岁也定下亲，他的老婆也比他大一岁，今年七岁……我们家里的风水，都是女人比丈夫大一岁，我比他公公大一岁，她娘比他爹大一岁……我们乡下娶媳妇，多半都比儿子要大许多，因为大些会做事，我们家嫌大太多不大好，只大着一岁，要算很特别的了。"

"吓！阿姆你好福气，孙子媳妇都定下了，足见得家里有，要不然怎么做得起。"我们中的老林很羡慕似的，对我们的房东说。我觉得有些好奇，因对那两个小孩子望着，只见他们一双圆而黑的眼珠对他们的祖母望着……我不免想这么两个无知无识的孩子，倒都有了老婆，这真是有点不可思议的事实。自然，在我们受过洗礼的脑筋里，不免为那两对未来的夫妇担忧，不知他们到底能否共同生活，将来有没有不幸的命运临到他和她，可是我们的那老房东确觉得十分的爽意，仿佛又替下辈的人做成了一件功绩。

一群小鸡忽然啾啾地嘈了起来。那老房东说："又是田鼠作怪！"因忙忙地赶去看。我们怔怔坐了些时就也回来了。走到院子里，正遇见那房东迎了出来，指着那山缝的流水道："师姑！你看这水映着月光多么有趣……你们如果能等过了中秋节下去，看我们山上过节，那才真有趣，家家都放花，满天光彩，站在这高坡上一看真要比城里的中秋节还要有趣。"我听了这话,忽然想到我来到这地方,不知不觉已经二十天了,再有三十天,我就得离开这个富于自然——山高气清的所在,又要到那充满尘气的福州城市去,不用说街道是只容得一轮汽车走过的那样狭,屋子是一堵连一堵排比着,天空且好比一块四方的豆腐般呆板而沉闷,至于那些人呢,更是俗垢遍身不敢逼视。

日子飞快地悄悄地跑了,眼看着就要离开这地方了。那一天早起,老房东用大碗满满盛了一碗糟菜,送到我的房间,笑容可掬地说:"师姑!你也尝尝我们乡下的东西,这是我自己亲手做的,这几天才全晒干了,师姑你带到城里去管比市上卖的味道要好,随便炒吃墩肉吃,都极下饭的。"我接着说道:"怎好生受,又让你花钱。"那老房东忙笑道:"师姑!真不要这么说,我们乡下人有的是这种菜根子,哪像你们城市的人样样都须花钱去买呢!"我不觉叹道:"这正是你们乡下人叫人羡慕而又佩服的地方,你们明明满地的粮食,满院的鸡鸭和满圈子的牛羊猪,是要什么有什么,可是你们样子可都诚诚朴朴的,并没有一些自傲的神气,和奢侈的受用,……这怎不叫人佩服!再说你们一年到头,各人做各人爱做的事,舒舒齐齐地过着日了,地方的风景又好,空气又清,为什么人不羡慕?!……"

那老房东听了这话,一手摸着那项上的血瘤,一面点头笑道:"可是的呢!我们在乡下宽敞清静惯了倒不觉得什么……去年福州来了一班耍马戏的,我儿子叫我去见识见识,我一清早起带着我大孙子下了岭,八点钟就到福州,我儿子说离马戏开演的时间还早咧,我们就先到城里各大街去逛,那人真多,房子也密密层层,弄得我手忙脚乱,实觉不如我们岭里的地方走着舒心……师姑!你就多住些日子下去吧!……"

我笑道:"我自然是愿意多住几天,只是我们学校快开学了,我为了职务的关系,不能不早下去……这个就是城市里的人大不如你们乡下人自在呵!"

我们的房东听了这话,只点了一点头道:"那么师始明年放暑假早些来,再住在我们这里,大家混得怪熟的,热辣辣地说走,真有点怪舍不得的呢!"

可是过了两天,我依然只得热辣辣地走了,不过一个诚恳而温颜的老女房东的印象却深刻在我的心幕上——虽是她长着一个特别的血瘤,使人更不容易忘怀。然而她的家庭,和她的小鸡和才生下来的小猪儿……种种都充满了活泼泼的生机使我不能忘怀——只要我独坐默想时,我就要为我可爱而可羡的房东祝福!并希望我明年暑假还能和她见面!

(选自《曼丽》,北平古城书社 1928 年 1 月初版)

秋风秋雨愁煞人

凌峰独乘着一叶小舟,在霞光璀璨的清晨里,——淡雾仿若轻烟,笼住湖水与岗峦,氤氲的岫云,懒散地布在山谷里。远处翠翠隐隐,紫雾漫漫,这时意兴十分潇洒。舟子摇着双桨,低唱小调。这船已荡向芦荻丛旁。凌峰站在船头,举目四望,一片红蓼,几丛碧苇,眼底收尽秋色。她吩咐舟子将船拢了岸。踏着细草,悄悄前进走过一箭多路。忽听长空雁唳,仰头一看,霞光无彩,雾氛匿迹,云高气爽,北雁南飞,正是"一年容易又秋风",她怔怔倚着孤梧悲叹。

许多游山的人,在对面高峰上唱着陇头水曲,音调悲凉。她黯然危立,忽见树林里有一座孤坟,在孤坟的四围,满是霜后的枫叶,鲜红比血,照眼生辉。树梢头哀蝉穷嘶,似诉将要僵伏的悲愁,促织儿在草底若歌若泣,她在这冷峭的秋色秋声中,忽想起五年前曾在此地低吟"秋风秋雨愁煞人"!

她不由自主地向那孤坟走去,只见坟旁竖着残碑断碣,青苔斑斓,字迹模糊,从地上捡了一块瓦片,将青苔刮尽才露出几个字是"女烈士秋瑾之墓"。

"哦!女英雄"。她轻轻低呼着!已觉心潮激涌,这黄土坑中,深埋着虽是已腐化的枯骨,但是十几年前却是一个美妙的女英雄。那夜微冷的西风,吹拂着庭前松柯,发出凄厉的涛歌,沙沙的秋雨,滴在梧桐叶上。她正坐在窗下,凄影独吊,忽见门帘一动,进来一个英风满面的女子,神色露着张惶,急将桌上洋灯吹灭低声道:"凌妹真险,请你领我从你家后花园门出去,迟了他们必追踪前来,"凌峰莫名其妙地张慌着!她们冒雨走过花园的石子路,向北转,已看见竹篱外的后门了。凌峰开了后门,把她送出去,连忙关上跑到屋里,还不曾坐稳,已听见前面门口有人打门!她勉强镇定了,看看房里母亲,已经睡了,父亲还没有回来,壁上的时计正指在十点。看门的老王进来说:外面有两个侦探要见老爷,我回他老爷没在家,他说刚才仿佛看见一个女人进了咱们的家门,那是一个革命党,如果在这里,须立刻把她交出来,不然咱们都得受连累。凌峰道:"你告诉他并没有人进来,也许他看错了,不信请他进来搜好了……"

母亲已在梦中惊醒,因问道:"什么事?"老王把前头的话照样的回了母亲,仿佛已经料到是什么事了,因推枕起来道:"快到隔壁叫李家少爷来……半夜三更倘或闹出事来还了得。"老王忙忙把李家少爷请来,母亲托他和那两个侦探交涉,……这可怕的搅骚才幸免了。

凌峰背着人悄悄将适才的事告诉了母亲,母亲不禁叹道:"你姑爹姑妈死得早,可怜剩下她一个孤女……又是生来气性高傲,喜打抱不平,现在竟做了革命党,哎!若果有什么意外发生怎么办,说着不禁垂下泪来……十二点多钟凌峰的父亲回来了,听知这消息也是一夜担心,昨夜风雨中不知她躲在什么地方去?……惊惧的云幔一直遮蔽着凌峰的一家。"

过了几天忽从邮局送来一封信正是秋瑾的笔迹。凌峰的父亲忙忙展读道:

舅父母大人尊前:

前夜自府上逃出,正风雨交作,泥泞道上,仓遑奔驰,满拟即乘晚车北去引避,不料官网密密,卒陷其中,甫到车站,已遭逮捕,虽未经宣布罪状,而前途凶多吉少,则可预臆也。但甥自幼孤露,命运厄塞,又际国家多事,满目疮痍,危神州之陆沉,何惜性命!以身许国甥志早决矣。虽刀踞斧钺之加,不变斯衷,念皇皇华胄,又摧残于腥膻之满人手中,谁能不冲发裂眦,以求涤雪光复耶?甥不揣愚鄙,窃慕良玉木兰之高行,妄思有以报国,乃不幸而终罹法网,此亦命也。但望革命克成,虽死犹生,又复何憾?唯夙蒙舅父母爱怜,时予训迪,得有今日,罔极深恩,未报万一,一旦溘逝,未免遗恨耳!别矣!别矣!临楮凄惶,不知所云。肃叩

福安!

甥女秋瑾再拜

自从这消息传来以后,母亲整整哭了一夜,第二天父亲到处去托人求情,但朝廷这时最忌党人,虽是女流也不轻赦,等到七天以后,就要绑到法场行刑。父亲不敢把这惊人的信息告诉母亲,只说已托人求情,或者有救,母亲每日在佛堂念佛,求菩萨慈悲,保佑这可怜的甥女。

　　这几天秋雨连绵,秋风瑟瑟,秋瑾被关在重牢里,手脚都上着镣铐,日夜受尽荼毒,十分苦楚,脸上早已惨白,没有颜色。她坐在墙犄角里,对着那铁窗的风雨,怔怔注视,后来她黯然吟道:"秋风秋雨愁煞人!"她念完这诗句之后,她紧紧闭上眼睛,有时想到死的可怕,但是她最终傲然地笑了。如果因为她的牺牲,能助革命成功,这死是重于泰山,还有比这个更好的死法吗?她想到这里,不但不怕死,且盼死期的来临,鲜红的心血,仿佛是菩萨瓶中的甘露,她能救一切的生灵,僵卧断头台旁的死尸,是使人长久纪念的,伟大而隽永……

　　行刑的头一天,她的舅父托了许多人情,要会她一面,但只能在铁栏的空隙处,看一看,并且时间不得过五分钟。秋瑾这时脸色已变得青黄,两只眼球突出,十分惨厉可怕,她舅父从铁栏里伸进手来,握住她那铁镣鋃铛的手,禁不住流下泪来。秋瑾怔怔凝注他的脸,眼睛里的血,一行行流在两颊上,她惨笑,她摇头!她凄厉地说:"舅舅保重!"她的心已碎了,她晕然地倒在地下,她舅父在外面顿足痛哭,而五分钟的时间,已经到了,狱吏将他带出去。

　　到了第二天十点钟的时候,道路上人忙马乱,卫队一行行过去,荷枪实弹的兵士,也是一队队地过去,一个个威风凛凛,杀气蒸腾,杀一个人,究竟怎么一种滋味?呵!这只有上帝知道。

几辆囚车,载着许多青年英豪志士,向刑人场去。最后一辆车上,便是那女英雄秋瑾。凌峰远远地望见,不禁心如刀割呜咽地哭了。街上看热闹的人,对于这些为国死难的志士,有的莫名其妙地说:"这些都是革命党?"有的仿佛很懂得这事情的意味的,只摇着头,微微叹道:"可怜!"最后的囚车的女英雄出现了,更使街上的人惊异,"女人也做革命党,这真是破天荒的新闻!"

这些英雄,一刹那间都横卧在刑人场上,他们的魂魄,都离了这尘浊的世界了。秋瑾的尸骸,由她舅父装殓后,便停在普救寺里。

过了不久,革命已告成功,各省都悬上白布旗帜,那腥膻的满洲人,都从贵族的花园里,四散逃亡,皇帝也退了位,这些死难的志士,都得扬眉吐气,各处人士都来公祭黄花岗七十二烈士。秋瑾尤是其中一个努力的志士,因公议把她葬在西湖,使美妙的湖山,更增一段英姿。

凌峰想到这里,再看看眼底的景物,但见荒草离离,白杨萧萧,举首天涯,兵锋连年,国是日非,这深埋的英魂,又将何处寄栖!哪里是理想的共和国家,她由不得悲绪潮涌,叩着那残碑断碣,慨然高吟道:

"枫林古道,荒烟蔓草,
何处赋招魂!
更兼这——
秋风秋雨愁煞人!
……"

她正心魂凄迷的时候,舟子已来催上道,凌峰懒懒出了枫林,走到湖边,再回头一望,红蓼鲜枫,都仿若英雄的热血,她不禁凄然长叹。上了小船,舟子洒然鼓桨前进,不问人是何心情,他依然唱着小调,只有湖上的斜风细雨,助她叹息呢!

(原载《蔷薇周刊》,1927年6月第2卷第29期)

生命的光荣

叩苍从狱中寄来的信。

这阴森惨凄的四壁,只有一线的亮光,闪烁在这可怕的所在。暗隈里仿佛狞鬼睁视,但是朋友!我诚实地说吧,这并不是森罗殿,也不是九幽十八层地狱,这原来正是覆在光天化日下的人间哟!

你应当记得那一天黄昏里,世界逞一种异样的淆乱,空气中埋伏着无限的恐惧,我们正从十字街头走过。虽然西方的彩霞,依然罩在滴翠的山巅,但是这城市里是另外包裹在黑幕中,所蓄藏的危机时时使我们震惊。后来我们看见槐树上,挂着血淋淋的人头,峰如同失了神似"哎哟"一声,用双手掩着两眼,忙忙跑开。回来之后,大家的心魂都仿佛不曾归窍似的。过了很久峰如才舒了一口气,凄然叹道:"为什么世界永远的如是惨淡?命运总是如饿虎般,张口向人间搏噬!"自然啦,峰当时可算是悲愤极了。不过朋友你知道吧!不幸的我,一向深抑的火焰,几乎悄悄焚毁了我的心,那时我不由地要向天发誓,我暗暗咒诅道:"天!这纵使是上苍的安排,我必以人力挽回,我要扫除毒氛恶气,我要向猛虎决斗,我要向一切的强权抗衡……"这种的决心我虽不曾明白告诉你们,但是朋友只要你曾留意,你应当看见我眼内爆烈的火星。

后来你们都走了,我独自站在院子里,只见宇宙间充满了冷月寒光,四境如死的静默,我独自厮守着孤影。我曾怀疑我生命的荣光,在这世界上,我不是巍峨的高山,也不是湛荡的碧海,我真微小:微小如同阴沟里的萤虫,又仿佛冢间闪荡的鬼火,有时虽也照见芦根下横行跋扈的螃蟹,但我无力使这霸道的足迹,不在人间践踏。

朋友!我独立凄光下,由寂静中,我体验出我全身血液的滚沸,我听见心田内起了爆火。我深自惊讶,呵!朋友!我永远不能忘记,那一天在马路上所看见的惨剧,你应也深深地记得:

那天似乎怒风早已诏示人们,不久将有可怕的惨剧出现,我们正在某公司的楼上,向那热闹繁华的马路瞭望,忽见许多青年人,手拿白旗向这边进行。忽然间人声鼎沸如同怒潮拍岸,又像是突然来了千军万马,这一阵紊乱,真不免疑心是天心震怒,我们正摸不着头脑的时候,忽听霹拍一阵连珠炮响。呵,完了!完了!火光四射,赤血横流,几分钟之后,人们有的发狂似的掩面而逃,有的失神发怔,等到马路上人众散尽,唉!朋友!谁想到这半点钟以前,车水马龙的大马路,竟成了新战场!愁云四裹,冷风凄凄,魂凝魄结,鬼影憧憧,不但行人避路,飞鸦也不敢停留,几声哑哑飞向天闻高处去了。

朋友!我恨呵!我怨呵!当时我不住用脚跺那楼板,但是有什么用处,只不过让那些没有同情的人类,将我推下楼。我是弱者,我只得含着眼泪回家,我到了屋里,伏枕放量痛哭,我哭那锦绣河山,污溅了凌践的血腥,我哭那皇皇中华民族,被虎噬狼吞的奇辱,更哭那睡梦沉酣的顽狮,白有好皮囊,原来是百般撩拨,不受影响,唉!天呵!我要叩穹苍,我要到碧海,虔诚的求乞醒魂汤。

可怜我走遍了荒漠,经过崎岖的山峦,涉过汹涌的碧海,我尚未曾找到醒魂汤,却惹恼了为虎作伥的厉鬼,将我捉住,加我以造反的罪名,于是我从料峭山巅,陨落在这所谓人间的人间。

朋友!在我的生命史上,我很可以骄傲,我领略过,玉软香温的迷魂窟的生活,我作过游山逛海的道人生活……现在我要深深尝尝这囚牢的滋味,所以我被逮捕的时候,我并不诅咒,做了世间的人,岂可不遍尝世间的滋味?……当我走这刚足容身的牢里的时候,我曾酣畅地微笑着。呵!朋友这自然会使你们怀疑,坐监牢还值得这样的夸耀?但是朋友!你如果相信我,我将坦白地告诉你说,世界最苦痛的事情,并不是身体的入牢狱,只是不能舒展的心岳,这话太微妙了。但是朋友!只要你肯稍微沉默地想一想,你当能相信我不是骗你呢。

这屋子虽然很小,但他不能拘束我心,不想到天边,不想到海角,我依然是自由。朋友你明白吗?我的心非常轻松,没有什么铅般的压迫,有,只是那未沥尽的热血在蒸沸。

今天我伏在木板上,似忧似醉的当儿,我的确把世界的整个体验了一遍。哎!我真像是不流的死沟水,永远不动的,伏在那里,不但肮脏,而且是太有限了。我不由得自己倒抽了一口气,但是我感谢上帝,在我死的以前,已经觉悟了。即使我的寿命极短促,然而不要紧,我用我纯挚的热血为利器,我要使我的死沟流,与荡荡的大海洋相通,那么我便可成为永久的,除非海枯石烂了,我永远是万顷中的一滴。朋友!牢狱并不很坏,它足以陶溶精金。

昨夜风和雨,不住地敲打这铁窗,也许有许多的罪囚,要更觉得环境的难堪,但我却只有感谢,在铁窗风雨下,我明白什么是生命的光荣。

按罪名我或不至于死,不过从进来时,审问过一次后,至今还没有消息。今早峰替我送来书和纸笔，真使我感激，我现在不恐惧，也不发愁。虽然想起兰为我担惊受怕，有点难过，但是再一想"英雄的忍情，便是多情"的一句话，我微笑了，从内心里微笑了。兰真算知道我，我对她只有膜拜，如同膜拜纯洁圣灵的女神一般。不过还请你好好地安慰她吧！倘然我真要到断头台的时候，只要她的眼泪滴在我的热血上，我便一切满足了。至于儿女情态，不是我辈份内事……我并不急于出狱，我虽然很愿意看见整个的天，而这小小的空隙已足我游仞了。

我四周围的犯人很多，每到夜静更深的时候，有低默的呜咽，有浩然的长叹，我相信在那些人里，总有多一半是不愿犯罪，而终于犯罪的。哎！自然啦，这种社会底下，谁是叛徒，谁是英雄，真有点难说吧！况且设就的天罗地网，怎怪得弱者的陷落。朋友！在这种情形之下，我们该做什么？让世界永远埋在阴惨的地狱里吗？让虎豹永远的猖獗吗？朋友呵！如果这种恐慌不去掉，我们情愿地球整个的毁灭，到那时候一切死寂了，便没有心焰的火灾，也没有凌迟的恐慌和苦痛。但是朋友要注意，我们是无权利存亡地球的，我们难道就甘心做刍狗吗？唉！我简直不知道要说什么哟。

我在这狭逼囚室里，几次让热血之海沉没了，朋友呵！我最后只有祷祝只要恳求，青年的朋友们，认清生命的光荣……

（选自《曼丽》，北平古城书社 1928 年 1 月初版）

寄梅窠旧主人

在彼此隔绝音讯的半年中,知你又几经了世变。宇宙本是瞬息百变的流动体,——更何处找安靖:人类的思想譬如日夜奔赴的江流,亦无时止息。深喜你已由沉沦的漩涡中,扎挣起来了!从此前途渐进光明,行见奔流入海,立鼓荡得波扬浪掀,使沉醉的人们,闻声崛兴,这是多么伟大的工作,亲爱的朋友努力吧!我愿与你一同努力。

最近我发现人世最深刻的悲哀,不是使人颓丧哀嗾。当其能泪湿襟袖时,算不得已入悲哀之宫,那不过是在往悲哀之宫的程途上的表象;如果已进悲哀之宫——那里满蓄着富有弹性的烈火,它要烧毁世界一切不幸者的手铐脚镣,扫尽一切悲惨的阴霾,并且是无远不及的。吾友!这固然是由我自己命运中体验出来的信念,然而感谢你为我增加这信念的城堡坚固而深邃!

朋友!你应当记得瘦肩高耸,愁眉深锁的海滨故人吧!那时同在"白屋"中你曾屡次指我叹道:"可怜你瘦弱的双肩更担得多少烦悲。"但是吾友!这是过去更不再来的往事了。现在的海滨故人呵!她虽仍是瘦肩高耸,然而眉锋舒放,眼波凝沉,仿佛从 X 光镜中,窥察人体五脏似的窥察宇宙。吾友!你猜到宇宙的究极是展露些什么?我老实告诉你:那里只是一个,深不见底的大缺陷,在展露着哟!比较起我们个人所遇的坎坷,我们真太渺小了。于此用了我们无限大的灵海而蓄这浅薄的泪泉,怎么怪得永久是干涸的……我现在已另找到前途了,我要收纳宇宙所有悲哀的泪泉,使注入我的灵海,方能兴风作浪,并且以我灵海中深渊不尽的巨流,填满那无底的缺陷。吾友!我所望的太奢吗?但是我决不以此灰心,只要我能做的时候,总要这样做,就是我的躯壳变成灰,倘我的一灵不泯,必不停止地继续我的工作。

你寄给我的蔷薇,我已经细看过了,在你那以血泪代墨汁的字句中,只加深我宇宙缺陷之感。不过眼泪却一滴没有,自从去年涵抛弃我时,痛哭之后,我才领受了哭的滋味。从那次以后,便永不曾痛哭过,这固然是由于我泪泉本身的枯竭,然而涵已收拾了我醉梦的人生,我已经不是原来的我了,从此便不再流眼泪了。

现在我要告诉你我最近的生活,我去年十一月回到故乡曾在那腐臭不堪的教育界混了半年。在那里只知有物质,而无精神的环境下,使我认识人类的浅薄和自私,并且除了肮脏的血肉之躯外,没有更重要的东西。所以耳濡目染,无非衣食住的问题,精神事业,那是永远谈不到的。虽偶有一两个特立独行之士,但是抵不过恶劣环境的压迫,不是洁身引退,便是志气消沉。吾友!你想我在百劫之余,已经遍体鳞伤,何堪忍受如此的打击?我真是愤恨极了!倘若是可能,但愿地球毁灭了吧!所以我决计离开那里,我也知道他乡未必胜故乡,不过求聊胜一步罢了,谁敢做满足的梦想!

不过在炎暑的夏天——两个月之中我得到比较清闲而绝俗的生活,——因为那时,我是离开充满了浊气的城市,而到绝高的山岭上,那里住着质朴的乡民,和天真的牧童村女,不时倒骑牛背,横吹短笛。况且我住房的前后,都满植苍松翠柏,微风穿林,涛声若歌,至于涧底流泉,沙咽石激,别成音韵,更足使我怔坐神驰,我往往想,这种清幽的绝境,如果我能终老于此,可以算是人间第一幸福人了。不过太复杂的一生,如意事究竟太少,仅仅五十几天,我便和这如画的山林告别了。我记得,朝霞刚刚散布在淡蓝色的天空时,微风吹拂我覆额乱发,我正坐山兜,一步一步地离开他们了。唉!吾友!真仿佛离别恋人的滋味一样呢,一步一回头,况且我又是个天涯飘泊者,何时再与这些富于诗兴的境地,重行握手,谁又料得到呢!

我下山之后,不到一星期,就离开故乡,这时对着马江碧水,鼓岭白云,又似眷恋又似嫌恨唉!心情如此能不黯然,我想若到了"往事不堪回首"的江滨,又不知怎样把心魂扎挣!幸喜我所寄宿的学校宿舍,隔绝尘嚣,并且我的居室前面,一片广漠的原野,几座荒草离离的孤坟,不断有牧童樵叟在那里驻足,并且围着原野,有一道萦回的小河,天清日朗的时候,也有一两个渔人持竿垂钓,吾友!你可以想象,这是如何寂静而辽阔的境地,正宜于一个饱经征战的战士,退休的所在,我对上帝意外的赏赐,当如何感谢而欢忭呵!……我每日除了一二小时替学生上课外,便静坐案侧,在那堆积的书丛中找消遣的材料,有时对着窗外的荒坟,寄我忆旧悼亡的哀忧,萧萧白杨,似为我低唱挽歌,我无泪只有静对天容寄我冤恨!

  吾友!我现在唯一的愿望,暑假到来时,我能和你及其他的朋友,在我第二故乡的北京一聚,无论是眼泪往里咽也好,因为至少你总了解我,我也明白你,这样,已足彼此安慰了,但愿你那时不离开北京。

十五年十二月十七号隐寄自海滨

(选自《曼丽》,北平古城书社1928年1月初版)

醉　后

——最是恼人拚酒，欲浇愁偏惹愁！回看血泪相和流。

我是世界上最怯弱的一个，我虽然硬着头皮说："我的泪泉干了，再不愿向人间流一滴半滴眼泪，因此我曾博得'英雄'的称许，在那强振作的当儿，何尝不是气概轩昂……"

北京城重到了，黄褐色的飞尘下，掩抑着琥珀墙、琉璃瓦的房屋，疲骤瘦马，拉着笨重的煤车，一步一颠地在那坑陷不平的土道上努力地走着，似曾相识的人们，坐着人力车，风驰电掣般跑过去了……一切不曾改观，可是疲惫的归燕呵，在那堆浪涌波的灵海里，都觉到十三分的凄惶呢！

车子走过顺城根，看见三四匹矮驴，摇动着它们项下瑯瑯的金铃，傲然向我冷笑，似笑我转战多年的败军，还鼓得起从前的兴致吗……

正是一个旖旎美妙的春天，学校里放了三天春假，我和涵盐琪四个人，披着残月孤星，和迷濛的晨雾奔顺城根来，雇好矮驴，跨上驴背，轻扬竹鞭，得得声紧，西山的路上骤见热闹，这时道旁笼烟含雾的垂柳枝，从我们的头上拂过，娇鸟轻啭歌喉，朝阳美意酣畅，驴儿们驮着这欣悦的青春主人，奔那如花如梦的前程：是何等的兴高采烈……而今怎堪回道！归来的疲燕，裹着满身漂泊的悲哀，无情的瘦驴！请你不要逼视吧！

强抑灵波，防它捣碎了灵海，及至到了旧游的故地，黯淡白墙，陈迹依稀可寻，但沧桑几经的归客，不免被这荆棘般的冻迹，刺破那不曾复元的旧伤，强将泪液咽下，努力地咽下。我曾被人称许我是"英雄"哟！

我静静在那里忏悔，我的怯弱，为什么总打不破小我的关头，我记得：我曾想象我是"英雄"的气概，手里拿着明晃晃的雌雄剑，独自站在喜玛拉雅的高峰上，傲然的下视人寰。仿佛说：我是为一切的不平，而牺牲我自己的，我是为一切的罪恶，而挥舞我的双剑的呵！"英雄"伟大的英雄，这是多么可崇拜的，又是多么可欣慰的呢！

但是怯弱的人们，是经不起撩拨的，我的英雄梦正浓酣的时候，波姊来叩我的门，同时我久闭的心门,也为她开了。为什么四年不见,她便如此地憔悴和消瘦,她黯然地说:"你还是你呵!"她这一句话,好像是利刃,又好像是百宝匙,她掀开我的秘密的心幕,她打开我勉强锁住的泪泉,与一切的烦恼。但是我为了要证实是英雄,到底不曾哭出来。

　　我们彼此矜持着,默然坐夜来了。于是我说"波,我们喝他一醉吧,何若如此扎挣:酒可以蒙盖我们的脸面!"波点头道:"好早预备陪你一醉。"于是我们如同疯了一般,一杯,一杯,接连着向唇边送,好像鲸吞鲵饮,也不知道什么时候,把一小坛子的酒吃光了,可是我还举着杯"酒来!酒来!"叫个不休!波握住我拿杯子的手说:"隐!你醉了,不要喝了吧!"我被她一提醒,才知道我自己的身子,已经像驾云般支持不住,伏在她的膝上。唉!我一身的筋肉松弛了,我矜持的心解放了,风寒雪虐的春申江头,涵撒手归真的印影,我更想起萱儿还不曾断奶,便离开她的乳母,扶她父亲的灵柩归去。当她抱着牛奶瓶,宛转哀啼时,我仿佛是受绞刑的荼毒,更加着吴淞江的寒潮凄风,每在我独伴灵帏时,撕碎我抖颤的心。……一向茹苦含辛的扎挣自己,然而醉后,便没有扎挣的力量了,我将我泪泉的水闸,开放了干枯的泪池,立刻波涛汹涌,我尽量的哭,哭那已经摧毁的如梦前程,哭那满尝辛苦的命运,唉!真痛恨呵,我一年以来,不曾这样哭过。但是苦了我的波姊,她也是苦海里浮沉的战将,我们可算是一对"天涯沦落人"。她呜咽着说:"隐!你不要哭了,你现在是做客,看人家忌讳!你扎挣着吧!你若果要哭,我们到空郊野外哭去,我陪你到陶然亭哭去。那里是我埋愁葬恨的地方,你也可以借他人酒杯,浇自己块垒,在那里我们可尽量的哭,把天地哭毁灭也好,只求今天你咽下这眼泪去罢!"惭愧!我不知英雄气概抛向哪里去了,恐怕要从喜玛拉雅峰,直坠入冰涯愁海里去,我仍然不住地哭,那可怜双鬓如雪的姨母,也不住为她不幸的甥女,老泪频挥,她颤抖着叹息着,于是全屋里的人,都悄默地垂着泪!可怜的萱儿,她对这半疯半醉的母亲，小心儿怯怯地惊颤着，小眼儿怔怔地呆望着。呵！无辜的稚子，母亲对不住你，在别人面前，纵然不英雄些，还没有多大羞愧，只有在萱儿面前不英雄，使她天真未凿的心灵里，了解伤心，甚至于陪着流泪，我未免太忍心，而且太罪过了。后来萱儿投在我的怀里，轻轻地将小嘴，吻着泪痕被颊的母亲，她忽然哭了。唉！我诅咒我自己，我愤恨酒，她使我怯弱，使我任性，更使我羞对我的萱儿！我决定止住我的泪液，我领着萱儿走到屋里，只见满屋子月华如水，清光幽韵，又逗起我无限的凄楚，在月姊的清光下，我们的陈迹太多了！我们曾向她诚默地祈祷过；也曾向她悄悄地赌誓过。但如今，月姊照着这飘泊的只影，他呢——人间天上，我如饿虎般的愤怒，紧紧掩上窗纱，我搂着萱儿悄悄地躲在床上，我真不敢想象月姊怎样奚落我。不久萱儿睡着了，我仿佛也进了梦乡，只觉得身上满披着缟素，独自站在波涛起伏的海边，四顾辽阔，没有岸际，没有船只，天上又是蒙着一层浓雾，一切阴森森的。我正在彷徨惊惧的时候，忽见海里涌起一座山来，削壁玲珑，峰崖峻崎，一个女子披着淡蓝色的轻绡，向我微笑点头唱道：

  独立苍茫愁何多？
  抚景伤飘泊！
  繁华如梦，
  姹紫嫣红转眼过！
  何事伤飘泊！

  我听那女子唱完了，正要向她问明来历，忽听霹雳一声，如海倒山倾，吓了我一身冷汗，睁眼一看，波姊正拿着醒酒汤，叫我喝，我恰一转身，不提防把那碗汤碰泼了一地，碗也打得粉碎，我们都不禁笑了。波姊说："下回不要喝酒吧，简直闹得满城风雨！……我早想到见了你，必有一番把戏，但想不到闹得这样凶！还是扎挣着装英雄吧！"

  "波姊！放心吧！我不见你，也没有泪，今天我把整个儿的我，在你面前赤裸裸地贡献了，以后自然要装英雄！"波姊拍着我的肩说："天快亮了，月亮都斜了，还不好好睡一觉，病了又是白受罪！睡吧！明天起大家努力着装英雄吧！"

（选自《曼丽》，北平古城书社 1928 年 1 月初版）

一个著作家

他住在河北迎宾旅馆里已经三年了,他是一个很和蔼的少年人,也是一个思想宏富的著作家;他很孤凄,没有父亲母亲和兄弟姊妹;独自一个住在这二层楼上靠东边三十五号那间小屋子里;他桌上堆满了纸和书;地板上也堆满了算草的废纸;他的床铺上没有很厚的褥和被,可是也堆满了书和纸;这少年终日里埋在书堆里,书是他唯一的朋友;他觉得除书以外没有更宝贵的东西了!书能帮助他的思想,能告诉他许多他不知道的知识;所以他无论对于哪一种事情,心里都很能了解;并且他也是一个富于感情的少年,很喜欢听人的赞美和颂扬;一双黑漆漆的眼珠,时时转动。好像表示他脑筋的活动一样;他也是一个很雄伟美貌的少年,只是他一天不离开这个屋子没有很好的运动,所以脸上渐渐退了红色,泛上白色来,坚实的筋肉也慢慢松弛了;但是他的脑筋还是很活泼强旺,没有丝毫微弱的表象;他整天坐在书案前面,拿了一支笔,只管写,有时停住了,可是笔还不曾放下,用手倚着头部的左边,用左肘倚在桌上支着头在那里想,两只眼对着窗户外蓝色的天不动,沉沉地想,他常常是这样。有时一个黄颈红冠的啄木鸟,从半天空忽的一声飞在他窗前一棵树上,张开翅膀射着那从一丝丝柳叶穿过的太阳,放着黄色闪烁的光;他的眼珠也转动起来,丢了他微积分的思想,去注意啄木鸟的美丽和柳叶的碧绿;到了冬天,柳枝上都满了白色的雪花,和一条条玻璃穗子,他也很注意去看;秋天的风吹了梧桐树叶刷刷价响或乌鸦嘈杂的声音,他或者也要推开窗户望望,因为他的神经很敏锐,容易受刺激;遇到春天的黄莺儿在他窗前桃花树上叫唤的时候,他竟放下他永不轻易放下的笔,离开他亲密的椅和桌,在屋子里破纸堆上慢慢踱来踱去地想;有时候也走到窗前去呼吸。

今天他照旧起得很早,一个红火球似的太阳,也渐渐从东向西边来,天上一层薄薄的浮云和空气中的雾气都慢慢散了;天上露出半边粉红的彩云,衬着那宝蓝色的天,煞是姣艳,可是这少年著作家,不很注意,约略动一动眼珠,又低下头在一个本子上写他所算出来的新微积分,他写得很快,看他右手不住地动就可以知道了。

当啷！当啷！一阵铃声，旅馆早点的钟响了，他还不动，照旧很快地往下写，一直写，这是他的常态，茶房看惯了，也不来打搅他；他肚子忽一阵阵地响起来，心里觉得空洞洞的；他很失意地放下笔，踱出他的屋子，走到旅馆的饭堂，不说什么，就坐在西边犄角一张桌子旁，把馒头夹着小菜，很快地吞下去，随后茶役端进一碗小米粥来，他也是很快地咽下去；急急回到那间屋里，把门依旧锁上，伸了一个懒腰，照旧坐在那张椅上，伏着桌子继续写下去。他没有什么朋友，所以他一天很安静地著作，没有一个人来搅他，也没有人和他通信；可以说他是世界上一个顶孤凄落寞的人；但是五年以前，他也曾有朋友，有恋爱的人；可是他的好运现在已经过去了！

一天下午河北某胡同口，有一个年纪约二十上下的女郎，身上穿戴很齐整的，玫瑰色的颊和点漆的眼珠，衬着清如秋水的眼白，露着聪明清利的眼光，站在那里很迟疑地张望；对着胡同口白字的蓝色牌子望，一直望了好几处，都露着失望的神色，末了走到顶南边一条胡同，只听她轻轻地念道："荣庆里……荣庆里……"随手从提包里，拿出一张纸念道："荣庆里迎宾馆三十五号……"她念到这里，脸上的愁云惨雾，一刹那都没有了；露出她姣艳活泼的面庞，很快地往迎宾旅馆那边走；她走得太急了，脸上的汗一颗颗像珍珠似地流了下来；她也顾不得什么，用手帕擦了又走；约十分钟已经到一所楼房面前，她仰着头，看了看匾额，很郑重地看了又看；这才慢慢走进去，到了柜房那里，只见一个五十岁上下的老头儿，在那里打算盘，很认真地打，对她看了一眼，不说什么，嘴里念着三五一十五，六七四十二，手里拨着那算盘子，滴滴嗒嗒价响；她不敢惊动他，怔怔在那里出神，后来从里头出来一个茶房，手里拿着开水壶，左肩上搭了一条手巾，对着她问道："姑娘！要住栈房吗？"她很急地摇头说："不是！不是！我是来找人的。"茶房道："你找人啊，找哪一位呢？"她很迟疑地说："你们这里二层楼上东边三十五号,不是住着一位邵浮尘先生吗?""哦!你找邵浮尘邵先生啊?"茶房说完这句话,低下头不再言语,心里可在那里奇怪,"邵先生他在这旅馆里住了三年,别说没一个来看过他,就连一封信都没有人寄给他,谁想到还有一位体面的女子来找他……"她看茶房不动也不说话,她不禁有些不自在,脸上起了一朵红云,烦闷的眼光表示出她心里很急很苦的神情。她到底忍不住了!因问茶房道:"到底有没有这个人啊,你怎么不说话?""是!是!有一位邵先生住在三十五号,从这里向东去上了楼梯向右拐,那间屋子就是,可是姑娘你贵姓啊?你告诉我好给你去通报。"她听了这话很不耐烦道:"你不用问我姓什么,你就和他说有人找他好啦!""哦,那末,你先在这里等一等我去说来。"茶房忙忙地上楼去了;她心里很乱,一阵阵地乱跳,她很忧愁悲伤!眼睛渐渐红了,似乎要哭出来,茶房来了!"请跟我上来吧!"她很慢地挪动她巍颤颤的身体,跟着茶房一步步地往上走;她很费力,两只腿像有几十斤重!

　　少年著作家,丢下他的笔,把地板上的纸拾了起来,把窗户开得很大,对着窗户用力地呼吸,他的心跳得很厉害!两只手互相用力地摩擦,从屋子这头走到那头,来往不住地走;很急很重的脚步声,震得地板很响,楼下都听见了!"邵先生,客来了!"茶房说完忙忙出去了。他听了这话不说什么,不知不觉拔去门上的锁匙,呀!一声门开了,少年著作家和她怔住了!大家的脸色都由红变成白,更由白变成青的了!她的身体不住地抖,一包眼泪,从眼眶里一滴一滴往外涌;她和他对怔了好久好久,他才叹了一口气,轻轻地说道:"沁芬!你为什么来?"他的声音很低弱,并且夹着哭声!她这时候稍为清楚了,赶紧走进屋子关上门,她倚在门上很失望地低下头,用手帕蒙着脸哭!很伤心地哭!他这时候的心,几乎碎了!想起五年前她在中西女塾念书的一天下午,正是春光明媚的时候,她在河北公园一块石头上坐着看书,他和她那天就认识了,从那天以后,这园子的花和草,就是那已经干枯一半的柳枝,和枝上的鸟,都添了生气,草地上时常有她和他的足迹;长方的铁椅上,当下午四五点钟的时候,有两个很活泼的青年,坐在那里轻轻地谈笑;来往的游人,往往站住了脚,对她和他注目,河里的鱼,也对着她和他很活泼地跳舞!哼!金钱真是万恶的魔鬼,竟夺去她和他的生机和幸福!他想到这里,脸上颜色又红起来,头上的筋也一根根暴了起来,对着她很绝决地道:"沁芬!我想你不应该到这里来!……我们见面是最不幸的事情!但是……"她这时候止住了哭,很悲痛地说道:"浮尘!我想你总应该原谅我!……我很知道我们相见是不幸的事情!但是你果然不愿意见我吗?"她的气色益发青白得难看,两只眼直了,怔怔地对着他望,久久地望着;他也不说什么,照样地怔了半天,末后由他绝望懊恼的眼光里掉下眼泪来了!很沉痛地说道:"沁芬!我想罗濒他的运气很好,他可以常常爱你,做你生命的寄托!……无论怎么样穷人总没有幸福!无论什么幸福穷人都是没份的!"她的心实在要裂了!因为她没能力可以使浮尘得到幸福!她现在已经作了罗濒的妻子了!罗濒确是很富足,一个月有五百元的进项,他的屋子里有很好的西洋式桌椅,极值钱的字画,和很温软的绸缎被褥,钢丝的大床;也有许多仆人使唤,她的马车很时新的并且有强壮的高马,她出门坐着很方便;但是她常常地忧愁,锁紧了她的眉峰,独自坐在很静寞的屋里,数那壁上时计摇摆的次数;她有一个黄金的小盒子,当罗濒出去的时候,她常常开了盒子对着那张相片,和爱情充满的信和诗,有时微微露出笑容,有时很失望地叹气和落泪!但是她为了什么?谁也不知道!就是这少年著作家也不知道!她现在不能说什么,因为她的心已经碎了!哇的一声,一口鲜红的血从她口里喷了出来;身体摇荡站不住了!他急了顾不得什么,走过去扶助她,她实在支持不住了!也顾不得什么,她的头竟倒在他的怀里,昏过去了!他又急又痛,但是他不能叫茶房进来帮助他,只得用力把她慢慢扶到自己的床铺上,用开水撬开牙关,灌了进去;半天她才呀的一声哭了!他不能说什么,也呜咽地哭了!这时候太阳已经下了山,他知道不能再耽误了!赶紧叫茶房叫了一辆马车送她回去。

　　她回去不久就病了,玫瑰色的颊和唇,都变了青白色,漆黑头发散开了,披在肩上和额上,很憔悴地睡在床上。罗濒急得请医生买药,找看护妇,但是她的血还是不住地吐!这天晚上她张开眼往屋子里望了望,静悄悄地没一个人,她自己用力地爬起来,拿了一张纸和一支笔,已经累得出了许多汗,她又倒在床上了!歇了一歇又用力转过身子,伏在床上,用没力气的手在纸上颤巍巍地写道:"我不幸!生命和爱情,被金钱强买去!但是我的形体是没法子卖了!我的灵魂仍旧完完全全交还你!一个金盒子也送给你作一个纪念!你……"她写到这里,一口鲜血喷了出来,满纸满床,都是腥红的血点!她忍不住眼泪落下来了!看护妇进来见了这种情形,也很伤心,对她怔怔地望着;她对着看护妇点点头,意思叫她到面前来,看护妇走过来了。她用手指着才写的那信说道:"信!折……起……"她又喘起来不能说了!看护妇不明白,她又用力地说道:"折起来……放在盒子里……""啊呀!"她又吐了!看护妇忙着灌进药水去!她果然很安静地睡了。看护妇把信放好,看见盒子盖上写着"送邵浮尘先生收",看护心里忽地生出一种疑问,她为什么要写信给邵浮尘?"啊呀?好热!"她脸上果然烧得通红;后来她竟坐起来了!看护妇知道这是回光返照;她已是没有多少时候的命了!因赶紧把罗濒叫起来。罗濒很惊惶地走了进来,看她坐在那里,通红的脸和干枯的眼睛,又是急又是伤心!罗濒走到床前,她很恳切地说道:"我很对不住你!但是实在是我父母对不起你!"她说着哭了!罗濒的喉咙,也哽住了,不能回答,后来她就指着那个盒子对罗濑说道:"这个盒子你能应许我替他送去吗?"罗濑看了邵浮尘三个字,一阵心痛,像是刀子戳了似的,咬紧了嘴唇,血差不多要出来了!末后对她说道:"你放心!咳!沁芬我实在害了你!"她一阵心痛,灵魂就此慢慢出了躯壳,飘飘荡荡地到虚幻境去了!只有罗濑的哭声和街上的木鱼声,一断一续地在那里伴着失了知觉的沁芬在枯寂凄凉的夜里!

在法租界里,有一个医院,一天早晨来了一个少年——他是个狂人,——披散着一头乱蓬蓬的头发,赤着脚,两只眼睛都红了,瞪得和铜铃一般大,两块颧骨像山峰似地凸出来,颜色和蜡纸一般白,简直和博物室里所陈列的骷髅差不多。他住在第三层楼上,一间很大的屋子里;这屋子除了一张床和一桌子药水瓶以外,没有别的东西。他睡下又爬起来,在满屋子转来转去,嘴里喃喃地说,后来他竟大声叫起来了,"沁芬!你为什么爱他!……我的微积分明天出版了!你欢喜吧?哼!谁说他是一个著作家?——只是一个罪人——我得了人的赞美和颂扬,沁芬的肠子要笑断了!不!不!我不相信!啊呀!这腥红的是什么?血……血……她为什么要出血?哼!这要比罂粟花好看得多呢!"他拿起药瓶狠命往地下一摔,瓶子破了!药水流了满地;他直着喉咙惨笑起来;最后他把衣服都解开,露出枯瘦的胸膛来,拿着破瓶子用力往心头一刺;红的血出来了,染红了他的白色小褂和袜子,他大笑起来道:"沁芬!沁芬!我也有血给你!"医生和看护妇开了门进来,大家都失望对着这少年著作家邵浮尘只是摇头,叹息。他忽地跳了起来,又摔倒了,他不能动了。医生和看护妇把他扶在床上,脉息已经很微弱了!第二天早晨六点钟的时候,这个可怜的少年著作家,也离开这世界,去找他的沁芬去了!

(原载《小说月报》,1921年2月10日第12卷第2号)

灵魂可以卖么？

荷姑她是我的邻居张诚的女儿，她从十五岁上，就在城里那所大棉纱工厂里，作一个纺纱的女工，现在已经四年了。

当夏天熹微的晨光，笼罩着万物的时候，那铿锵悠扬的工厂开门的钟声，常常唤醒这城里居民的晓梦，告诉工人们做工的时间到了。那时我推开临街的玻璃窗，向外张望，必定看见荷姑拿着一个小盒子，里边装着几块烧饼，或是还有两片卤肉，——这就是工厂里的午饭，从这里匆匆地走过，我常喜欢看着她，她也时常注视我，所以我们总算是一个相识的朋友呢！

初时我和她遇见的时候，只不过彼此对望着，仅在这两双视线里，打个照会。后来日子长了，我们也更熟悉了，不像从前那种拘束冷淡了；每次遇见的时候，彼此都含着温和地微笑，表示我们无限的情意。

今天我照常推开窗户，向下看去，荷姑推开柴门，匆匆地向这边来了，她来我的窗下，便停住了，满脸露着很愁闷和怀疑的神气，仰着头，含着乞求的眼神颤巍巍地道："你愿意帮助我吧？"说完俯下头去，静等我的回答，我虽不知道她要我帮助她做什么，但是我的确很愿意尽我的力量帮助她，我更不忍看她那可怜的状态，我竟顾不得思索，急忙地应道："能够！能够！凡是你所要我做的事，我都愿意帮助你！"

"呵！谢上帝！你肯帮助我了！"荷姑极诚恳地这么说着，眼睛里露出欣悦的光彩来，那两颊温和的笑痕，在我的灵魂里，又增了一层更深的印象，甜美，神秘，使人永远不易忘记呢！过了些时，她又对我说："今天下午六点钟的时候，我们再会吧！现在我还须到工厂里去。"我也说道："再会吧！"她便回转身子，匆匆地向工厂的那条路上去了。

荷姑走了！连影子都看不见了！但是我还怔怔地俯在窗子上，回想她那种可怜的神情，不禁使我生出一种神秘微妙的情感，和激昂慷慨的壮气；我觉得世界上可怜的人实在太多，但是像荷姑那种委屈沉痛的可怜，我还是第一次看见呢！她现在要求我帮助她，我的能力大约总有胜过她的,这是上帝给我为善的机会,实在是很难得而可贵的机会!我应当怎样地利用呵!

我决定帮助她了!那么我所帮助她的,必要使她满足,所以我现在应该预备了。她若果和我借钱,我一定尽我所有的帮助她;她若是有一种大需要,我直接不能给她,也要和母亲商量把我下月应得的费用,一齐给她,一定使她满足她所需要的。人们生活在世界上,缺乏金钱,实在是不幸的运命呢!但是能济人之急,才是人类互助的精神,可贵的德行!我有绝大的自尊心,不愿意做个自私自利的动物,我不住地这么想,我豪侠的壮气,也不住地增加,恨不得荷姑立刻就来,我不要她向我乞求,便把我所有的钱,好好地递给她,使她可以少受些疑难和愁虑的苦!

我自从荷姑走后,我心里没有一刻宁帖,那一股勇于为善的壮气,直使我的心容留不下,时时流露在我的行动里,说话的声音特别沉着,走路都不像平日了。今天的我仿佛是古时候的虬髯客和红拂那一流的人,"气概不可一世"。

今天的日子,过得特别慢,往日那太阳射在棉纱厂的烟筒尖上,是很容易的事情,可是今天,我至少总有十几次,从这窗外看过去,日影总没到那里,现在还差一寸呢!

"呵!那烟筒的尖上,现在不是射着太阳,放出闪烁的光来吗?荷姑就要来了!"我俯在窗子上,不禁喜欢得自言自语起来。

远远地一队工人,从工厂里络绎着出来了;他们有的向南边的大街上去;有的到东边那广场里去,顷刻间便都散尽了。但是荷姑还不见出来,我急切地盼望着,又过了些时,那工厂的大铁门,才又"呀"的一声开了,荷姑忙忙地往我们这条胡同里来,她脸上满了汗珠,好似雨点般滴下来,两颊红得真像胭脂,头筋一根根从皮肤里隐隐地印出来,表示那工厂里恶浊的空气,和疲劳的压迫。

她渐渐地走近了,我们的视线彼此接触上了。她微微地笑着走到我的书房里来,我等不得和她说什么话,我便跑到我的卧室里,把那早已预备好的一包钱,送到荷姑面前,很高兴地向她说:"你拿回去吧!若果还有需用,我更想法子帮助你!"

荷姑起先似乎很不明白地向我凝视着,后来她忽叹了一口气,冷笑道:"世界上应该还有比钱更为需要的东西吧!"

我真不明白,也没有想到,荷姑为什么竟有这种出人意料的情形?但是我不能不后悔,我未曾料到她的需要,就造次把含侮辱人类的金钱,也可以说是万恶的金钱给她,竟致刺激得她感伤。唉!这真是一种极大的羞耻!我的眼睛不敢抬起来了!羞和急的情绪,激成无数的泪水,从我深邃的心里流出来!

我们彼此各自伤心寂静着,好久好久,荷姑才拭干她的眼泪和我说道:"我现在要告诉你一件小故事,或者可以说是我四年以来的历史,这个就是我要求你帮助的。"我就点头应许她,以下的话,便是她所告诉我的故事了。

"在四年前,我实在是一个天真活泼的小孩子,现在自然是不像了!但是那时候我在中学预科里念书,无论谁不能想象我会有今天这种沉闷呢!"

荷姑说到这里,不禁叹息流下泪来,我看着她那种凄苦憔悴的神气,怎能不陪着她落下许多同情泪呢?等了许久,荷姑才又继续说:——

"日子过得极快,好似闪电一般,这个冰雪森严的冬天,早又回去了,那时我离中学预科毕业期,只有半年了,偏偏我的父亲的旧病,因春天到了,便又发作起来,不能到店里去做事,家境十分困难,我不能不丢弃这张将要到手的毕业文凭,回到家里侍奉父亲的病!当然我不能不灰心！但是这还算不得什么，因为慈爱的父母和弟妹，可以给我许多安慰。不过没有几天，我的叔叔便托人替我荐到那所绝大的棉纱厂里作女工，一个月也有十几块钱的进项。于是我便不能不离开我的父母弟妹，去做工了，幸亏这时我父亲的病差不多快好了，我还不至于十分不放心。

　　走到工厂临近的那条街上，早就听见轧轧隆隆的声音，这种声音，实含着残忍和使人厌憎的意思，足以给人一种极大不快的刺激，更有那乌黑的煤烟和污腻的油气，更加使人头目昏胀！

　　我第一天进这工厂的门，看见四面黯淡的神气，实在忍耐不住，但是这些新奇的境地，和庞大的机器，确能使我的思想轮子，不住地转动，细察这些机器的装置和应用，实在不能说没有一点兴趣呢！过了几天，我被编入纺纱的那一队里。那个纺车的装置和转动，我开始学习，也很要用我的脑力，去领会和记忆，所以那时候，我仍不失为一个有活泼思想的人，常常从那油光的大铜片上，映出我两颊微笑的窝痕。

　　那一年春天，很随便地过去了！所有鲜红的桃花托上，那时不是托着桃花，是托着嫩绿带毛的小桃子，榆树的残花落了一地，那叶子却长得非常茂盛，遮蔽着那的人肌肤的太阳，竟是一个天然的凉篷。所有春天的燕子、杜鹃、黄莺儿，也都躲到别处去了，这一切新鲜夏天的景致，本来很容易给人们一种新刺激和新趣味。但是在那工厂里的人，实在得不到这种机会呢！

　　我每天早晨，一定的时间到工厂里去，没有别的爽快的事情和希望，只是每次见你俯在窗子上，微笑着招呼，那便是我一天里最快活的事情了！除了这件，便是那急徐高低永没变更过一次的轧轧隆隆的机器声，充满了我的两耳和心灵，和永远用一定规矩去转动那纺车，这便是我每天的工作了！我的工作实在使我厌烦，有时我看见别的工人打铁，我便有一个极热烈的愿望，就是要想把那铁锤放在我的手中，拿起来试打两下，使那金黄色的火星，格外多些，似乎能使这沉黑的工厂，变光明些。

有一次我看着刘良站在那铁炉旁边，摸擦那把铁锤子，火星四散，不觉看怔了，竟忘记使纺车转动，忽听见一种严厉的声音道："唉！"我吓了一跳，抬头只见管纺纱组的工头板着铁青的面孔，恶狠狠地向我道："这个工作便是你唯一的责任，除此以外，你不应该更想什么；因为工厂里用钱雇你们来，不是叫你运用思想，只是运用你的手足，和机器一样，谋得最大的利益，实在是你们的本分！"

唉！这些话我当时实在不能完全明白，不过我从那天起，我果然不敢更想什么，渐渐成了习惯，除了谋利和得工资以外，也似乎不能更想什么了？便是离开工厂以后，耳朵还是充满着纺车轧轧的声音，和机器隆隆的声音；脑子里也只有纺车怎样动转的影子，和努力纺纱的念头，别的一切东西，我都觉得仿佛很隔膜的。

这样过了三四年，我自己也觉得我实在是一副很好的机器，和那纺车似乎没有很大的分别。因为我纺纱不过是手自然的活动，有秩序的旋转，除此更没有别的意义。至于我转动的熟习，可以说是不能再增加了！

在那年秋天里的一天——八月十号——是工厂开厂的纪念日，放了一天工。我心里觉得十分烦闷，便约了和我同组的一个同伴，到城外去疏散，我们出了城，耳旁顿觉得清静了！天空也是一望无涯的苍碧，不着些微的云雾，只有一阵阵的西风吹着那梧桐叶子，发出一种清脆的音乐来，和那激石潺潺的水声，互相应和。我们来到河边，寂静地站在那里，水里映出两个人影，惊散了无数的游鱼，深深地躲向河底去了。

我们后来拣到一块白润的石头上坐下了，悄悄地看着水里的树影，上下不住地摇荡，一个乌鸦斜刺里飞过去了。无限幽深的美，充满了我们此刻的灵魂里，细微的思潮，好似游丝般不住地荡漾，许多的往事，久已被工厂里的机器声压没了，现在仿佛大梦初醒，逐渐地浮上心头。

忽一阵尖利的秋风，吹过那残荷的清香来，五年前一个深刻的印象，从我灵魂深处，渐渐地涌现上来，好似电影片一般的明显：在一个乡野的地方，天上的凉云，好似流水般急驰过去，斜阳射在那蜿蜒的荷花池上，照着荷叶上水珠，晶晶发亮，一个活泼的女学生，围绕着那荷花池，唱着歌儿，这个快乐的旅行，实在是我一生最大的幸福呢！今天的荷花香，正是前五年的荷花香，但是现在的我，绝不是前五年的我了！

我想到我可亲爱的学伴，更想到放在学校标本室的荷瓣和秋葵，我心里的感动，我真不知道怎样可以形容出来，使你真切地知道！

荷姑说到这里，喉咙忽咽住了，眼眶里满含着痛泪，望着碧蓝的天空，似乎求上帝帮助她,超拔她似的,其实这实在是她的妄想呵!我这时满心疑云乃越积越厚,忍不住地问荷姑道:"你要我帮助的到底是什么呢?"

荷姑被我一问才又往下说她的故事:

"那时我和我的同伴各自默默地沉思着,后来我的同伴忽和我说:'我想我自从进了工厂以后,我便不是我了!唉!我们的灵魂可以卖吗?'呵!这是何等痛心的疑问!我只觉得一阵心酸,愁苦的情绪,乱了我的心,我一句话也回答不出来!停了半天只是自己问着自己道:'灵魂可以卖吗?'除此我不能更说别的了!"

我们为了这个痛心和疑问,都呆呆地瞪视那去而不返的流水,不发一言,忽然从芦苇丛中,跑出四五个活泼的水鸭来,在水里自如地游泳着,捕捉那肥美的水虫充饥,水鸭的自由,便使我们生出一种嫉恨的思想——失了灵魂的工人,还不如水鸭呢!——而这一群恼人的水鸭,也似明白我们的失意,对着我们,作出傲慢得意的高吟,不住'呵,呵!'地叫着,这个我们真不能更忍受了!便急急地离开这境地,回到那尘烟充满的城里去。

第二天工厂照旧开工,我还是很早地到了工厂里,坐在纺车的旁边,用手不住摇转着,而我目光和思想,却注视在全厂的工人身上,见他们手足的转动,永远是从左向右,他们所站的地方,也永远没有改动分毫,他们工作的熟练,实在是自然极了!当早晨工厂动工钟响的时候,工人便都像机器开了锁,一直不止地工作,等到工厂停工钟响了,他们也像机器上了锁,不再转动了!他们的面色,是黧黑里隐着青黄,眼光都是木强的,便是作了一天的工作,所得的成绩,他们也不见得有什么愉快,只有那发工资的一天,大家脸上是露着凄惨的微笑!

我渐渐地明白了,我同伴的话实在是不错,这工厂里的工人,实在不止是单卖他们的劳力,他们没有一些思想和出主意的机会,——灵魂应享的权利,他们不是卖了他们的灵魂吗?

但是我永远不敢相信,我的想头是对的,因为灵魂的可贵,实在是无价之宝,这有限的工资便可以买去?或者工人便甘心卖出吗?……'灵魂可以卖吗?'这个绝大的难题,谁能用忠诚平正的心,给我们一个圆满的回答呢?

荷姑说完这段故事,只是低着头,用手摸弄着她的衣襟,脸上露着十分沉痛的样子。我心里只觉得七上八下地乱跳,更不能说出半句话来,过了些时荷姑才又说道:"我所求你帮助我的,就是请你告诉我,灵魂可以卖吗?"

我被她这一问,实在不敢回答,因为这世界上的事情不合理的太多呵!我实在自悔孟浪,为什么不问明白,便应许帮助她呢?现在弄得欲罢不能!我急得眼泪湿透了衣襟,但还是一句话没有,荷姑见我这种为难的情形,不禁叹道:"金钱虽是可以帮助无告的穷人,但是失了灵魂的人的苦恼,实在更甚于没有金钱的百倍呢!人们只知道用金钱周济人,而不肯代人赎回比金钱更要紧的灵魂!"

她现在不再说什么了!我更不能说什么了!只有忏悔和羞愧的情绪,激成一种小声浪,责备我道:"帮助人呵!用你的勇气回答她呵!灵魂可以卖吗?"

(原载《小说月报》,1921年11月10日第12卷第11号)

胜利以后

这屋子真太狭小了,在窗前摆上一张长方式的书桌,已经占去全面积的三分之一了,再放上两张沙发和小茶几,实在没有回旋的余地。至于院子呢,也是整齐而狭小的,仿佛一块豆腐干的形势,在那里也不曾种些花草,只是划些四方形的印痕。无论是春之消息,怎样普遍人间,也绝对听不见莺燕的呢喃笑语,因此也免去了许多的烦闷,——杜鹃儿的悲啼和花魂的叹息,也都听不见了。住在这屋里的主人,仿佛是空山绝崖下的老僧,春光秋色,都不来缠搅他们,自然是心目皆空了。但是过路的和风,莺燕,仿佛可怜他们的冷漠且单调,而有时告诉他们春到了,或者是秋来了。这空谷的足音,其实未免多事呵!

这几天正临到春雨连绵,天空终日只是昏黯着,雨漏又不绝的繁响着,住在这里的人,自然更感到无聊。当屋主人平智从床上坐起来的时候,天上的阴云依旧积得很厚。他看看四境,觉得十二分的冷寞。他懒懒地打了一个呵欠,又将被角往上拉了拉,又睡上了。他的妻琼芳,正从后面的屋子里走了进来,见平智又睡了,便不去惊搅他,只怔怔坐在书案前,将陈旧的新闻纸整了整,恰巧看见一封不曾拆看的信,原是她的朋友沁芝寄来的,她忙忙用剪刀剪开封口,念道:

吾友琼芳:

　　人事真是不可预料呢!我们一别三年,你一切自然和从前不同了。听说你已经作了母亲,你的小宝宝也已经会说话了。呵,琼芳!这是多么滑稽的事。当年我看见你的时候,你还是一个天真未凿的孩子。现在呢!一切事情都改观了,不但你如此,便是我对于往事,也有不堪回首之叹!我现在将告诉你,我别你后一切的经过了:当我离开北京时,所给你最后的信,总以为沁芝从此海国天涯,飘宕以终——若果如此,琼芳不免为失意人叹命运不济。每当风清月白之夜,在你的浮沉观念中也许要激起心浪万丈,陨几滴怀念飘零人的伤心泪呢!——但事实这样,在人间的历程,我总算得了胜利。自与吾友别后,本定在暑假以后,到新大陆求学。然而事缘不巧,当我与绍青要走的消息传出后,不意被他的父亲侦知,不忍我们因婚姻未解决的缘故,含愁而去,必待婚后始准作飘洋计。那时沁芝的心情如何?若论到我飘泊的身世,能有个结束,自然无不乐从,但想到婚后的种种牺牲,又不能不使我为之踌躇不绝!不过琼芳,我终竟为感情所战胜,我们便在去年春天,——梅吐清芳,水仙挹露时,在爱神前膜拜了——而且双双膜拜了!当我们蜜月旅行中,我们曾到你我昔日游赏的海滨,在那里曾见几橺小屋,满铺着梨花碎瓣,衬着殷红色的墙砖十分鲜艳。屋外的窗子,正对着白浪滚滚的海面。我们坐在海边崖石上,只悄对默视,忽悲忽喜。琼芳,这种悲喜不定的心情,我实在难以形容。总之想到当初我同绍青结婚,所经过的愁苦艰辛,而有今日的胜利,自然足以骄人,但同时回味前尘,也不免五内凄楚。无如醉梦似的人生,当时我们更在醉梦深酣处,刹那间的迷恋,真觉天地含笑,山川皆有喜色了!

我们在蜜月期中,只如醉鬼之在醉乡,万事都不足动我们的心,只有一味地深恋,唯顾眼前的行乐,从来不曾再往以后的事想一想。凑巧那时又正是春光明媚,风儿温馨地吹着,花儿含笑地开着,蝶儿蜂儿都欣欣然地飞舞着。当我们在屋子里厮守得腻了,便双双到僻静的马路上散步。在我们房子附近有一所外国人的坟园,那里面常常是幽静的,并且有些多情的人们,又不时在那超越的幽灵的墓上,插供上许多鲜花,也有与朝阳争艳的玫瑰,也有与白雪比洁的海棠,至于淡黄色的茶花和月季也常常掺杂在一起。而最圣洁的天使,她们固然是凝视天容,仿佛为死者祝福,而我们坐在那天使们洁如水晶的足下,她们往往也为我们祝福呢。这种很美很幽的境地,常常调剂我们太热闹的生活。我们互倚着坐在那里,无论细谈曲衷,或低唱恋歌,除了偶然光顾的春哥儿窃听了去,或者藏在白石坟后的幽灵的偷看外,再没有人来扰乱我们了!

不知不觉把好景消磨了许多,这种神秘的热烈的爱,渐感到平淡了。况且事实的限人,也不能常此逍遥自在。绍青的工作又开始了,他每早八点出外,总要到下午四五点钟才回来。这时静悄悄的深院,只留下我一个人,如环般的思想轮子,早又开始转动了。想到以往的种种,又想到目前的一切,人生的大问题结婚算是解决了,但人决不是如此单纯,除了这个大问题,更有其他的大问题呢!……其实料理家务,也是一件事,且是结婚后的女子唯一的责任,照历来人的说法自然是如此。但是沁芝实在不甘心就是如此了结,只要想到女子不仅为整理家务而生,便不免要想到以后应当怎么作?固然哪!这时候我还在某学校担任一些功课,也就可以聊以自慰了,并且更有余暇的时候还可以读书,因此我不安定的心神得以暂时安定了。

　　不久早到了梅雨的天气,天空里终日含愁凝泪,雨声时起时歇。四围的空气,异常沉闷,免不得又惹起了无聊和烦恼之感,下午肖玉冒雨而来谈,她说到组织家庭以后的生活,很觉得黯淡。她说:"结婚的意趣,不过平平如是。"我看了她这种颓唐的神气,一再细思量,也觉得没意思,但当时还能鼓勇地劝慰她道:"我们尽非太上,结婚亦犹人情,既已作到这里,也只得强自振作。其实因事业的成就而独身,固然是哄动一时,但精神的单调和干枯,也未尝不是滋苦;况且天下事只在有心人去做,便是结婚后也未尝不可有所作为,只要不贪目前逸乐,不作衣架饭囊,便足以自慰了。又何必为了不可捉摸的虚誉浮荣而自苦呢。"肖玉经我一番的解释,仍然不能去愁。后来她又说道:"你的意志要比我坚强得多,我现在已经萎靡不振,也只好随他去……将来小孩子出世,牵挂更多了,还谈得到社会事业吗?"琼芳!你看了这一段话作何感想?

　　老实说来,这种回顾前尘,厌烦现在,和恐惧将来的心理,又何止肖玉如此。便是沁芝,总算一切比较看得开了,而实在如何?当时做孩子时的梦想那不必去说它,就说才出学校时我的抱负又是怎样?什么为人类而牺牲啦,种种的大愿望,而今仍就只是愿望罢了!每逢看见历史上的伟大者,曾经因为极度诚之膜拜而流泪。记得春天时印度的大诗人来到中国,我曾瞻仰过他丰采,他那光亮静默的眼神,好像包罗尽宇宙万象,那如净水般的思想和意兴,能抉示人们以至大至洁的人性。当我静听他的妙论时,竟至流泪了!我为崇拜他而流泪,我更为自惭渺小而流泪!

上星期接到宗的来信,她知道我心绪的不宁,曾劝我不必为世俗之毁誉而动心。我得到她的信,实在觉得她比我们的意兴都强,你说是不是?

最奇怪的,我近来对处女时的幽趣十分留恋。琼芳!你应当还记得,那青而微带焦黄的秋草遍地的秋天。在一个绝早的秋晨,那时候约略只有六点钟,天上虽然已射出阳光,但凉风拂面,已深含秋气。我同你鼓着兴,往公园那条路去。到园里时,正听见一阵风扫残叶的刷刷声,鸟儿已从梦里惊醒,对着朝旭,用尖利的小嘴,剔它们零乱的毛羽,鹊儿约着同伴向四外去觅食。那时园里只有我们,还有的便是打扫雨路的夫役,和店铺的伙计,在整理桌椅和一切的器皿。我们来到假山石旁,你找了一块很洁白的石头坐下,我只斜卧在你旁边的青草地上。你曾笑我狂放,但是这诗情画意的生活,今后只有在梦魂中仿佛到罢了。狂放的我也只有在你印象中偶一现露罢了!

曾记得前天夜里,绍青赴友人的约,我独处冷漠的幽斋里,而天上都有好月色,光华皎洁。我拧灭了灯坐在对窗的沙发上,只见雪白的窗幕上,花影参横,由不得走到窗前细看,原来院子里小山石上的瘦劲黄花,已经盛开,白石地上满射银光,仰望天空,星疏光静,隔墙柳梢迎风摇曳,泻影地上,又仿佛银浪起伏。我赏玩了半晌,忽然想到数年前的一个春天,和你同宗旅行东洋的时候。在一天夜里,正是由坐船到广岛去那天晚上,我们黄昏时上的船。上船不久,就看见很圆满的月球,从海天相接的地方,冉冉上升,升到中天时,清光璀璨,照着冷碧的海水,宜觉清隽逼人。星辉点点,和岸上电灯争映海面,每逢浪动波涌,便见金花千万,闪烁海上。十点钟以后,同船的人,都已睡了,四境只有潺潺的流水声,时敲船舷。一种冷幽之境,如将我们从搅扰的尘寰中,提到玄秘冷漠的孤岛上。那时我们凭栏无言,默然对月,将一切都托付云天碧海了。直到船要启碇,才回到房舱里去。而一念到当时意兴,出尘洒脱,谁想到回来以后,依然碌碌因人,束缚转深。唉!琼芳!月儿年年如是,人事变迁靡定,当夜怅触往事,凄楚如何?

琼芳!我唯留恋往事过深,益觉眼前之局,味同嚼蜡。这胜利后的情形何堪深说——数月来的生趣,依然是强自为欢。人们骂我怪僻,我唯有低头默认而已!

今年五月的时候,文琪从她的家乡来。我们见面,只是彼此互相默视,仿佛千言万语都不足诉别后的心曲,只有眸子一双,可抉示心头的幽秘。文琪自然可以自傲,她到现在,还是保持她处女的生活。她对于我们仿佛有些异样,但是,琼芳!你知道人间的虫子,终久躲不过人间的桎梏呢!我想你也必很愿意知道她的近状吧?

文琪和我们别后,她不是随着她的父亲回到故乡吗?起初她颇清闲,她家住在四面环水的村子里,不但早晚的天然美景,足以洗涤心头尘雾,并且她又买了许多佛经,每天研经伴母,教导弟妹,真有超然世外之趣。谁知过了半年,乡里的人,渐渐传说她的学识很好,一定要请她到城里,担任第一女子小学的校长。她以众人的强逼,只得抛了她逍遥自在的灵的生活,而变为机械的忙碌的生活了。她前一个月曾有信给我说:

"沁芝:意外书至,喜有空谷足音之慨。所寄诗章,反复读之,旧情并感,又是一番怅惘。琪近少所作,有时兴动,只为小学生编些童歌耳。盖时间限人,琐事复繁,同僚中又无足道者,此种状况,只有忙人自解。甚矣!不自然之工作逼人,尚何术计及自修,较吾友之闭户读书,诚不可同日语也。憾何如之!……"

琼芳!你只要看了她这一段话,应该能回忆到当初我们在北京那种忙碌的印象了,不过有时因为忙,可以减去多少无聊的感喟呢!

这些话还没有述说尽文琪最近的状况呢。你知道绍青的朋友常君吗?这个人确是一个很有学识而热诚的人,他今约略三十多岁吧——并没有胡须,面貌很平善,态度也极雍容大方,不过他还不曾结婚——这话说出来,你一定很以为奇。

中国本是早婚主义的国家,哪有三十几岁的人不曾结婚?这话果然不错,这常君在二十岁上已经结过婚了,不过他的妻已不幸前三四年死了,他不曾续弦罢了。他同绍青很好,常常到我们家里来。有一次文琪寄给我一张照片,恰巧被常君看见,我们不知不觉间便谈到文琪的生平和学识,常君听了很赞许她,便要求我们介绍和文琪做朋友。当时我想了想,这倒是一件很好的事,因立刻写信给文琪。不过你应知道文琪绝不是一个很痛快的人,并且她又是一向服从家庭的,这事的能成与否,我们不过试作而已。后来我们托人向他父亲说明,不想她父亲倒很赞许这位常君,文琪方面自然容易为力了。后来文琪又带了她的学生,到我们那里参观教育,又得与常君会面的机会。常君本是一个博学善词的学者,文琪也是个心高气傲的女子,他们两星期中的接触,两方渐渐了解,不过文琪的态度仍是踌躇不绝,其最大的原因说来惭愧,恐怕还是因为我们呢!前几天她有一封信来说:

"沁芝!音问久疏,不太隔绝吗?你最后的信,久已放在我信债箱里,想写终未写,实因事忙,而且思想又太单调了。你为什么也默尔无声呢?我知道你们进了家庭,自有一番琐事烦人。肖玉来信说:'想起从前校中情境,不想有现在。'真是增无穷之感,觉得人生太平淡了,但是新得一句话说:'摇摇篮的手摇动天下多',谨以移赠你们吧!"

夏间在南京开教育会,几位朋友曾谈起:"现在我国的女子教育,是大失败了。受了高等教育的女子,一旦身入家庭,既不善管理家庭琐事,又无力兼顾社会事业,这班人简直是高等游民。"你以为这话怎样?女子进了家庭,不做社会事业,究竟有没有受高等教育的必要?——兴笔所及,不觉写下许多。你或者不愿看这些干燥无味的话,但已写了,姑且寄给你吧!也何妨研究研究?我很愿听你们进了家庭的报告!

还有一句话,我定要报告你和肖玉等,就是我们从前的同级级友,都预料我们的结局不过尔尔——我们岂甘心认承?我想我们豪气犹存,还是向前努力吧。我们应怎样图进取?怎样预定我们的前途呢?我甚望你有以告我,并有以指导我呵!"

琼芳!我看她的这些话,不是对我们发生极大的怀疑吗?其实也难怪她,便是我们自己又何尝不怀疑自己此后的结局呢?但是我觉得女子入了家庭,对于社会事业,固然有多少阻碍,然而不是绝对没有顾及社会事业的可能。现在我们所愁的,都不是家庭放不开,而是社会没有事业可做。按中国现在的情形,剥削小百姓脂膏的官僚,自不足道,便是神圣的教育事业,也何尝不是江河日下之势?在今日的教育制度下,我怀疑教育能教好学生,我更怀疑教育事业的神圣,不用说别的龌龊的情形，便把留声机般的教员说说，简直是对不起学生和自己呵！

我记得当我在北京当教员的时候，有一天替学生上课回来，坐在教员休息室里，忽然一阵良心发现，脸上立时火般发起热来，说不出心头万分的羞惭。我觉得我实在是天下第一个罪人，我不应当欺骗这些天真的孩子们，并欺骗我自己，——当我摆起"像煞有介事"的面孔，教导孩子们的时候，我真不明白我比他们多知道些什么？——或者只有奸诈和巧饰的手段比他们高些吧？他们心里烦冈立刻哭出来，而成人们或者要对他们说：哭是难为情的，在人面前应当装出笑脸。唉！不自然的人生，还有什么可说！这种摧残人性的教育有什么可做？而且作教育事业的人，又有几个感觉到教育是神圣的事业？他们只抱定一本讲义，混一点钟，拿一点钟的钱，便算是大事已了。唉，我觉得女子与其和男子们争这碗不干净的教育饭吃，还不如安安静静在家里把家庭的事务料理清楚，因此受些男子供给的报酬，倒是无愧于良心的呢！

至于除了教育以外，可做的事业更少了，——简直说吧，现在的中国，一切都是提不起来，用不着说女子没事做，那闲着的男子——也曾受过高等教育的，还不知有多少呢？这其中固然有许多生成懒惰，但是要想做而无可做的分子居多吧？

琼芳，你不知道我们学校因为要换校长，运动谋得此缺的人不知有多少，那里面倾轧的详情若说出来，真要丢尽教育界的脸。唉！社会如此，不从根本想法，是永无光明时候的！

可是无论如何，文琪这封信，实在是鼓励我们不少。老实说，中国的家庭，实在是足以消磨人们的志气。我觉得自入家庭以后，从前的朋友日渐稀少，目下所来往的不是些应酬的朋友，便是些不相干的亲戚，不是勉强拉扯些应酬话，口不应心的来敷衍，便是打打牌，看看戏。什么高深的学理的谈论不必说，便是一个言志谈心的朋友也得不到，而家庭间又免不了多少零碎的琐事。每天睁开眼，就深深陷入人世间的牢笼里，便是潜心读书已经不容易，更说不上什么活动了。唉！琼芳！人们真是愚得可怜，当没有结婚的时候，便梦想着结婚以后的圆满生活，其实填不平的大地，何处没有缺憾！

说到这里，我又想起冷岫来了。你大约还记得她那种活泼的性情和潇洒的态度吧！但是而今怎样，她比较我们更可怜呢！她实在是人间的第一失败者。当她和我们同堂受业时，那种冷静的目空一切的态度，谁想得到，同辈中只有她陷溺最深。她往往说世界是一大试验场，从不肯轻易相信人。她对于恋爱的途径，更是观望不前，而结果她终为希冀最后的胜利，放胆迈进试验场中了！虽然当前有许多尖利的荆棘，足以刺取她脚心的血，她也不为此踯躅。当她和少年文仲缔交之初，谁也想不到他和她就会发生恋爱，因为文仲已娶了妻子，而冷岫又是自视极高的心性。终为了爱神的使命，他们竟结合了。他们结婚后，便回到他的故乡去，文仲以前的妻子也在那里。当文仲和冷岫结婚时，也曾征求过他以前妻子的同意，在表面，大家自然都是很和气的笑容相接，可是据冷岫给我的信说，自从她回家后，心神完全变了状态，每每觉得心灵深处藏着不可言说的缺憾。每当夜的神降临时，她往往背人深思，她总觉得爱情的完满，实在不能容第三者于其间——纵使这第三者只一个形式，这爱情也有了缺陷了！因此她活泼的心性，日趋于沉抑。我记得她有几句最痛心的话道："我曾用一双最锋利的眼，去估定人间的价值，但也正如悲观或厌世的哲学家，分明认定世界是苦海，一切都是有限的，空无所有的，而偏不能脱离现世的牢缚。在我自己生活的历史上，找不到异乎常人之点。我也曾被恋神的诱惑而流泪，我也曾用知识的利剑戳伤脆弱的灵府。我仿佛是一只弱小的绵羊，曾抱极大的愿望，来到无数的羊群里，选择最适当的伴侣。在我想象中的圆满，正如秋日的晴空，不着一丝浮云，所有的，只是一片融净的合体；又仿佛深秋里的霜菊，深细的幽香，只许高人评赏，不容蜂蝶窥探。"

这些希望，当然是容易得到，但是不幸的冷岫，虽然开辟了荒芜的园地，撒上玫瑰的种子，而未曾去根的荆棘，兀自乘机蓬勃。秋日的晴空，终被不情的浮云所遮蔽，她心头的灵焰，几被凄风冷雨所扑灭。当她含愁默坐，悄对半明半灭的孤灯，她的襟怀如何？又怎怪她每每作鹤唳长空，猿啼深谷的哀音？今年三月间，她曾寄给我一首新歌，我看了直难受几天，她的原稿不幸被失掉了，但尚隐约记得，像是道——

漏沉沉兮风凄，
星陨泪兮云泣。
悄挑灯以兀坐兮，
神伤何极！
念天地之残缺兮，
填恨海而无计！
感君怀之弥苦兮？
绝痴爱而终迷！
悲乎！悲乎！
何澈悟之不深兮，
乃踯躅于歧途，
愧西哲之为言兮，
不完全勿宁无！

琼芳，你读了这哀楚的心头之音，你将作何感想？我觉得不但要为不幸的冷岫，掬一把同情泪，在现在这种过渡的时代中，又何止一个冷岫。冷岫因得不到无缺憾的爱情，已经感喟到这种田地，那徒赘虚名而一点爱情得不到如文仲的以前的妻子，她们的可怜和凄楚还堪设想吗？

唉！琼芳！我往常每说冷岫是深山的自由鸟，为了爱情陷溺于人间愁海里，这也是她奋斗所得的胜利以后呵！——只赢得满怀凄楚，壮志雄心，都为此消磨殁尽呵！说到这里，由不得我不叹息，现在中国的女子实在太可怜了！

前天肖玉的女儿弥月，我到她那里，看见那孩子正睡在她的膝上。肖玉见了我忽然眼圈红着，对我说道："还是独身主义好，我们都走错了路！"唉！这话何等伤痛！我们真正都是傻子。当我们和家庭奋斗，一定要为爱情牺牲一切的时候，是何等气概？而今总算都得了胜利，而胜利以后原来依旧是苦的多乐的少，而且可希冀的事情更少了。可惜以自慰的念头一打消，人生还有什么趣味？从前认为只要得一个有爱情的伴侣，便可以废我们理想的生活。现在尝试的结果，一切都不能避免事情的支配，超越人间的乐趣，只有在星月皎洁的深夜，偶尔与花魂相聚，觉得自身已徜徉四空，优游于天地之问。至于海阔天空的仙岛，和琼草琪花的美景，只有长待大限到来，方有驻足之望呵！琼芳！长日悠悠，我实无以自慰自遣，幽斋冥想，身心都感飘泊。本打算明年春天与绍青同游意大利，将天然美景，医我沉疴，而又苦于经济限人，终恐只有画饼充饥呵！

感谢琼芳以闭门著述振我颓唐。我何尝不想如此，无奈年来浸濡于人间，志趣不知何时已消磨尽净,便有所述作,也都是敷衍文字,安能取心头的灵汁灌溉那干枯的荒园,使它异葩开放,仙蕊吐露呢?琼芳,你能预想我的结果吗?

沁芝

琼芳看完沁芝的来信,觉得心头如梗。她向四围看着她自己的环境,什么自然的美趣,理想的生活,都只是空中楼阁。她不觉叹道:"胜利以后只是如此呵!"这话不提防被已经睡醒的平智听见了,便问道:"你说什么?"琼芳不愿使他知道心头的隐秘,因笑说道:"时间已经不早,还不起来吗?"平智懒懒地答道:"有什么可做,起来也是无聊呵!"琼芳忍不住叹道:"做人就只是无聊!""对了,做人就只是无聊!"这不和谐的话从此截住,只有彼此微微振动的心弦,互相应和罢了!

(原载《小说月报》,1925 年 6 月 10 日第 16 卷第 6 号)

曼　丽

晚饭以后,我整理了案上的书籍,身体觉得有些疲倦,壁上的时针,已经指在十点了,我想今夜早些休息了吧!窗外秋风乍起,吹得阶前堆满落叶,冷飕飕的寒气,陡感到罗衣单薄,更加着风声萧瑟,不耐久听,正想熄灯寻梦,看门的老聂进来报说"有客!"我急忙披上夹衣,迎到院子里,隐约灯光之下只见久别的彤芬手提着皮篋进来了。

这正是出人意料的聚会,使我忘了一日的劳倦。我们坐在藤椅上,谈到别后的相忆,及最近的生活状况;又谈到许多朋友,最后我们谈到曼丽。

曼丽是一个天真而富于情感的少女,她妙曼的两瞳,时时射出纯洁的神光,她最崇拜爱国舍身的英雄。今年的夏末,我们从黄浦滩分手以后,一直没有得到她的消息;只是我们临别时一幅印影,时时荡漾于我的脑海中。

那时正是黄昏,黄浦滩下有许多青年男女挽手并肩地在那里徘徊,在那里密谈,天空闪烁着如醉的赤云,海波激射出万点银浪。蜿蜒的电车,从大马路开到黄浦滩旁停住了,纷纷下来许多人,我和曼丽也从人丛中挤下电车,马路上车来人往,简直一刻也难驻足。我们也就走到黄浦滩的绿草地上,慢慢地徘徊着。后来我们走到一株马樱树旁,曼丽斜倚着树身,我站在她的对面。

曼丽看着滚滚的江流说道:"沙姊!我预备一两天以内就动身,姊姊!你对我此行有什么意见?"

我知道曼丽决定要走,由不得感到离别的怅惘;但我又不愿使她知道我的怯弱,只得噙住眼泪振作精神说道:

"曼丽!你这次走,早在我意料中,不过这是你一生事业的成败关头!希望你不但有勇气,还要再三慎重!……"

曼丽当时对于我的话似乎很受感动,她紧握着我的手说道:

"姊姊!望你相信我,我是爱我们的国家,我最终的目的是为国家的正义而牺牲一切。"

当时我们彼此珍重而别,现在已经数月了。不知道曼丽的成功或失败,我因向彤芬打听曼丽的近状,只见彤芬皱紧眉头,叹了一口气道:"可惜!可惜!曼丽只因错走了一步,终至全盘失败,她现今住在医院里,生活十分黯淡,我离沪的时候曾去看她,唉!憔悴得可怜……"

我听了这惊人的消息,不禁怔住了。彤芬又接着说道:"曼丽有一封长信,叫我转给你,你看了自然都能明白。"说着她就开了那小皮箧,果然拿出一封很厚的信递给我,我这时禁不住心跳,不知这里头是载着什么消息,忙忙拆开看道:

沙姊:

我一直缄默着,我不愿向人间流我悲愤的眼泪,但是姊姊,在你面前,我无论如何不应当掩饰,姊姊你记得吧!我们从黄浦滩头别后,第二天,我就乘长江船南行。

江上的烟波最易使人起幻想的,我凭着船栏,看碧绿的江水奔驰,我心里充满了希望。姊姊!这时我十分地兴奋,同时十分地骄傲,我想在这沉寂荒凉的沙漠似的中国里,到底叫我找到了肥美的草地水源,时代无论怎样的悲惨,我就努力地开垦,使这绿草蔓延全沙漠,使这水源润泽全沙漠,最后是全中国都成绿野芊绵的肥壤,这是多么光明的前途,又是多么伟大的工作……

姊姊!我永远是这样幻想,不问沙鸥几番振翼,我都不曾为它的惊扰打断我的思路,姊姊你自然相信我一直是抱着这种痴望的。

然而谁知道幻想永远是在流动的,江水上立基础永远没有实现的可能,妹姊!我真悲愤!我真惭愧!我现在是睡在医院的病房里,我十分地萎靡,并不是我的身体支不起,实是我的精神受了惨酷的荼毒,再没方法振作呵!

妹姊!我渐恨不曾听你的忠告,——我不曾再三的慎重——我只抱着幼稚的狂热的爱国心,盲目地向前冲,结果我像是失了罗盘针的海船,在惊涛骇浪茫茫无际的大海里飘荡,最后,最后我触在礁石上了!姊姊!现在我是沉溺在失望的海底,不但找不到肥美的草地和水源,并且连希望去发现光明的勇气都没有了。姊姊!我实在不耐细说。

我本拼着将我的羞愤缄默地带到九泉,何必向悲惨人间饶舌;但是姊姊,最终我怀疑了,我的失败谁知不是我自己的欠高明,那么我又怪谁?在我死的以前,我怎可不向人间忏悔,最少也当向我亲爱的姊姊面前忏悔。

姊姊!请你看我这几页日记吧!那里是我彷徨歧路的残痕;同时也是一般没有主见的青年人,彷徨歧路的残痕;这是我坦白的口供,这是我借以忏悔的唯一经签……

曼丽这封信,虽然只如幻云似地不可捉摸;但她涵盖着人间最深切的哀婉之情,使我的心灵为之震惊;但我要继续看她的日记,我不得不极力镇静……

八月四日

半个月以来,课后我总是在阅报室看报,觉得国事一天糟似一天,国际上的地位一天比一天低下。内政呢!就更不堪说了,连年征战,到处惨象环生……眼看着梁倾巢覆,什么地方足以安身?况且故乡庭园又早被兵匪摧残得只剩些败瓦颓垣,唉!……我只恨力薄才浅,救国有志,也不过仅仅有志而已!何时能成事实!

昨天杏农曾劝我加入某党,我是毫无主见,曾去问品绮,他也很赞成。

今午杏农又来了,他很诚挚地对我说:"曼丽!你不要彷徨了。现在的中国除了推翻旧势力,培植新势力以外,还有什么方法希望国家兴盛呢?……并且时候到了,你看世界已经不像从前那种死寂,党军北伐,势如破竹,我们岂可不利用机会谋酬我们的夙愿呢?"我听了杏农的话,十分兴奋,恨不得立刻加入某党,与他们努力合作。后来杏农走了,我就写一封信给畹若,告诉他我现在已决定加入某党,就请他替我介绍。写完信后,我悄悄地想着中国局势的危急,除非许多志士出来肩负这困难,国家的前途,实在不堪设想呢……这一天,我全生命都漫在热血里了。

八月七日

我今天正式加入某党了,当然填写志愿书的时候,我真觉得骄傲,我不过是一个怯弱的女孩子,现在肩上居然担负起这万钧重的革命事业!我私心的欣慰,真没有法子形容呢!我好像有所发见,我觉得国事无论糟到什么地步,只要是真心爱国的志士,肯为国家牺牲一切,那末因此国家永不至沦亡,而且还可产生出蓬勃的新生命!我想到这里,我真高兴极了，从此后我要将全副的精神为革命奔走呢！

下午我写信告诉沙姊，希望她能同我合作。

八月十五日

今天彤芬有信来，关于我加入某党，她似乎不大赞成。她的信说："曼丽！接到你的信，知道你已经加入某党，我自然相信你是因爱国而加入的，和现在一般投机分子不同，不过曼丽，你真了解某党的内容吗？你真是对于他们的主义毫无怀疑地信仰吗？你要革命，真有你认为必革的目标吗？曼丽，我觉得信仰主义和信仰宗教是一样的精神，耶稣吩咐他的门徒说：你们应当立刻跳下河里去，拯救那个被溺的妇女和婴孩，那时节你能决不踌躇，决不怀疑的勇往直前吗？曼丽，我相信你的心是纯洁的；可是你的热情往往支配了你的理智，其实你既已加入了，我本不该对你发出这许多疑问，不过我们是很好的朋友，我既想到这里，我就不能缄默，曼丽，请你原谅我吧！"

彤芬这封信使我很受感动，我不禁回想我入党的仓猝，对于她所说的问题我实在未能详细地思量，我只凭着一腔的热血无目的地向人间喷射……唉！我今天心绪十分恶劣，我有点后悔了！

八月二十二日

现在我已正式加入党部工作了，一切的事务都呈露紊乱的样子，一切都似乎找不到系统——这也许是因我初加入合作,有许多事情是我们不知道其系统之所在,并不是它本身没有系统吧!可是也就够我彷徨了。

他们派我充妇女部的干事,每天我总照法定时间到办公室。我们妇女部的部长,真是一个奇怪的女人,她身体很魁伟,虽穿一套棕色的军服,将头发剪得和男人一样,走起路来,腰干也能笔直,神态也不错;只可惜一双受过摧残,被解放的脚,是支不起上体的魁伟。虽是皮鞋作得很宽大,很充得过去,不过走路的时候,还免不了袅娜的神态,这一来可就成了三不像了。更足使人注意的,是她那如洪钟的喉音,她真喜欢演说,我们在办公处最重要的公事,大概就是听她的演说了……真的,她的口才不算坏,尤其使人动听的是那一句:"我们的同志们"真叫得亲热!但我有时听了有些不自在……这许是我的偏见,我不惯作革命党,没有受过好训练——我缺乏她那种自满的英雄气概,——我总觉得我所向往的革命不是这么回事!

现在中国的情形,是十三分的复杂,比乱麻还难清理。我们现在是要做剔清整理的革命工作,每一个革命分子,以我的理想至少要镇天地工作——但是这里的情形,绝不是如此。部长专喜欢高谈阔论,其他的干事员写情书的依然写情书,讲恋爱的照样讲恋爱,大家都仿佛天下指日可定,自己将来都是革命元勋,做官发财,高车驷马,都是意中事,意态骄逸,简直不可一世——这难道说也是全民所希冀的革命吗?唉!我真彷徨!

九月三日

我近来精神真萎靡,我简直提不起兴味来,这里一切事情都叫我失望!

昨天杏农来说是芸泉就要到美国去,这真使我惊异,她的家境很穷困,怎么半年间忽然又有钱到美国了?后来问杏农才知道她做了半年妇女部的秘书,就发了六七千元的财啊!这话真使我惊倒了,一个小小的秘书,半年间就发了六七千元的财,丫若果要是作省党部的秘书长,岂不可以发个几十万吗?这手腕真比从前的官僚还要厉害——可是他们都是为民众谋幸福的志士,他们莫非自己开采得无底的矿吗?……啊!真真令人不可思议呢!

沙姊有信来问我入党后的新生命,真惭愧,这里原来没有光大的新生命,军阀要钱,这里的人们也要钱;军阀吃鸦片,这里也时时有喷云吐雾的盛事。呵!腐朽!一切都是腐朽的……

九月十日

真是不可思议,在一个党部里竟有各式各样不同的派别!昨天一天,我遇见三方面的人,对我疏通选举委员长的事。他们都称我作同志,可是三方面各有他们的意见,而且又是绝对不同的三种意见,这真叫我为难了,我到底是谁的同志呢?老实说吧,他们都是想膨胀自己的势力,哪一个是为公忘私呢……并且又是一般只有盲目的热情的青年在那里把持一切……事前没有受过训练,唉!我不忍说——真有些倒行逆施,不顾民意的事情呢!

小珠今早很早跑来,告诉我前次派到 C 县做县知事的宏卿,在那边勒索民财,妄作威福,闹了许多笑话,真叫人听着难受。本来这些人,一点学识没有,他们的进党目的,只在发财升官,一旦手握权柄,又怎免滥用?杏农的话真不错!他说:"我们革命应有步骤,第一步是要充分地预备,无论破坏方面,建设方面,都要有充足的人才准备,第二步才能去做破坏的工作,破坏以后立刻要有建设的人才收拾残局……"而现在的事情,可完全不对,破坏没人才,建设更没人才!所有的分子多半是为自己的衣饭而投机的,所以打下一个地盘以后,没有人去做新的建设!这是多么惨淡的前途呢,土墙固然不好,可是把土墙打破了,不去修砖墙,那还不如留着土墙,还成一个片断。唉!我们今天越说越悲观,难道中国只有这黯淡的命运吗?

九月十五日

今天这里起了一个大风潮……这才叫作丢人呢!

维春枪决了!因为他私吞了二万元的公款,被醒胡告发,但是醒胡同时却发了五十万大财,据说维春在委员会里很有点势力!他是偏于右方的,当时惹起反对党的忌恨,要想法破坏他,后来知道醒胡和他极要好,因约醒胡探听他的私事,如果能够致维春的死命,就给他五十万元,后来醒胡果然探到维春私吞公款的事情,到总部告发了,就把维春枪决了。

这真像一段小说呢!革命党中的青年竟照样施行了,自从我得到这消息以后,一直懊恼,我真想离开这里呢!

下午到杏农那里,谈到这件事,他也很灰心,唉!这到处腐朽的国事,我真不知应当怎么办呢!

九月十七日

这几天党里的一切事情更觉紊乱,昨夜我已经睡了,忽接到杏农的信,他说:"这几天情势很坏,军长兵事失利,内部又起了极大的内哄——最大的原因是因为某军长部下所用一般人,都是些没有实力的轻浮少年,可是割据和把持的本领均很强,使得一部分军官不愿意他们,要想反戈,某军长知道实在不可为了,他已决心不干,所以我们不能不准备走路……请你留意吧!"

唉!走路!我早就想走路,这地方越做越失望,再住下去我简直要因刺激而发狂了!

九月二十二日

支党部几个重要的角色都跑尽了,我们无名小角也没什么人注意,还照旧在这里鬼混,但也就够狼狈了！有能力的都发了财，而我们却有断炊的恐慌，昨晚检点皮箧只剩两块钱。

早晨杏农来了，我们照吃了五毛钱一桌的饭，吃完饭，大家坐在屋里，皱着眉头相对。小珠忽然跑来，她依然兴高采烈，她一进门就嘻嘻哈哈地又说又笑，我们对她诉说窘状，她说：“愁什么！我这里先给你们二十块，用完了再计较。”杏农才把心放下，于是我们暂且不愁饭吃，大家坐着谈些闲话，小珠对着我们笑道："我告诉你们一件有趣的新闻：你们知道兰芬吗？她真算可以，她居然探听到敌党的一切秘密；自然兰芬那脸子长得漂亮，敌党的张某竟迷上她了！只顾讨兰芬的喜欢，早把别的事忘了……他们的经过真有趣，昨天听兰芬告诉我们，真把我笑死！前天不是星期吗？一早晨，张某就到兰芬那里，请兰芬去吃午饭，兰芬就答应了他。张某叫了一辆汽车，同兰芬到德昌饭店去，到了那里，时候还早，他们就拣了一间屋子坐下，张某就对兰芬表示好意，诉说他对兰芬的爱慕。兰芬笑道：'我很希望我们做一个朋友，不过事实恐怕不能！你不能以坦白的心胸对我……'张某听了兰芬的话，又看了那漂亮的面孔，真的，他恨不得把心挖出来给她，就说道：'兰芬，只要你真爱我，我什么都能为你牺牲，如果我死了，于你是有益的，我也可以照办。'兰芬就握住他的手说道：'我真感激你待我的诚意，不过我这个人有些怪僻，除非你告诉我一点别人所听不到事情，那我就信了。'张某道：'我什么事都可以告诉你，现我背我的生平你听，兰芬！那你相信我了吧？'兰芬说：'你能将你们团体的秘密全对我说吗？……我本不当有这种要求，不过要求彼此了解起见，什么事不应当有掩饰呢！'张某简直迷昏了，他绝不想到兰芬的另有用意，他便把他的团体决议对付敌人种种方法告诉兰芬，以表示爱意……这真滑稽得可笑！"

小珠说得真高兴，可是我听了，心里很受感动，天下多少机密事是误在情感上呢！

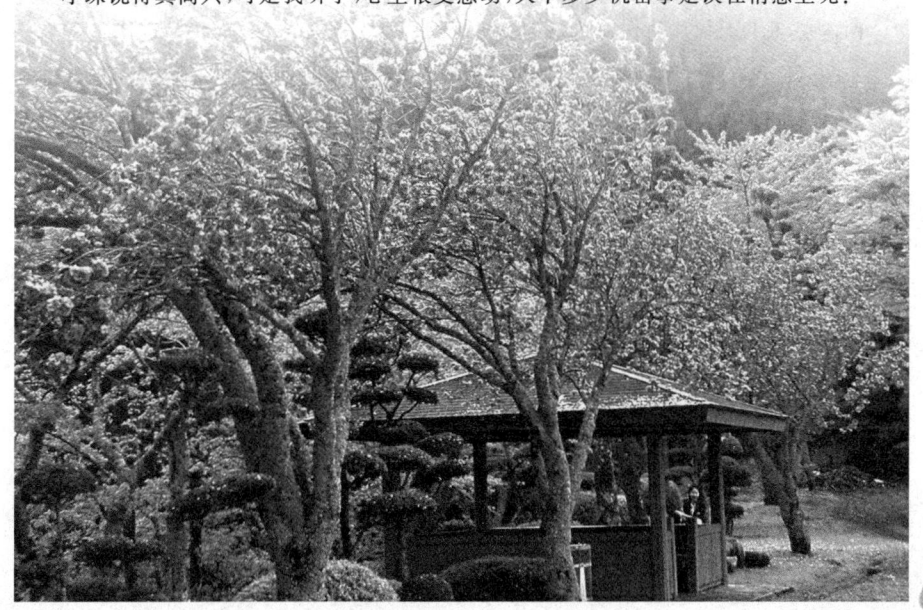

十月一日

在那紊乱的 N 城，厮守不出所以然来。今天我又回到了上海，早车到了这里，稍吃了些点心，我就去看朋友，走到黄浦滩，由不得想到前几个月和沙姊话别的情形，那时节是多么兴奋！多么自负！……唉！谁想到结果是这么狼狈。现在觉悟了，事业不但不是容易成功，便连从事事业的途径也是不易选择的呢！

回到上海——可是我的希望完全埋葬在 N 城的深土中，什么时候才能发芽蓬勃滋长，谁能知道？谁能预料呵？

十月五日

我忽然患神经衰弱病，心悸胸闷，镇天生气，今天搬到医院里来。这医院是在城外，空气很好，而且四周围也很寂静。我睡在软铁丝的床上；身体很舒适了。可是我的病是在精神方面，身体越舒服闲暇，我的心思越复杂，我细想两三个月的经历，好像毒蛇在我的心上盘咬！处处都是伤痕。唉！我不曾加入革命工作的时候，我的心田里，万丛荆棘的当中，还开着一朵鲜艳的紫罗兰花，予我以前途灿烂的希望。现在呢！紫罗兰萎谢了，只剩下刺人的荆棘，我竟没法子迈步呢！

十月七日

两夜来，我只为以往的伤痕懊恼，我恨人类世界，如果我有能力，我一定让它全个湮灭！……但是我有时并不这样想，上帝绝不这样安排的，世界上有大路，有小路，有走得通的路，有走不通的路，我并不曾都走遍：我怎么就绝望呢！我想我自己本没有下过探路的工夫，只闭着眼跟人家走，失败了！还不是自作自受吗？……

奇怪，我自己转了我愤恨的念头，变为追悔时，我心头已萎的紫罗兰，似乎又在萌芽了，但我从此不敢再随意地摧残了，……我病好以后，我要努力找那走得通的路，去寻求光明。以前的闭眼所撞的伤痕，永远保持着吧！……

曼丽的日记完了，我紧张的心弦也慢慢恢复了原状，那时夜漏已深，秋扇风摇，窗前枯藤，声更凄栗！彤芬也很觉得疲倦，我们暂且无言地各自睡了。我痴望今夜梦中能见到曼丽，细认她的心的创伤呢！

(选自《曼丽》集，北平古城书社 1928 年 1 月初版)

云萝姑娘

这时候只有八点多钟,园里的清道夫才扫完马路。两三个采鸡头米的工人,已经驾起小船,荡向河中去了。天上停着几朵稀薄的白云,水蓝的天空,好像圆幕似的覆载着大地,远远景山正照着朝旭,青松翠柏闪烁着金光,微凉的秋风,吹在河面,银浪轻涌。园子里游人稀少,四面充溢着辽阔清寂的空气。在河的南岸,有一个着黄色衣服的警察,背着手沿河岸走着,不时向四处隙望。

云萝姑娘和她的朋友凌俊在松影下缓步走着。云萝姑娘的神态十分清挺秀傲,仿佛秋天里,冒霜露开放的菊花。那青年凌俊相貌很魁梧,两道利剑似的眉,和深邃的眼瞳,常使人联想到古时的义侠英雄一流的人。

他们并肩走着,不知不觉已来到河岸,这时河里的莲花早已香消玉殒,便是那莲蓬也都被人采光,满河只剩下些残梗败叶,高高低低,站在水中,对着冷辣的秋风抖颤。

云萝姑娘从皮夹子里拿出一条小手巾,擦了擦脸,仰头对凌俊说道:"你昨天的信,我已经收到了,我来回看了五六遍。但是凌俊,我真没法子答覆你!……我常常自己怀惧不知道我们将弄成什么结果,……今天我们痛快谈一谈吧!"

凌俊嘘了一口气道:"我希望你最后能允许我,……你不是曾答应做我的好朋友吗?"

"哦!凌俊!但是你的希翼不止做好朋友呢!……而事实上阻碍又真多,我可怎么办呢?……"

"云姊!……"凌俊悄悄喊了一声,低下头长叹。于是彼此静默了五分钟。云萝姑娘指着前面的椅子说!"我们找个坐位,坐下慢慢地谈吧!"凌俊道:"好!我们真应当好好谈一谈,云姊!你知道我现在有点自己制不住自己呢!……云姊!天知道:我无时无刻不念你,我现在常常感到做人无聊,我很愿意死!"

云萝在椅子的左首坐下,将手里的伞放在旁边,指着椅子右首让凌俊坐下。凌俊没精打采坐下了。云萝说:"凌俊!我老实告诉你,我们前途只有友谊,——或者是你愿意做我的弟弟,那么我们还可以有姊弟之爱。除了以上的关系,我们简直没有更多的希冀。凌弟!你镇住心神。你想想我们还有别的路可走吗?……我实在觉得对你不起,自从你和我相熟后,你从我这里学到的便是唯一的悲观。凌弟!你的前途很光明,为什么不向前走?"

"唉!走,到哪里去呢?一切都仿佛非常陌生,几次想振作,还是振作不起来,我也知道我完全糊涂了——可是云姊!你对我绝没有责任问题。云姊放心吧!……我也许找个机会到外头去飘泊,最后被人一枪打死,便什么都有了结局……"

"凌弟!你这些话越说越窄。我想还是我死了吧!我真罪过。好好地把你拉入情海,——而且不是风平浪静的情海——我真忧愁,万一不幸,就覆没在这冷邃的海底。凌弟!我对你将怎样负疚呵!"

"云姊!你到底为了什么不答应我,你不爱我吗?……"

"凌弟!完全不是那么回事,我果真不爱你,我今天也绝不到这里来会你了。"

"云姊!那末你就答应我吧!……姊姊!"

云萝姑娘两只眼睛,只怔望着远处的停云,过了些时,才深深嘘了口气说:"凌弟!我不是和你说过吗?我要永远缄情向荒丘呢!……我的心已经有了极深刻的残痕……凌弟,我的生平你不是很明白的吗?……凌弟,我老实说了吧!我实在不配受你纯洁的情爱的,真的!有时候,我为了你的热爱很能使我由沉寂中兴奋,使我忘了以前的许多残痕,使我很骄傲,不过这究竟有什么益处呢?忘了只不过是暂时忘了!等到想起来的时候,还不是仍要恢复原状而且更增加了许多新的毒剑的刺剟……凌弟!我有时也曾想到我实在是在不自然的道德律下求活命的固执女子……不过这种想头的力量,终是太微弱了,经不起考虑……"

凌俊握着云萝姑娘的手,全身的热血,都似乎在沸着,心头好像压着一块重铅,脑子里觉得闷痛,两颊烧得如火云般红。但是一句话也说不出来,只一口一口向空嘘着气。

这时日光正射在河心,对岸有一只小船,里面坐着两个年轻的女子,慢慢摇着划桨,在那金波银浪上泛着。东边玉蝀桥上,车来人往,十分热闹。还有树梢上的秋蝉,也哑着声音吵个不休。园里的游人渐渐多了。

云萝姑娘和凌俊离开河岸,向那一带小山上走去。穿过一个山洞,就到了园子最幽静的所在。他们在靠水边的茶座上坐下,泡了一壶香片喝着。云萝姑娘很疲倦似的斜倚在藤椅上。凌俊紧闭两眼,睡在躺椅上。四面静悄悄,一些声息都没有。这样总维持了一刻钟。凌俊忽然站起身来,走到云萝姑娘的身旁,低声叫道:"姊姊!我告诉你说,我并不是懦弱的人,也不是没有理智的人。姊姊刚才所说的那些话,我都能了解,……不过姊姊,你必要相信我,我起初心里。绝不是这么想。我只希望和姊姊作一个最好的朋友,拿最纯洁的心爱护姊姊。但是姊姊!连我自己也不明白,我什么时候竟恋上你了,……有时候心神比较的镇定,想到这一层就不免要吃惊……可是又有什么法子呢,我就有斩钉断铁的利剑,也没法子斩断这自束的柔丝呢。"

"凌弟!你坐下,听我告诉你,……感情的魔力比任何东西都厉害,它能使你牺牲你的一切,……不过像你这样一个有作有为的男儿,应当比一般的人不同些。天下可走的路尽多,何必一定要往这条走不通的路走呢!"

凌俊叹着气,抚着那山上的一个小峭壁说:"姊姊!我简直比顽石还不如,任凭姊姊说破了嘴,我也不能觉悟……姊姊,我也知道人生除爱情以外还有别的,不过爱情总比较得是一件重要的事情吧!我以为一个人在爱情上若是受了非常的打击,他也许会灰心得什么都不想做了呢!……"

"凌弟,千万不要这样想,……凌弟!我常常希望我死了,或者能使你忘了我,因此而振作,努力你的事业。"

"姊姊!你为什么总要说这话?你若果是憎嫌我,你便直截了当地说了吧!何苦因为我而死呢……姊姊,我相信我爱你,我不能让你独自死去……"

云萝姑娘眼泪滴滴在衣襟上,凌俊依然闭着眼睡在躺椅上。树叶丛里的云雀,啾啾叫了几声,振翅飞到白云里去了。这四境依然是静悄悄的一无声息,只有云萝姑娘低泣的幽声,使这寂静的气流,起了微波。

"姊姊!你不要伤心吧!我也知道你的苦衷,姊姊孤傲的天性,别人不能了解你,我总应当了解你……不过我总痴心希冀姊姊能忘了以前的残痕,陪着我向前走。如果实在不能,我也没有强求的权力,并且也不忍强求。不过姊姊,你知道,我这几个月以来精神身体都大不如前,……姊姊的意思,是叫我另外找路走,这实在是太苦痛的事情。我明明是要往南走,现在要我往北走,唉,我就是勉强照姊姊的话去做,我相信只是罪恶和苦痛,姊姊!我说一句冒昧的话……姊姊若果真不能应许我,我的前途实在太暗淡了。"

云萝姑娘听了这话,心里顿时起了狂浪,她想:问题到面前来了,这时候将怎样应付呢?实在的,在某一种情形之下,一个人有时不能不把心里的深情暂且掩饰起来,极力镇定说几句和感情正相矛盾的理智话……现在云萝姑娘觉得是需要这种的掩饰了。她很镇定地淡然笑了一笑说:"凌弟!你的前途并不暗淡,我一定替你负相当的责任,替你介绍一个看得上的人……人生原不过如此……是不是?"

凌俊似乎已经看透云萝的强作达观的隐衷了,他默然地嘘了一口气道:"姊姊!我很明白,我的问题,绝不是很简单的呢!姊姊!……我请问你,结婚要不要爱情……姊姊!我敢断定你也是说'要的'。但是姊姊,恋爱同时是不能容第三个人的……唉,我的问题又岂是由姊姊介绍一个看得上的人,所能解决的吗?"

这真是难题,云萝默默地沉思着。她想大胆地说:"弟弟!你应当找你爱的人和她结婚吧!"但是他现在明明爱上了她自己……假若说:"你把你精神和物质划个很清楚的界限。你精神上只管爱你所爱的人,同时也不妨作个上场的傀儡,演一出结婚的喜剧吧……"但这实在太残忍,而且太不道德了呵!……所以云萝虽然这么想过,可是她向来不敢这么说,而且当她这么想的时候,总觉得脸上有些发热,心头有些红肿,有时竟羞惭得她流起眼泪来!

"唉!这是怎么一个纠纷的问题呵!"云萝姑娘在沉默许久之后,忽然发出这种的悲叹的语句来,于是这时的空气陡觉紧张。在他们头顶上的白云,一朵朵涌起来,秋风不住地狂吹。云萝姑娘觉得心神不能守舍,仿佛大地上起了非常的变动,一切都失了安定的秩序,什么都露着空虚的恐慌。她紧张握住自己的颈项,她的心房不住地跳跃,她愿意如絮的天幕,就这样轻轻盖下来,从此天地都归于毁灭,同时一切的纠纷就可以不了了。但是在心里的狂浪平定以后,她抬头看见凌俊很忧愁地望着天。天还是高高站在一切之上,小山,土阜和河池一样样都如旧的摆列在那里,一切还是不曾变动。于是她很伤心地哭了。她知道她的幻梦永远是个幻梦,事实的权力实在庞大,她没有法子推翻已经是事实的东西,她只有低着头在这一切不自然的事实之下生活着。

太阳依着它一定的速度由东方走向中天,又由中天斜向西方,日影已照在西面的山顶,乌鸦有的已经回巢了;但是他们的问题呢,还是在解决不解决之间。云萝姑娘站了起来说:"凌弟!我告诉你,你从此以后不要再想这个问题,好好地念书作稿,不要想你怯弱的云姊,我们永远维持我们的友谊吧!"

"哼!也只好这样吧。——姊姊你放心呵,弟弟准听你的话好了!"

他们从那山洞出来,慢慢地走出园去。晚霞已布满西方的天,反映在河里,波流上发出各种的彩色来。

那河边的警察已经换班了,这一个比上午那一个身体更高大些,不时拿着眼瞟着他们。

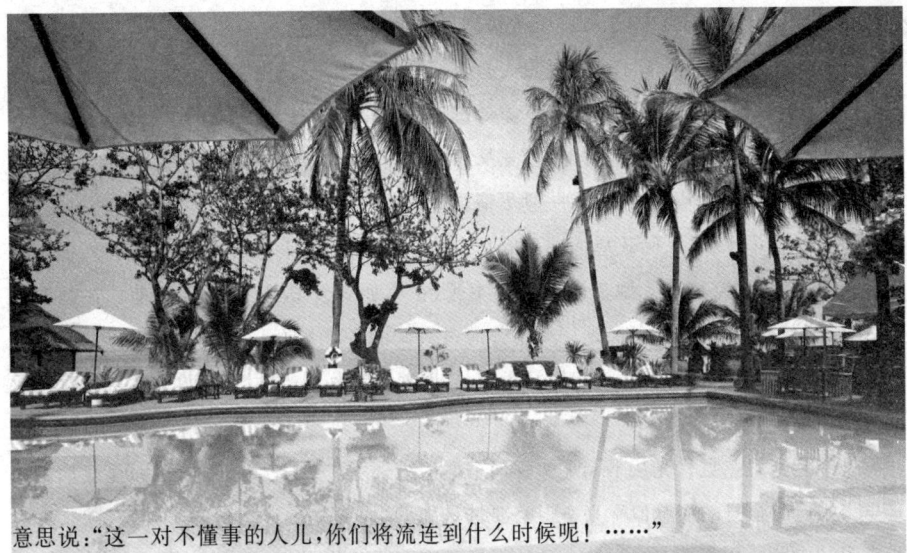

意思说:"这一对不懂事的人儿,你们将流连到什么时候呢!……"

云萝姑娘似乎很畏惧人们尖利的眼光。她忙忙走出园门坐上车子回去,凌俊也就回到他自己家里去。

云萝姑娘坐在车子上回头看见凌俊所乘的电车已开远,她深深地吐了一口气,心里顿觉得十分空虚,她想到一个人生活在世界上只有灵魂不能和身体分离,同时感情也不能和灵魂分离,那么缄情向荒丘又怎么做得到呢!但是要维持感情又不是单独维持感情所能维持得了的呵!唉!空虚的心房中,陡然又生出纠纷离乱的恐怖,她简直仿佛喝多了酒醉了,只觉得眼前一切都是模糊的。不久到了家门才似乎从梦中醒来,禁不住又是一阵怅惘!

这时候晚饭已摆在桌上,家里的人都等着云萝来吃饭。她躲在屋里,擦干了眼泪,强作欢笑地,陪着大家吃了半碗饭。她为避免别人的打搅,托说头痛要睡。她独自走到屋里,放下窗幔,关好门,怔怔坐在书案前,对着凌俊的照片发怔。这时候,窗外吹着虎吼的秋风,藤蔓上的残叶,打在窗根上,响声瑟瑟,无处不充满着凄凉的气氛。

云萝姑娘在秋风憭栗声里,嘘着气,热泪沾湿了衣襟,把凌俊给她的信,一封封看过。每封信里,都仿佛充溢着热烈醇美的酒精,使她兴奋,使她迷醉,但是不幸……当她从迷醉醒来后。她依然是空虚的,并且她算定永久是空虚的。她现在心头虽已有凌俊的纯情占据住了,但是她自己很明白,她没有坚实的壁垒足以防御敌人的侵袭,她也没有柔丝韧绳可以永远捆住这不可捉摸的纯情……她也很想解脱,几次努力镇定纷乱的心,但是不可医治的烦闷之菌,好像已散布在每一条血管中,每一个细胞中,酿成黯愁的绝大势力。云萝想到无聊赖的时候,从案头拿起一本小说来看,一行一行地看下去。但是可怜哪里有一点半点印象呢,她简直不知道这一行一行是说的什么,只有一两个字如"不幸"或"烦闷",她不但看得清楚,而且记得极明白,并且由这几个字里,联想到许许多多她自己的不幸和烦闷。她把书依然放下,到床上蒙起被来,想到睡眠中暂且忘记了她的烦闷。

不久,云萝姑娘已睡着了。但是更夫打着三更的时候,她又由梦中醒来,睁开眼四面一望,人迹不见,声息全无,只有窗幔的空隙处透进一线冷冷的月光,照着静立壁间的书橱,和书橱上面放着的古磁花瓶,里边插着两三株开残的白菊,映着惨淡的月光益觉瘦影支离。

云萝看了看残菊凄瘦影,禁不住一股凄情,满填胸臆。悄悄披衣下床,轻轻掀开窗幔,陡见空庭月色如泻水银,天际疏星漾映。但是大地如死般的沉寂,便是窗根下的鸣蛩也都寂静无声,宇宙真太空虚了。她支颐怔颊坐案旁,往事如烟云般,依稀展露眼前。在她回忆时,仿佛酣梦初醒,——她深深地记得她曾演过人间的各种戏剧,充过种种的角色,尝过悲欢离合的滋味。但是现在呢,依然恢复了原状,度着飘零落寞的生活,世界上的事情真是比幻梦还要无凭……

她想到这里忽见月光从书橱那边移向书案这边来了。书案上凌俊的照片,显然地站在那里。她这时全身的血脉似乎兴奋得将要冲破血管,两颊觉得滚沸似的发热。"唉!真太愚蠢呵!"她悄悄自叹了。她想她自己的行径真有些像才出了茧子的蚕蛾,又向火上飞投,这真使得她伤心而且羞愧。她怔怔思量了许久,心头茫然无主,好像自己站在十字路口,前后左右都是漆黑,看不见前途,只有站着,任恐怖与彷徨的侵袭。

这时月光已西斜了,东方已经发亮,云萝姑娘,依然挣扎着如行尸般走向人间去。但是她此时确已明白人间的一切都是虚幻。她决定从此沉默着,向死的路上走去。她否认一切,就是凌俊对她十分纯挚的爱恋,也似乎不足使她灰冷的心波动。

从这一天起,她也不给凌俊写信。凌俊的信来时,虽然是充溢着热情,但她看了只是漠然。

有一天下午,她从公事房回家,天气非常明朗,马路旁的柳枝静静地垂着,空气十分清和。她无意中走到公园门口停住了,园里的花香一阵阵从风里吹过来,青年的男女一对对在排列着的柏树荫下低语漫步。这些和谐的美景,都带着极强烈的诱惑力。云萝也不知不觉走进去了,她独自沿着河堤,慢慢地走着。只见水里的游鱼一队队地浮着泳着,残荷的余香,不时由微风中吹来。她在河旁的假山石旁坐下了,心头仿佛有什么东西压着,又仿佛初断乳的幻儿,满心充满着不可言说的恋念和悲怨。她想努力地镇定吧,可恨她理智的宝剑,渐渐地钝滞了,不可制的情感之流,大肆攻侵,全身如被燃似的焦灼得说不出话来。于是她毫不思索地打电话给凌俊,叫他立刻到公园来。当她挂上电话机时,似乎有些羞愧,又似乎后悔不应当叫他。但是她忙忙走到和凌俊约定相会的荷池旁,不住眼盯着门口,急切地盼望看见凌俊做岸的身体,……全神经都在搏搏地跳动,喉头似乎塞着棉絮,呼吸都不能调匀,最后她低下头悄悄地流着眼泪。

(原载《小说月报》,1929年1月10日第20卷第1号)

跳舞场归来

太阳的金光,照在淡绿色的窗帘上,庭前的桂花树影疏斜斜地映着。美樱左手握着长才及肩的柔发;右手的牙梳就插在头顶心。她的眼睛注视在一本小说的封面上,——那只是一个画得很单调的一些条纹的封面;而她的眼光却缠绕得非常紧。不久她把半长的头发卷了一个松松的髻儿,懒懒地把牙梳收拾起来,她就转身坐在小书桌旁的沙发上,伸手把那本小说拿过来翻看了一段。她的脸色更变成惨白,在她放下书时,从心坎里呼出一口气来。

无情无绪地走到妆台旁,开了温水管洗了脸,对着镜子擦了香粉和胭脂。她向自己的影子倩然一笑,似乎说:"我的确还是很美,虽说我已经三十四岁了。……但这有什么要紧,只要我的样子还年轻!迷得倒人,……"她想到这里,又向镜子仔细地端详自己的面孔,一条条的微细的皱痕,横卧在她的眼窝下面。这使得她陡然感觉到气馁。呀,原来什么时候,已经有了如许的皱痕,莫非我真的老了吗?她有些不相信,……她还不曾结婚,怎么就被老的恐怖所压迫呢?!是了,大约是因为她近来瘦了,所以脸上便有了皱痕,这仅仅是病态的,而不是被可怕的流年所毁伤的成绩。同时她向自己笑了,哦!原来笑起来的时候,眼角也堆起如许的皱痕……她砰的一声,把一面镜子向桌子上一丢,伤心地躲到床上去哭了。

壁上的时钟当当地敲了八下,已经到她去办公的时间了。没有办法,她起来揩干眼泪,重新擦了脂粉,披上夹大衣走出门来,明丽的秋天太阳,照着清碧无尘的秋山;还有一阵阵凉而不寒的香风吹拂过来。马路旁竹篱边,隐隐开着各色的菊花,唉,这风景是太美丽了。……她深深地感到一个失了青春的女儿,孤单地在这美得如画般的景色中走着,简直是太不调和了。于是她不敢多留意,低着头,急忙地跑到电车站,上了电车时,她似乎心里松快些了。几个摩登的青年,不时地向她身上投眼光,这很使她感到深刻的安慰,似乎她的青春并不曾真的失去;不然这些青年何致于……她虽然这样想,然而还是自己信不过。于是悄悄地打开手提包,一面明亮的镜子,对她照着,——一张又红又白的椭圆形的面孔;细而长的翠眉;有些带疲劳似的眼睛;直而高的鼻子,鲜红的樱唇,这难道算不得美丽吗?她傲然地笑了。于是心头所有的阴云,都被一阵带有炒栗子香的风儿吹散了。她趾高气扬跑进办公室,同事们已来了一部分,她向大家巧笑地叫道:"你们早呵!"

"早!"一个圆面孔的女同事,柔声柔气地说:"哦!美樱你今天真漂亮,……这件玫瑰色的衣衫也正配你穿!"

"唷,你到真会作怪,居然把这样漂亮的衣服穿到 Office 来?!"那个最喜欢挑剔人错处的金英做着鬼脸说。

"这算什么漂亮!"美樱不服气地反驳着:"你自己穿的衣服难道还不漂亮吗?"

"我吗?"金英冷笑说:"我不需要那么漂亮,没有男人爱我,漂亮又怎么样?不像你交际之花,今日这个请跳舞,明天那个请吃饭,我们是丑得连同男人们说一句话,都要吓跑了他们的。"

"唉!你这张嘴,就不怕死了下割舌地狱,专门嚼舌根!"一直沉默着的秀文到底忍不住插言了。

"你不用帮着美樱来说我。……你问问她这个礼拜到跳舞场去了多少次?……听说今天晚上那位林先生又来接她呢!"

"哦,原来如此!"秀文说:"那么是我错怪了你了!美樱小鬼走过来,让我盘问盘问;这些日子你干些什么秘密事情,趁早公开,不然我告诉他去!"

"他是哪个?"美樱有些吃惊地问。

"他吗,你的爸爸呀!"

"唷,你真吓了我一跳,原来你简直是在发神经病呀!"

"我怎么在发神经病?难道一个大姑娘,每天夜里抱着男人跳舞,不该爸爸管教管教吗?……你看我从来不跳舞,就是怕我爸爸骂我……哈哈哈。"

金英似真似假,连带带笑地发挥了一顿。同事们也只一哄完事。但是却深深地惹起了美樱的心事;抱着男人跳舞;这是一句多么神秘而有趣味的话呀!她陡然感觉得自己是过于孤单了。假使她是被抱到一个男人的怀里,或者她热烈地抱着一个男人,似乎是她所渴望的。这些深藏着的意识,今天非常明显地涌现于她的头脑里。

办公的时间早到了,同事们都到各人的部分去做事了。只有她怔怔地坐在办公室,手里虽然拿着一支笔,但是什么也不曾写出来。一叠叠的文件,放在桌子上,她只漠然地把这些东西往旁边一推。只把笔向一张稿纸上画了一个圈,又是一个圈。这些无秩序的大小不齐的圈儿,就是心理学博士恐怕也分析不出其中的意义吧!但美樱就在这莫名其妙的画圈的生活里混了一早晨,下午她回到家里,心头似乎塞着一些什么东西,饭也不想吃,拖了一床绸被便蒙头而睡。

秋阳溜过屋角,慢慢地斜到山边;天色昏暗了。美樱从美丽的梦里醒来,她揉了揉眼睛,淡绿色窗帘上,只有一些灰黯的薄光,连忙起来开了电灯,正预备洗脸时,外面已听见汽车喇叭呜呜的响,她连忙锁上房屋,把热水瓶里的水倒出来,洗了个脸;隐隐已听见有人在外面说话的声音;又隔了一时,张妈敲着门说道:"林先生来了!"

"哦!请客厅里坐一坐我就来!"

美樱收拾得齐齐整整,推开房门,含笑地走了出来说道:"Good evening,Mr Ling."那位林先生连忙走过去握住美樱那一双柔嫩的手,同时含笑说道:"我们就动身吧,已经七点了。"

"可以,"美樱踌躇说,"不过我想吃了饭去不好吗?"

"不,不,我们到外面吃,去吧!静安寺新开一家四川店,菜很好,我们在那里吃完饭,到跳舞场去刚刚是时候。"

"也好吧!"美樱披了大衣便同林先生坐上汽车到静安寺去。

九点钟美樱同林先生已坐在跳舞场的茶桌上了。许多青年的舞女,正从那化妆室走了进来。音乐师便开始奏进行曲,林先生请美樱同她去跳。美樱含笑地站了起来,当她一只手扶在那位林先生的肩上时,她的心脉跳得非常快,其实她同林先生跳舞已经五次以上了,为什么今夜忽然有这种新现象呢?她四肢无力地靠着林先生;两颊如灼地烧着。一双眼睛不住盯在林先生的脸上;这使林先生觉得有点窘。正在这时候,音乐停了,林先生勉强镇静地和美樱回到原来的座位上,叫茶房开了一瓶汽水,美樱端着汽水,仍然在发痴,坐在旁边的两个外国兵,正吃得醉醺醺,他们看见美樱这不平常的神色,便笑着向美樱丢眼色,做鬼脸。美樱被这两个醉鬼一吓,这才清醒了。这夜不曾等跳舞散场他们便回去了。

一间小小的房间里,正开着一盏淡蓝色的电灯,美樱穿着浅紫色的印花乔其纱的舞衣;左手支着头部,半斜在沙发上,一双如笼雾的眼,正向对面的穿衣镜,端详着自己倩丽的身影。一个一个的幻想的影子,从镜子里漾过"呀美丽的林"!她张起两臂向虚空搂抱,她闭紧一双眼睛,她愿意醉死在这富诗意的幻境里。但是她摇曳的身体,正碰在桌角上,这一痛使她不能不回到现实界来。

"唉!"她黯然叹了一声,一个使她现在觉得懊悔的印象明显地向她攻击了:

七年前她同林在大学同学的时候,那时许多包围她的人中,林是最忠诚的一个。在一天清晨,学校里因为全体出发到天安门去开会,而美樱为了生病,住在疗养室里,正独自一个冷清清睡着的时候,听窗外有人在问于美樱女士在屋里吗?

"谁呀?"美樱怀疑地问。

"是林尚鸣……密司于你病好点吗?"

"多谢!好得多了,一两天我仍要搬到寄宿舍去,怎么你今天不曾去开会吗?"

"是的,我因为还有别的事情,同时我惦记着你,所以不曾去。"美樱当时听了林的话,只淡淡地笑了笑。不久林走了,美樱便拿出一本书来看,翻来翻去,忽翻出父亲前些日子给她的一封信来,她又摊开来念道:

樱儿!你来信的见解很不错,我不希望你做一个平常的女儿;我希望你要做一个为人类为上帝所工作的一个伟大孩子,所以你终身不嫁,正足以实现你的理想,好好努力吧!……

美樱念过这封信后,她对于林更加冷淡了;其余的男朋友也因为听了她抱独身主义的消息,知道将来没有什么指望,也就各人另打主张去了。而美樱这时候又因为在美国留学的哥哥写信喊她出去。从前所有的朋友,更不能不隔绝了。美樱在美国住了五年,回国来时,林已和一位姓蔡的女学生结婚了。其余的男朋友也都成了家,有的已经儿女成行了。而美樱呢,依然还是孤零零的一个人。而且近来更感到一种说不出来的烦闷……

美樱回想到过去的青春和一切的生活。她只有深深的懊悔了。唉,多蠢呀!这样不自然地压制自己!难道结婚就不能再为上帝和社会工作吗?

美樱的心被情火所燃烧;她从沙发上跳了起来;把身上的衣服胡乱地扯了下来。她赤了一双脚,把一条白色的软纱披在身上,头发也散披在两肩。她怔怔地对着镜子,喃喃地道:"一切都毁了,毁了!把可贵的青春不值一钱般地抛弃了,蠢呀!……"她有些发狂似的,伸手把花瓶里的一束红玫瑰,撕成无数的碎瓣,散落在她的四周,最后她昏然地倒在花瓣上。

第二天清晨,灼眼的阳光正射在她的眼上,把她从昏迷中惊醒!"呀!"她翻身爬了起来含着泪继续她单调的枯燥的人生。

一段春愁

梅丽揽着镜子仔细地扑着粉，又涂了胭脂和口红，一丝得意的微笑，从她的嘴角浮起，懒懒地扬起那一双充溢着热情的媚眼，向旁边站着的同伴问道："你们看我美吗？年轻吗？"

"又年轻又美丽，来让我吻一下吧！"一个正在批改学生英文卷子的幼芬，放下红铅笔，一面说一面笑嘻嘻地跑了过来。

"不，不，幼芬真丑死了，当着这许多人，要做这样的坏事。"梅丽用手挡住幼芬扑过来的脸，但是正在幼芬低下头去的时候，梅丽竟冷不防地在她额上死劲地吻了一下，就在那一阵清脆的吻声中，全屋里的人都哈哈地笑起来了。

下课铃响了，梅丽已经打扮停当，她袅袅娜娜地走到挂衣服的架子旁，拿下那件新大衣，往身上一披，一手拉着门环，回过头来向同伴说了一声"bye bye"才姗姗地去了。

"喂！你们知道她到什么地方去吧？"爱玉在梅丽走出去时，冷冷地向同伴们问。

"不晓得，"美玲说，"你也不知道吗？"

"我怎么就该知道呢？"爱玉的脸上罩了一层红潮。

"不是你该知道，是我以为你必知道。"美玲冷冷地说。

"算了，算了，你们这个也不知道，那个也不知道，只有我一个人知道。"阿憨突然接着说。

"你知道什么，快些滚开！"爱玉趁机解自己的围。

"这有什么希奇，她到静安寺一百八十号去看情人罢了，你们都不好意思说出来，就让我这个大炮手把这闷住的一炮放了吧！"

"你这个小鬼倒痛快！"幼芬说："可是你的炮还有半截没完。"

"唉，我是君子忠厚待人，不然当面戳穿未免煞风景。"

同伴们不约而同地都把视线集在爱玉的身上，哈哈地起着哄。

"奇怪，你们为什么都看着我笑？"爱玉红着脸说。

"哪里,我们的眼睛东溜西转是没有一定的,怎么是一定在看你,大约你是神经过敏吧!"阿憨若无其事地发挥着。

"小鬼你不要促狭,当心人家恨得咬掉你的肉。"幼芬笑着说。

"该死,该死,你们这些东西,真是狗嘴里吐不出象牙来!"爱玉一面拖住阿憨一面这样说。

"喂!爱玉我要问你一句话,你不许骗我。"阿憨笑嘻嘻地说。

"什么话?"

"很简单的一句话,就是你同梅丽是不是在搞一个甜心。"

"什么甜心,我不懂。"

"不懂吗?那么让我也权且摩登一下学说一句洋话,就是 Sweet heanrt。"

"没有,……我从来不爱任何男人,更不至同人家抢了……你听谁说的?"

"谁也不曾说,不过是我的直觉。"

"不相信,一定是你听到什么话来的。"

"不相信由你,只是我问你的话,你凭良心来答复我……不然我又要替你去宣传了。"

"那种怪话有什么可宣传的,我老实告诉你吧,那个密司特王我在一年前就认得他,假使我真要同梅丽抢也不见得抢不过她,不过我觉得一个女孩子同男子交际,不一定就要结婚,……而且听说密司特王已经有一个女子了。……但是我知道梅丽一定疑心我在和她暗斗,这真太可笑了。"

"其实也没有什么关系,这年头什么东西都是实行抢的主义,那么两个女人抢一个情人又算什么?而且又是近代最时髦的三角恋爱呀!"

"小鬼,你真是个小鬼,专门把人家拿来开心!"

"死罪死罪,小鬼从不敢有此异心,不过是阿憨的脾气心直口快而已,小姐多多原谅吧!"

爱玉用劲地拧了阿憨一把,阿憨叫着逃到隔壁房里去了。

当阿憨同爱玉开心的时刻,梅丽已到了静安寺一百八十号了,她站在洋房的门口,重新地打开小粉盒,把脸上又扑了些香粉,然后把大衣往里一掩,这才举手揿动门上的电铃,在这个时候她努力装成电影明星的风骚姿势。

不久门开了,一个年轻而穿着得极漂亮的男人,含笑出现于门前的石阶上……这正合了梅丽的心愿,因此她不就走进去,故意地站在门口,慢慢转动着柔若柳枝的腰杆,使那种曲线分明妙曼的丰姿深深印入那男人的心目中。

那满面笑意的男人,敏捷地走了过来说道:"欢迎,欢迎!"一面伸手接过梅丽的小提包。

"怎么样,好吗?密司特王!"梅丽含着深醇的微笑,柔声地说。

"谢谢,一切都照旧,你呢,小姐!"男人像一只鸟儿般的活泼地说。

"我吗?唉,不久就要到天国去了!"梅丽吃吃地笑着说。

"你真会说笑话,小姐青春正富,离到天国还远着呢!"男人说着把仆人送来的茶接过来,放在梅丽面前说:"吃茶吧!"他依旧退到位子上去。

"青春!青春!"梅丽感触地叫道,"我哪里还有什么青春,你简直是故意地取笑我!"

"没有的话!"男人脸上装出十三分的真诚说道:"现在正是小姐的青春时代,真的,在你的脸上浮着青春的笑;在你的举动上,也是充满了青春的活泼精神……"

梅丽看着他微笑——深心里都欢喜得几乎涌出感激的眼泪来。

"喂!王,你的话我也相信是真的,我们学校里的同事样子都比我老得多,前几天我遇见密司柳!他也称赞我年轻,并且还说我的眼睛和别人不同……王,你看出我的眼睛有什么不同吗?"

"对了,你的眼睛比无论什么人都美,而且含着一种深情……"王含笑说。

"真是的,你也这样说,……你欢喜我的眼睛吗?"梅丽含羞地望着他。

男人挨近她身旁,低声说道:"你应许我吻你的眼睛吗?"

梅丽整个的颊上,罩了一阵红潮,半推半就地接受了那又温又香的一吻,于是沉默而迷醉的气氛把一双男女包围了。

"当啷啷"电话铃响了,男人连忙跑去取下电话机来。"喂……我是王新甫……怎么样……哦好,可以,但是要稍微迟些,……好,再会。"

"哪个的电话,不是爱玉的吗?"梅丽娇痴痴地说。

"不是,不是,"王有些惊惶地说道:"是一个男朋友约我去谈谈,有一点事务上的交涉!"

"哦,那就真不巧了,我想今晚同你去吃饭,并且看《卡门》去。"

"真是讨厌,"男人皱着眉头说,"我要不是为了一些事务上必须接洽的事,我就辞掉他了……这样吧,我明天陪你去如何?"

"也好吧……那么我现在去了,省得耽搁你的正事!"

"何必那样说!"他说:"这更使我抱歉了!"

"算了吧,这又有什么歉可抱呢,只要你不忘记你还有我这么一个朋友就行了。"梅丽站了起来,王把大衣替她披上,一直送她到了电车站,他才又回转来,重新洗了脸,头上抹了一些香油,兴匆匆地出去了。

梅丽上了电车回到家里时,心里像是被寂寞所戳伤,简直坐也不是站也不是,她想找爱玉去看电影——同时她心里有些疑决不下的秘密,也想借此探探虚实。她重新披上大衣,叫了一辆人力车,到了爱玉的家门口,只见她家的张妈站在门口,迎着笑道:

"小姐才出去了。"

"哦,也出去了,你知道她到什么地方去吗?"

"那我不大清楚,是王少爷来接她去的。"

"王少爷!哪一个王少爷?"

"就是住在静安寺的。"

"哦……回头小姐来时,你不必多说什么,只说我来看她就是了。"

"晓得了,"张妈说着,不住地向梅丽懊丧的面色打量,梅丽无精打采地仍坐了原车回家去了。

次日绝早,梅丽独自个坐在办公室里,呆呆地出神,不久美玲推门进来了。

"喂,梅丽,你今天怎么来得这么早!"

"昨晚睡不着,所以老早就起来了。"

"为什么睡不着?莫非有什么心事吗?……你昨天一定有点什么秘密,说真话,何时请我们吃喜酒。"

"你真是会说梦话,我这一生再不嫁人的,哪来的喜酒请你吃呢?我告诉你吧,这个世上的男人都坏透了,嘴里甜蜜蜜的,心里可辣得很呢!"

"这是什么意思,你发这些牢骚?"

"哪个又在发牢骚呀!"爱玉神采飞跃地跑了进来插言说道。

"你今天什么事这样高兴呀?"美玲回头向爱玉说。

"我天天都是这样,也没有高兴,也没有不高兴。"

"你到底是个深心人,喜怒哀乐不形于色!"阿憨又放起大炮来。

"哼,什么话到了你这小鬼嘴里就这样毫无遮拦!"梅丽笑着拧着阿憨的嘴巴子说,大家都不禁望着阿憨发笑。

第一课的钟声打了,爱玉、梅丽都去上课,办公室里只剩下美玲、幼芬和阿憨。这时美玲望着她俩的影子去远了,便悄悄地笑道:"这两个都是傻瓜,王简直就是拿她们耍着玩,在梅丽面前,就说梅丽好,在爱玉面前就说爱玉好,背了她们俩和老伍他们就说:'这些老处女,我可不敢领教,不过她们追得紧,不得不应付应付。'你说这种话叫梅丽和爱玉听见了要不要活活气死!"

"这些男人真不是好东西,我们叫梅丽她们不要睬他吧,免得他烂嚼舌根!"幼芬天真地说。

"那你简直比我老憨还憨,她俩可会相信你的话?没准惹她们两边都骂你!"阿憨很有经验似地说。

幼芬点头笑道:"你的话不错,我们不管他们三七廿一,冷眼看热闹好了。"

中午吃饭的时候,梅丽拿着一封信,满脸怒气地骂道:"什么该死的东西,他竟骗了我好几个月,现在他的情人找得来,他倒也撇得清,竟替我介绍起别人来,谁希罕他,难道我家里就没有男人们,他们就没有朋友可介绍,一定要他这死不了的东西多管闲事!"

"喂!这算什么,哪个又得罪了你呀!"阿憨找着碰钉子,梅丽睬都不睬她,便饭也不吃地走了。

爱玉却镇静得若无其事般地说道:"美玲,密司特王要订婚了,你知道吗?他的爱人已经从美国回来了。"

"哦,这个我倒没有听说,……这就难怪梅丽刚才那么痛心了。"

"本来是自己傻瓜嘛,……所以我再也不上他的当。"爱玉装出得意的样子说。

阿憨向着幼芬微笑,她简直又要放大炮了,幸喜幼芬拦住她道:"你不要又发神经病呀,"阿憨点点头,到底伏着她的耳朵说道:"她是哑子吃黄连,有苦不能言罢了。"一阵格格的大笑后,阿憨便扬长而去。

梅丽这几天是意外的沉默,爱玉悄悄地议论道:"你们看梅丽正害 love sick,你们快替她想个法子吧。"

"夫子莫非自道吗?"阿憨又憨头憨脑地盯上这么一句,使爱玉笑不得哭不得,只听见不约而同几声"小鬼,小鬼"向着阿憨,阿憨依然笑嘻嘻地对付她们。

时间把一切的纠纷解决了,在王先生结婚后的两个月,梅丽和爱玉也都有了新前途,这一段春愁也就告了结束。

沦落

医生左手插着腰,右手轻轻敲着右边的胯骨,对病人表示一种悲悯的同情,微蹙着眉峰,看护妇递过寒暑表,放在病人的舌下,约四五分钟才又从嘴里拿出来,对着窗子望了一望道:"热度仍和昨晚一样。"医生点了点头,安慰病人道:"多睡觉,不要用心思就好了!"病人懒懒地点了一点头,医生便发出慈母般微笑,轻轻摸了摸病人的头,说了一声再会,跟着病房的门开了,医生就出去了。

这时候夜景幽寂,从窗子里射进灰白色的月光来,照得这病房,仿佛囚牢的惨厉可怕。看护妇在一张篷布椅子上,已沉沉入梦了。病人怕灯光,电灯早就熄了。这房里竟露出可怕的幽冷,街上的更夫已打三更了。病人的心脏极剧烈的跳着,睡魔永不敢近她,她只睁着眼,努力向那没有月光的暗陬凝望,那眼神的锐利,好像可穿鬼物的肝胆似的,如此半点钟以后,她实在不支了。无力的闭上两眼,迷蒙中忽见一个魁伟的少年,站在她的床前,仿佛很伤心她病到这般地步,摇着头,深郁地嘘了一口气,那阴森只像荒丘上的鬼风,病人很惊吓地对他望着。呀!他头上带着白布蓝缘的水手帽子,身上也是白布蓝缘的水手衣服,她禁不住抖战着垂泪了。那少年水手两腿渐渐软了,战栗着跪在她的床前,伏在她的胸上呜咽着。她觉得如火般热的眼泪,都浸入她心窝里去了。她无力地嘘了一口气,用手抚着那水手,她想起认识这水手的事情来了。

在一年夏天的早晨。天上一片云彩也没有,只在天水连接的地方有一道灰色而带蓝的带子,横在那里,海边上只有一只海舰停着。住在海边上的孩子,赤着脚爬下沙滩去,什么尖的螺,圆的贝壳,捧满了两手。她那时正在捉一个活的小螃蟹,不提防滑了脚滚到海里去,那浪花发怒般涌起来,她只觉鼻管辛辣,水往嘴里直灌,便迷昏不省人事了。

过了不知多少时候,她睁开眼一看,只是一个青年的水手,站在她的面前,见她恢复了知觉,微笑着递过一杯糖水,慢慢扶着她的头灌下去,她觉得更清醒些,又睁开眼往四面望望,只见自己卧的地方是一间洋式小房屋。很使她注意的,便是这小洋屋挂着五六个白色的救命圈,她怀疑着想,不知究竟是什么地方。那水手仿佛已明白她的意思,因微笑道:"小姑娘好险呵!不是我正扶着栏杆看风景,你一定要被浪头卷去了。……你愿意知道这是什么地方吗?……这就是停在海边的军舰,你家住在那里,我可以送你回去。"她这时已坐了起来,对着那水手,很亲昵地微笑着,投在他温暖的怀里说:"我要回去。"水手点点头,领着她下了舰,沿着沙滩走了一里多路,她已看见家门,只见母亲正擦着眼泪,仿佛等什么消息呢,她便撇了那水手急急飞奔她母亲去了。水手远远站着,等那母子都进去了,他才唱着凯歌回舰去。

在这件事发生两天以后,她的父亲到那军舰谢那水手,那军舰已开得无影无踪了,那老人只望着海,如默祝海神保佑这可爱的青年。

后来这一只海舰虽然又开到这地方两次,但那个水手却没有同来,她一家的人都觉得很失望,这样可爱的青年,竟不能再看见第二次,并且不能对他表示一家人感激他的意思。

过了八九年她已经二十岁了,那时她中学校已经毕业,她的故乡教育很不发达,因和母亲商议,到都会的地方求学去。临离家的头一天下午,她和几个同学仍到幼年的乐园——海边作最后的亲昵。这时正是黄昏,海雾受太阳的渲染,幻成紫的、红的、青的种种色彩——不很明显的混合色,仿佛闪光的轻纱罩子,罩在碧澄澄的海面上,西方的红霞又把海水染成紫的、淡红的各种颜色,在天水交接的地道,横着一道五色的绒毯。她正在留意看海景时,忽见沙滩的东边,有一个三十多岁的男子,穿着一身海军的军服,两手插着裤袋,口唇嘘嘘作响,两目望着天空,仿佛在回忆以前的往事般,有时在那沉静里,微露着笑容,好像阴云幕里的轻淡的阳光。她觉得这军人有些眼熟,不住用眼神打量他,但是记不起来了。这究竟是在什么地方看见过的呢?

她的同伴,同她谈海上冒险的故事,渔船遇着巨大的鳄鱼倾覆了,渔人捉住一只木排,漂泊到一个没人迹的岛上,虎豹怎样凶恶,毒蛇怎样伤人,她的同伴述说着,仿佛像曾亲眼见过似的。她从这些有趣的故事里,忽然想起她遇险的一段故事,于是她告诉她们说:"我告诉你们落水的故事吧!亏了那少年水手!"她的同伴都围拢说:"大一点声音。"她高声述说了。大家听了都现出惊怕的神情说:"呵!好危险呵!"

她这时忽然低下头,仿佛受了意外的刺激似的,不时偷眼向沙滩东边看,大家也不知不觉都回过头,只见那中年的军人,向这边看着微笑,这些女孩子便如触了电般,狐疑着,不知这微笑里头,定伏着什么不测的事,有一个胆小的便说:"我们快走吧!那一定是个坏人。"大家被她一提醒,都觉得真正可怕,便忙忙往回走,只见那军人仍旧望着她们微笑。她们更觉得心虚,仿佛后面那军人拿着利刃追来了。便忙忙往家里飞奔。

第二天她正在拥挤的票房门口等买车票,只见人丛里走出那个中年的军人来,她止不住心头狂跳,紧依着她父亲的肘下,不敢动弹,面上的红色都淡了,后来她父亲因为替她拿行李票走开了。她独自站在票房门口,战栗着,低头不敢往四面看,忽觉背后有人说话的声音道:"姑娘!记得前九年救你命的人吗?"她听了这句话,这才明白原来就是那个水手呵!因放下了心,望着那水手说:"先生为什么早不说,我们一家人都极望见先生一面呢……好!我父亲来了,他老人家更是时时不忘先生的一个人。"她父亲见她和一个男人说话,很惊怪的看着她,她只微笑说:"爹爹!这位先生便是救儿命的那个水手。"这老人才明白欢呼道:"呵!真是有幸,先生救了小女之后,老夫曾到海边去访先生,可惜军舰已开走了。但老夫没一天不在记念先生,等送小女上车后,请先生同老夫吃杯茶去。"

这时火车已到了,客人纷纷赶上车去,那军人和她的父亲一齐送她上了火车,不久开车的铃响了。火车头便蠕蠕动起来,越动越快,霎时间便离开故乡的城市了。

她到了北京以后,不久便进了学堂,她的脸上时时含着愉快的微笑,同学们都和她很亲厚,都觉得她是个幸运儿,忘忧草,她常喜欢带着娇憨的滑稽,惹同学发笑,学堂里的同学,无论谁提到她,都立刻感觉着自然的美。

有一天正是星期六,同学们多一半都回家去了,她因为北京没有亲戚,所以只住在学校里。这时天气已有四点钟了,她从浴室里,抱着一包换下来的衣服,一壁唱着,一壁往洗衣服的地方去。顶头遇见那个有麻子的校役,拿着一张名片道:"小姐!有人找。"她觉得很奇怪,不禁"哟"了一声道:"谁来找我呵?"因伸手接过片子来,只见上头写着"海军部副官赵海能"。她更怀疑了,心想我向来不认识这个人呵!因向那校役道:"到底是怎样一个人呵?"校役说:"很高大的身材,四方脸,有两撇八字胡子。"她听了自言自语道:"高大身材,四方脸,八字胡子,莫非是那个救我命的水手吗?"想到这里,便回头对那校役说:"好吧!你先去,我就来。"她忙把衣服放在寝室里,对着镜把头发拢了拢,匆匆走到会客室,已经有许多人在那里会同学们。她慌忙向四面望了望,只见靠门坐着那个赵海能迎了出来,很恭敬鞠了一个躬。她这时仿佛作梦似的,也不知和他说什么,稍谈几句,赵海能便走了,她只记得一句是:"有机会还要来谈。"

她会过赵海能以后,仍旧照常活泼作她的事去。

她们学校的旁边,有一所花园,她每逢放假时,常常独自到那园里,坐在花荫下看书。倦了便放下书,倒在假山石背后,静静嗅着草际的幽香,听草虫奏着细妙的音乐,有时仰头看着天上变幻的行云,有时像鱼鳞般闪烁着,有时像轻纱般飘拂着。她仿佛作梦似的,想象天宫的白玉雕栏和低眉浅笑的天使。有时忽觉天上的云异样的深碧,儿时久游的海景,一一涌现出来,那少年的水手——中年的海军部副官很明显印在她的脑里,游泳在她似梦非梦的眼前。

她不知上帝何时设下陷阱了!她感激救命的赵海能,常常流下热情的泪来,她看过从前的小说,对于有恩的男子,应该牺牲身心报答他。但她似乎知道赵海能已经不是独身的男人,她想要报赵海能救命的机会很少了。时时怅惘着,发出无可奈何的长叹。

有一次上心理学,她很留心地听讲。教员说:"女子富于情感,对于待她有恩情的人,时时不忘,根据这种心理,青年向少女求欢爱时,只有一个方法,表示对于少女极热诚,仿佛一切都可为她牺牲,纵使失败一百次,也不要灰心,终久必成功。"同班的同学听了都彼此互视着微笑,只有她脸上渐渐失了红润,头俯下去,倘若没有书桌挡着,恐怕直要低到膝上了,而且眼泪如泉水般的涌了出来,同学们很诧异,课堂里立刻静止,彼此面面相觑。便是那教员也皱着眉,默然无言,仿佛其中伏着极不测的动机,觉得再讲下去很不方便,因提早下堂了。

教员才走出讲堂的门口,同学们都一拥而前,将她围住。诘问和劝慰的声音,杂乱成一片。

她只伏在书案上,两肩不停的耸动,喉里不住的硬咽,始终探不出个究竟。同学们都怀疑着,渐渐走开了。有两三个聚在回廊底下,低声猜着,其中有一个同学说:"她必是上了谁的当吧?"……"谁知道呢?"另一个同学插嘴说:"我觉得她近来的情形很不对,总是锁着眉峰,仿佛内心蕴藏无限的秘密似的。……唉!现在的社会,真好像荆棘的荒园了,只要一分不留心,便被锐利的棘针刺破了……尤其是我们女子倒霉,心又软,情又热,只要男子在她面前落过一颗眼泪,无论什么便都被蒙蔽过去了。……"

种种的议论,接二连三的鼓荡在空气中,有时候一两句传到她的耳朵里,便变成有毒质的针,使她身心都感到痛楚和麻醉。

直到她病倒床上,当夜月幽淡的时候,她回想着,兀自心痛。她用手紧紧握着那水手的手,极用力的"唉"的一声。忽然打了一个寒战,睁眼一看,她全身如焚般烧起来,削瘦而灰败的两颊上,渐渐转成胭脂般的红润,失神的眼球,略略转了一转,那眼皮又慢慢垂下来了。

这时冷静的夜已过,那绿色的窗幔,闪着微紫色的朝旭。看护妇推门进来手里端着一碗鲜而且白的牛乳,那热气如烟雾似的一缕缕都从杯里涌了出来。

看护妇右手端着茶盘,左手伸在背后,扭那门上的机关,一壁对着床前站着的少年点头说:"先生早呵!"

这声浪把她从半梦里惊醒,细看那少年,原来并不是水手,他穿着灰色布的长袍,覆额的头发很自然的松散着,仿佛很美丽的遮阳般。极活泼的眼神,表示他青年之美,他这时含愁站在病人的面前,很怜惜的替病人整着散乱枕旁的柔发,看见病人已睁开倦眼,用极柔和的低声问道:"今天觉得好些吗?"病人这时只微微摇了一摇头,依旧把眼闭上,他很伤心的嘘了一口气,目不转睛对病人望着,觉得上帝太不仁了,为什么使这脆弱的玫瑰花,受病魔的作践呢?不然这种好天气,和她并肩坐在公园的松林里,听早晨的云雀,娇婉的唱歌,看莲苞的露珠,向朝旭争闪,有时她含羞向着自己微笑,呵!这多么使人醺醉!

"哎哟"病人又发出苦痛的呻吟了,他便立刻被驱出于幸福的花园,深锁着愁闷的海,将他全个盖没了。他坐在她的身旁,握着她久病枯瘦的手,含着泪的微笑,安慰她说:"不想病的苦痛吧?只想你没病之先,我们许多幸福的光阴,……你记得有一次我们喂猿子花生,你笑得弯了腰,这些要多有趣呵!你病好我们还要寻更美妙的乐趣去,你不是最爱听海里的风,吹在松枝上,发出悲壮的松涛的声音吗?……只要你能出了医院,我们便有快乐日子过了。"这少年极力安慰着她,想尽了种种方法,甚至祈祷上帝,再给他些智慧,使他把他的爱人从愁苦的海里救出来,便使牺牲了一切,他也绝不埋怨的。

看护妇将牛奶端到床前说:"小姐!吃吧!已经不很热了!"那少年连忙从看护妇手里接过来。顾不得看护妇很冷淡的微笑,他用羹匙一瓢瓢往病人的嘴里送着,只要病人咽下一匙,他心头便开一朵美丽的欣悦的花,但病人只咽了三口,便摇头不肯吃了。他这时想二十几岁的少女,只吃得三匙牛奶便够了吗?他忘了那病人已经摇头拒绝这牛奶。他依旧用匙,很小心地舀着,送到她淡红而带浅灰的唇边,病人不耐烦的哎了一声,把头侧到里边去了。少年很失望的放下匙子,独坐着凝想,心头几次发酸,幸没有落下泪来。这不能不感谢事故很深的看护妇了。

太阳骄傲着走他的路,对于人间的欢迎与憎厌,他都不理会。他不注意那些怕分离的青年男女,而为他们稍停留,而且那些青年男女,觉得他们需要太阳照临的时候,太阳跑得更要快些。

病人床前坐着的少年,看见病人似乎睡着了,他轻轻走开,到门外换一换空气,当他抬头,看见西方一带柳树梢上,满都染着金黄色时,他不觉得吃了一惊,什么时候跑马的太阳已走到这里了。照规矩医院六点钟便不许外人停留了。他看一看手上的表只差五分,便需离开这地方了。他又走进病房里,病人已醒,望了望他道:"你没走吗?……"他说:"还早还早。"但他那不自然的微笑,已令病人不能坚信他的话。

门外头一阵脚步声,医生来看病人了。看护妇拿着寒暑表,推门进来说:"先生。到关门的时候了。"他仿佛罪人听了最后的判决,只得绝望走了。看护妇送他出了门,依旧淡然微笑着。

三个星期以后,这病房里已另换了一个病人了。她搬到学校的休养室住下,同学们听见了这消息,都抱着欣悦的同情,到她那里看望她。这休养室在操场后面,另外一个小花园里,窗前有几株美人蕉,正开着金红色的花,在朝露未干时,从那花下过,可以嗅到一种清微的幽香,蕉叶像孔雀美丽的尾,翠碧上有许多金星,那正是露珠儿在朝阳下闪烁的时候了。

满屋子的光线都异常轻柔,淡绿像湖心的水色。窗上都幔着葡萄叶色的轻纱,杨柳的柔条,美妙的飘射在上面。她披着玫瑰色的大衣,静默的坐在靠窗的大沙发上,在左手这一边放着一封信,眼前游泳着可怕的恶梦。

不能忘的水手——中年的副官,魁伟的身干,直立着仿佛一根石柱。他只要轻轻一动,就可使无数的人头破血流。记得他曾述说他攻打敌人时的猛鸷,一个枪子打进对面敌人的左眼,那眼珠网着血丝——赤红像火般,滚了出来,他绝不动心,接续第二枪第三枪一直开下去,仿佛小孩子看放花一样有趣,红光——血和火焰都混合成为一片,他只觉活跃好看——唉!勇敢的军人!多么可怕的话剧,他只要一样把这不情的话剧,从新演一遍,不消两个枪子,什么都完了。

她惊惧仰起头来,只见绿纱窗上,染上几道淡紫的波纹,在那波纹底下仿佛有一个人影,于是她开始问道:

"门外是谁?"

"松文姊姊！你起来了吧！"

"起来了！你是彬彩吗？……进来坐坐。"她说着，开了房门，只见彬彩笑嘻嘻走了进来，对她脸上望了望说："怎么今天脸色又不好啦！昨晚好睡吗？"

她惊惧而羞涩地应道："怎么？……不至于吧，"因拿起桌上的小镜子，细细照了一照，又用手在两颊上搓了一搓道："想是天气比较凉了，我病后禁不住，脸色所以更苍白了。"

"这也不要紧，你不要忧惧吧！只要畅放胸襟，复原自然就容易了。"彬彩抚摩着松文的肩，很诚挚地安慰她。她只摇摇头叹了一口气说："像我这种不幸！……死了倒也干净！"

"为什么总要往这一条路上走，死也没这么容易呢？"彬彩很感慨地说着。

她把沙发上的围巾拿起来，那封信掉在地下了。"呀！他又来信了吗？你也太不干脆了！像这样藤蔓似的，将牵到什么时候才了呵！"她面色渐渐红了，好像火般的燃烧着，头俯下来，紧紧靠着胸口，泪和露珠般，滚过两颊又流到衣襟上了！

"唉！"彬彩的颜色苍白了，但她除了这一声"唉！"没有更多的话了。这美丽的晨光，被弱者的泪浸得暗淡了。窗纱上的红色波纹，变成素淡的清流了。满屋里沉寂着，像死神将要来临的森阴可怕。一只青白色的面孔，四只凝着泪光的眼睛，仿佛在神的莲座前，待最后的判决般不安和忧郁。

后来彬彩慢慢恢复了她为忧伤而错乱的神经，用绢帕拭干了眼角的泪痕，从地下捡起那封信来说："我能看一看吗？"松文只点了一点头，仍不住的流泪。

彬彩用发抖的手——仿佛已听见强者的枪在封套里跳跃了——轻轻从那封口里抽出信来，眼前顿觉一亮，一个火热的十字在那信尾，明明白白的画着。仿佛经过知县老爷批行的文书，只要一公布出去，罪人便没有希望了。彬彩极力镇定着，把那信笺展开，但连信笺都一同的发着抖。她对着空气深深的吸了一口，似乎胸口的压迫松了些。于是才看见信上所写的东西：

松文：

　　我是军人，我是不知道明天的生命的人，我的感情是像海里的波涛一样的，当我听见指挥官的号令："前进！"我全身便燃烧在火热的情感里，这时不打得敌人的眼球滚了出来，我手上的枪绝不向下松一松。但事情过去了，我睡在野外的帐幕里，偶尔看见头顶上的青天，和淡白色的月光，我也曾想起我白天的动作很可笑，而且危险，这时我感情的潮落下去了。但是没有用处，这已经是过去的事了。

　　这一段故事，仿佛是题外旁枝，但你若懂得，就可以免了许多的麻烦！

　　我热烈的感情，能像温柔的绸带缠着你，使你如醉般的睡在我的臂上，但你若背过脸去，和另一个少年送你的眼波，我也能使这温柔的绸带，变成猛鸷的毒蛇，将你如困羊般送了命。

  你或者要祈祷上帝,使可怕的战事——无论为什么而战,只要将我因此送了命,你便可以很自由了,这一层我不能禁止你,而且真到这时候,我看不见,听不见了,我也不愿再管了。只是我活的时候,我绝不能使曾经和我接近的人,更和别人演一样的剧。

  我救你的命,我并不曾想你报答,但你既很慷慨的愿意以身报我,那就不能再由你的意了。

                赵海能

  彬彩看完这字字含刺的信,哀悯的同情,染着愤激的色彩,责备松文说:"你为什么不想一想!"松文又羞又伤心,将头埋在手里。猛烈的热情,逼着她放声痛哭了。

  彬彩看着这可怜的弱者,也禁不住落了许多同情的泪。

  在她们哭得伤心的时候,日色越变越阴沉,一阵阵凉风吹得芭蕉叶刷刷价响,立刻便有暴雨要来似的。

  彬彩看看手上的表,已到正午了。因说道:"你一早还不曾吃东西,我们一同到食堂吃碗面吧!"她摇头道:"你自己去吃吧!我一些不饿。"说着那雨点已渐渐滴了下来,彬彩说:"我不能再耽搁了。你现在不去吃也好,等雨晴了我叫人给你送来吧!"说着开开门急急的走了。

  彬彩走到食堂里,同学们都早已在那里坐好了。她拣了靠窗子的那位子坐下。大家嘈嘈杂杂谈话,彬彩并不注意她们,只顾低着头吃,忽听靠她左边坐的那个同学说:"彬彩!你的好朋友松文的病好了吗?"彬彩说:"还没十分好!"另有两个同学,正看着,露出很鄙薄的冷笑,含着讽刺的语调说:"松文病得真奇怪?""哼!什么怪事没有啊?这才给妇女解放露脸呢?"彬彩听她们的话头,简直是骂松文,自己也不好插嘴,只装没听见,忙忙吃了,放下筷子就走。她们看了她这不安的神气,等她才转过脸去,便发出使她难堪的冷笑,仿佛素日和松文过不去的宿仇,这一笑便都报复了。

  彬彩装着一肚子牢骚,来到洗脸房里洗脸,当她拿着脸布在脸上擦的时候,愤怒和不平的情感,使得她的眼泪和脸盆里的水相合了。她想:"人们最残忍,对于人家的错总不肯放过一分一厘,松文当日待她们也不薄,何至于这样的糟践她呢?人们只是自利的虫呵!这世界究竟有什么可宝贵的东西?"彬彩越想越伤心,终至于把眼睛都擦红了。

  同学们走过她的面前,只是冷然的,似乎有些惊异的微笑着。

  松文的病,为听见同学们的闲言,又加重了。这时除了彬彩对她仍和从前一样的诚挚,其余的都极隔膜,有时因为到操场去,从她的门口过,也只对着她的门窗,露着鄙薄的冷笑,她们给她起了一个绰号叫"害群之马"。从此她们说到她,只以"害群之马"为影射之辞。

有一天正是学校纪念日,同学们演新剧,彬彩约着松文到演剧场,打算使她开开心,病也可以好得快。她们到那里只剩东边犄角有两个空位子,彬彩坐在外边,松文坐在里边。这时趣剧已开幕了,演醉汉的笑史。只见那醉汉跄跄跄跄在台上乱撞,把一个卖豆腐的担子撞倒了,弄了满脸满身的豆腐,好像雪地里钻出来的一只笨猪。看客都哄堂大笑,松文也觉得这是病后头一次开心了。

趣剧演过,接着演正剧——《心狱》。是一个青年从外国回来,留在他姑母家里,她姑妈没有子女,抱了一个养女,这时已经十八岁了,出脱得和含露的蔷薇般,十分艳丽。这少年因色动情,引诱这少女和他发生关系。那少年不久就回家去了。这少女不幸有了孕,被家人发现,把她赶了出去,沦落得将成乞丐了,而那少年早把这件事忘了。当这少女正抱着小孩跪在戏台上,凄声的哀求上帝的怜悯的时候,看的人有的发出同情的悲叹来。而在东边犄角上,忽砰的一声,仿佛什么沉重的东西倒了,会场的秩序立刻乱起来。

"谁摔倒了?"

"松文!松文!"

"快请学监去!"

闹嚷中那个高身材的学监先生,慌张着来了,叫女仆将她连扶带抬弄到休养室去,一直过了半点钟,会场的秩序才渐恢复了。

松文两眼紧闭,脸色和纸般的惨白,嘴唇发紫,一声不响的睡在床上,彬彩用急迫的声调,抖战着呼唤;有经验的女仆,用力掐她的人中。过了半天,松文才回过气来,"呀"的一声哭了!彬彩含着泪说:"这是何苦呢?"

女仆忙着灌糖水，揉心口，直到松文嘴唇有了红色，大家才慢慢散了。彬彩在对面床上陪伴她，夜里偶然醒了，还听见松文深郁的悲叹，仿佛荒原里，沦落的小羊。

从那天晚上起，学校里的人们对松文的议论，又如潮水般澎涨起来。彬彩把休养室的门关得紧紧的，惟恐不情的嘲笑传到她的耳朵里，增加她的病。

人们无情的嘲笑，渐渐好些了，因为她们的嘴已经为这议论疲倦了，她们的耳朵也为听这议论疲倦了。松文的病也渐渐好起来。

在松文病里，那个活泼的少年，担了不少的心，背着人流了许多的泪。但学校里他不方便来，并且松文又屡次阻止他来。他每次走到学校里的门口徘徊了许多时候，但依旧照样回去了。

现在听说松文已经能出来，他才从愁苦的海里逃了出来。这一天气候很温暖，梨花静默的睡在太阳的怀里，怯弱的兰蕙，也亭亭直立在白石的栏杆边，透着醉人的清香，松文无力地倚着雕栏坐着。那少年站在旁边，握着她瘦弱的手，低声道："比以前又瘦许多，怎么好？"很诚挚的情感的表示，松文惊得缩回手来，少年似乎不解的对她望着，紧咬着嘴唇，虽然没说出一句话来，而他心弦的紧张更比说什么表现得清楚。

夜来香的密叶下，飞出一只小麻雀来，仿佛嘲笑似的，从他们头顶上飞过去。梨花的瓣如蝴蝶般，随着微风飘落在她的衣襟上，她含泪拾起梨花，用手抚摩着，似乎说："你的零落憔悴正和坐在你底下可怜的女子一样呵！……但你还有我怜你……"她的泪滴在梨花碎瓣上，染成淡红色的斑痕。那少年说："这是人间最不值得理会的东西，不过一片零落的花瓣，何必用你宝贵的泪去染她呢？"她抖战着，重复那少年的话说："不过一片零落的花瓣！"

少年觉得，他们这一次的聚会，没有多少吉兆。快快地送她到了学校的门口，便独自回家了。

他到了家里，回忆着日间事，他觉女子们的心情，真是过分的易受感动。不值什么的一片落花，也会使得她们流泪。

这一天夜里，松文等彬彩睡着了，她又坐起来，拥着温暖的棉被，细细的思量，她觉得那少年对她十分的真挚，或者能原谅她一时的错，而终身包涵她……但她一转念间，又觉得自己的测度靠不住，倘若他放下脸说："我纯挚的爱情，只能赠给那洁白如玉的女子，不能给你……"或者他勉强容忍了，当时不使我太难堪，但渐渐和我疏远了，甚至于在街上遇见我的时候，竟仿佛不认识，这都足使我失却生活的勇气呵！

我不告诉他吧，人生朝露，像我这种身体更不知什么时候就结束了，何苦不尽力在生前享乐呢？……享乐！唉！不能！绝不能！良心之不安，比凌迟处死的罪还难受呢。并且没有同情的人类，专好攻人家的过处的人类，我纵不说，他也未必终久不知道，那时候岂不更多了一层欺骗的罪吗？

他仿佛很真诚，或者他能看爱的面上饶恕我一切。可怜我易受骗的小羔羊，用他丈夫的大度，来包容我。……

但是他向来很胆小，为了那强凶的赵海能他或者要遮着耳朵，急急躲开了，那我岂不是一样的沦落。

真的，我没认识他以前，我没到爱的花园里边去过，没理会过紫罗兰的香气，是很精妙的。

赵海能三十九岁的副官，我为感他救命的热情，不幸一时走错了一步，但绝不会因此开很精美的爱的花。而且这又不能和太阳一样的冠冕堂皇，只像躲在墙缝里的水牛，如何的龌龊和束缚呵！

几千根没有头绪乱麻般的思想，将她萦绕得头目发晕。

夜已深沉了，星光很暗淡，仿佛醉人朦胧的眼。细小的风，从玻璃缝里悄悄钻了进来，吹在她的散发上，根根便如青色的飘带般舞动犬儿遥遥的吠着，打断她的思路，她实在疲倦得不支了，放好了枕头，将身上披着的衣服拿了下来，慢慢钻进被筒里去。数着壁上的钟摆一二三四五六……不知数了多少她才走到短期的安息国去。

当松文披衣深思的时候，同时离她十里路左右，有一所公寓。最后进的一所房子，兀闪烁着灯光，在灯光底下，坐着一个少年，正用金色的笔头，蘸着紫罗兰的墨水，往一张很美丽的信笺上写道：

"松文！我为你的荏弱，几次心都裂了！我看见兰花，支着纤细的干儿在夜风里摇摆着，我便心慌地张开我的两臂，遮着那无情的风说：'风呵！你留一些情吧！她禁不起你的摧残哟！'"

"松文！我或者有些过虑。但我看见你削瘦淡白的两颊，我无论什么时候都在抖战着……"

他写到这里，似乎有些停顿了，他放下笔，拿起桌上的香烟，不住的吸着，满屋子都漫了烟雾。过了不知多少时候，烟雾散净了。他举起两手，伸了伸腰，打了一个呵欠，回头看了壁上的钟，已经两点了。于是将这不曾写完的情书，郑重收起来，安然的睡下。

两星期以后，他打算到南边去省亲，便约松文在公园里话别。这一天天气比较得热，并且一点风都没有，在那河边的柳条静静的动也不动，那路旁的蝴蝶兰，也默默无语，对着那炎热的骄阳，仿佛乞怜似的低垂着弱茎。河池里的水平如镜，映着两岸的倒影。水亭子的红柱，一根根逼真的印在水里，有时波底的游鱼，征逐着捕捉那赤色的小虫时，水上便起了漩纹。

那少年坐在水边的悬崖上，两只脚踏在一根老松根上。在悬崖旁边，长着许多碧绿的爬山虎，和赤红的马樱花，那马樱树的叶子，正像一把伞般，遮着那炙人的阳光。这时松文还不曾来,他不很焦急,因为他正思量着,用什么安慰她,使她觉得这暂时的小别不算什么。他第一层想到了,他今天对她不说一句惜别的话,他更要极力作出这是一件很平常的事,或者还是一件很快壮的事。但他不知怎么,想到留下她很孤零的在北京,心弦便禁不住要紧张了,他向无云的碧蓝天空,深深吸了一口气,仿佛觉得松快些。他无意地回过头去,神经像受了电流,不觉"呀"了一声,因为在他的背后,正是他的爱神,含笑的站在那里。

"你想什么? 竟如此入神?"松文含笑的对他诘问。

"我只打算你从这一条路来,正在盼望你,不想你到那边绕过来,躲在我的背后,使我不期的吓了一跳。"

松文不再说什么,只拣了一块平的山石,用手巾垫着坐下了。他也不知要说什么才适当,也踌躇着一语不发。他们默对了半天,只是他们的眼神,都一时不曾缄默,惜别和怅惘的情绪,都尽量的传达了。

"哦! 你要走吗?"松文突然问着那少年。

"打算明后天走,你觉得怎么样?"他用犹豫的目光望着松文,仿佛只有她一句话才可以决定他的行止。

"你既决定走,还有什么好不好呢?"她含着深微的幽怨,和失望的情绪,使他坚定就走的心摇动了。

"倘若可以不走,我……"

"走也好,在北京也很无聊,"她不等他的话完便插入这么一句,打断他的下文了。

他似乎有些不高兴了,脸色微露苍白,两目失了灵转的力,只凝注在没有一点好看的白墙上。

"你怎么不说话了?"她又故意的问他。他觉得更伤心了,眼圈仿佛红着,她这才不忍再戏弄他了,用极温挚的态度问他道:"你能不去,我当然希望你不去,因为我现在也很孤零。想到你路上的凄寂,更不舒服……可是你的家里有要紧事,你又不能不去,只望早点回来……"她说到这里,觉得不能再这么一直说下去,恐怕自己先制不住自己的眼泪,因换了方面说:"你到南边把好的风景片给我寄几张来。"他听了这话,立刻活泼起来,因问她要那一样的,要多少,说个不休。两人都把惜别的情绪宕开了,好像一阵的大风,吹散天空的浮云。

这时候暮色很深了,游人依旧很多。他们便离了这水涯,在松林下并肩慢步着。

新月如眉般的,印在蔚蓝的天上。疏星似棋般排列着,从高茂的树林中,露出几道的白光,照在马路上,叶影如画。他们踏着这美丽的影子,互视着传他们密致的心波。他们无言,但他们彼此听得见彼此的心声,深深沉醉在清淡悄默的月光和星辉之下了。

第二天早晨,松文叫人送了一封信给那少年。这信共有两层封套,里边的那封信,用红漆锁着信口,在信封的背后注道:"这封信请你在车到天津时,再拆看。千万!千万!"

那少年似乎不可耐,他焦急着皱紧眉头。"到天津再看,为什么呢?"他自己问着自己,但他终久只在云雾里罩着。几次要待不遵她的嘱咐,但当他用手动那封口的红漆时,总要不安的顿住了。

在车上三点多钟的时间,在他急迫的心看起来,至少三年了。车到天津的时候已经七点了,但日色还很明亮,他靠着窗子,把信拆看了。不知不觉他的心弦又紧张起来。他看那封信上说,他的爱神已不是含苞未放的花了,他怀疑着想,这大约是梦吧! 世界上那有这种可惊异的事呢? 她娇羞默默,谁说她不是处女的美呢……竟有这种的事吗? ……赵海能可鄙的武夫,他也配亲近她吗? 那真是含露的百合,遭了毒蜂的劫了! 他如回文般,织着不断的思网,有时觉得心火着了,烈炎烧了全身,使他焦灼。有时仿佛失足到封锁着的冰窟里去,心身都冷得战栗了……他想割弃了吧! 但是她的印象太深了,总有些不可能。不割弃呢? 我夺了别人的所爱,良心的酷责,不能轻恕,或者敌人用他那身上的刺刀对付我。这未免太冤枉了!

冲突的两念,亘在他的胸中,直到他回家那一天,他父亲含着泪对他说:"我的身体一天差似一天,不知道还有几个月的命了。你年纪也大了,我若能看见你在我咽气之先,办了你的喜事,我死也瞑目了……我这次叫你回家就为这事,因为怕你受了外头那些新思潮,不肯回来,所以我只告你我病重了……现在你的意思怎么样?"

他这时渐把对松文的念头,慢慢打断了。他说:"父亲的意思我明白了。但那张家女儿听说今年也回来了……"

"哦！是的，她在女师范毕业了……正是今年才回来的。"他父亲含笑地回答他，他这时心里打算要求他父亲要和张家女儿见面。但终有些不好意思出口，低着头，等了半天才嗫嚅着说："我打算见她一面。"他父亲微笑着，露出很慈爱的样子说："这个慢慢商量吧！现在你先去休息。"他这才退了出来。

走到自己的屋子里，看见所有的家具都新漆过了，知道这都是为婚事的预备。他正在四围赏览着，只见书案上，放着一个白银刻花的像架，里面有一个极美丽的女子，手里拈着一朵玫瑰花，倚在太湖石上，眼望云天微笑。他心里吃惊，他想这女子比松文更秀丽了，这到是谁呢？怎么放在他的屋子里来呢？他把这像片从案上拿了下来，只见这像的背后，有一行字是："张静兰年十九岁三月五日酉时生"，他这时心花都放了。他晓得这就是他未来的妻子，美丽而年青的安琪儿，这时把松文更忘怀了。并且他渐渐生了鄙薄松文的念头，他想自己纯洁的爱情，只能给那青春而美丽的贞女。松文已不是含露未放的花苞了。把从前松文的印影，用新的幔子罩起来了。

松文自从那少年走后，情绪只觉得无聊，常常一人独坐，回溯水涯畔的美丽图境，那少年的笑容，怎样使她忘了愁苦。这时她瘦白的两颊上，渐渐涌起两朵红云，仿佛晨光朦胧里的彩霞。但一想到她现在的孤零和凄寂，那美丽的梦，便幻成可怕的毒蛇，驱逐她到失望的国里去，她的眼泪又缘着两颊流下来了。

这一天清早，她正独自在廊下徘徊着，忽见邮差送来一封信。那熟谙的笔迹，使她的心头立刻开了花。她忙忙拆开封口，一张美丽粉红色的片子，落在地下，她想这一定是新出的风景片，忙忙拾了起来，"呀！"她突喊出这惊奇悲惨的调子来。她的手抖着，只见那张结婚的请帖，个个字都像魔鬼向她伸爪似的，她无力地倒在地下了。彬彩正在房里看书，听见这声音，急出来看，只见松文面色苍白，牙关紧闭，昏倒地下。忙忙叫老妈子，帮着把她扶起，放在床上，叫喊了半天，她才慢慢醒了过来，但她的神经已经乱了，忽笑忽哭，有时用手在空中乱抓。彬彩慌了，忙忙通知学监，请了医生来看，医生只是摇头说："这病很有疯狂的可能。必须赶紧使她热度减少，才保得性命。"当晚使用汽车把她送到医院去了。

这消息一传布开，彬彩又受了许多的苦痛，人们真怪，某一个人有了一点不是，连朋友都要被凌辱。彬彩本想搬到医院去看护她，因怕同学们的冷嘲热骂，把她的心吓冷了。虽然心里怜她，面子上也不愿亲近她。

松文在医院里，过了两个星期，危险的时期已经过了，但当她迷糊的时候，还不觉苦。只要她略一清醒，睁眼一看，自己身傍一个人都没有，便是窗前的树叶，也仿佛对她很冷淡的，也好像已经走到天尽头的孤岛里了，这时只有哀求万能的慈悲上帝，来接引她了，但上帝也似乎没有听见她的哀求，只有黄昏的灰幔，犹恋恋地覆着她，使她看不见人类冷刻的眼波的流盼罢了！

前　尘

春天的早晨,酴醾含笑,悄对着醉意十分的朝旭。伊正推窗凝立,回味夜来的梦境:山崖叠嶂耸翠的回影,分明在碧波里轻漾,激壮的松涛,正与澎湃的海浪,遥相应和。依稀是夕阳晚照中的千佛山景,还有一声两声磬钹的余响,又像是灵隐深处的佛音。

三间披茅附藤的低屋,几湾潺涯蜿蜒的溪流,拥护着伊和他,不解恋海的涯际,是人间,还是天上,只憬憧在半醉半痴的生活里,不觉已销磨了如许景光。

无限怅惘,压上眉梢,旧怨新愁,伊似不胜情,放下窗幔,怯生生的斜倚雕栏,忽见案头倩影成双;书架上的花篮,满栽着素嫩翠绿的文竹,叶梢时时迎风招展,水仙的清香,潜闯进伊的鼻观,蓦省悟,这一切都现着新鲜的欣悦,原来正是新婚的第二天早晨呵!

唉!绝不是梦境,也不是幻相,人间的事实,完全表现了,多么可以骄傲。伊的朋友,寄来《凯歌新咏》,伊含笑细读,真是味长意深;但瞬息百变的心潮,禁不得深念,凝神处,不提防万感奔集,往事层层,都接二连三的,涌上心来。

无聊的来到书橱边,把两捆旧笺,郑重的从新细看。读到软语缠绵的地方,赢得伊低眉浅笑,若羞似喜。不幸遇到苦调哀音的过节,不忍终篇,悄悄地痛泪偷弹,这已是前尘影事,而耐味榆柑,正禁不起回想啊!

人间多少失意事,更有多少失意人。当他们楚囚对泣的时候,不绝口的咒诅人生,仿佛万种凄酸,都从有生而来;如果麻木无知,又悲喜何从,——伊也曾失望,也曾咒诅人生,但如今怎样?

　　收拾起旧恨新愁,拈毫管;谱心声,低低弹出水般清调,云般思流;人间兴废莫问起,且消受眼底温柔。

无奈新奇的异感,依然可以使伊怅惘,可以使伊彷徨。当伊将要结婚之前,伊的朋友曾给伊一封信道：

>　　想到你披轻绡,衣云罗,捧着红艳的玫瑰花,含情傍他而立；是何等的美妙,何等的称意；毕竟是有情人终成了眷属,可是二十余年美丽的含蓄而神秘的少女生活,都为爱情的斧儿破坏了。不解人事的朋友——你——我们的交情收束了,更从头和某夫人订新交了。这个名称你觉得刺耳不？我不敢断定；但我如此的称呼你时,的确觉得十分不惯；而且又平添了多少不舒服的感想！嘻！我真怪僻！但情不自禁,似乎不如此写,总不能尽我之意,好朋友！你原谅我吧！……

这是何等知心之谈；伊何能不回想从前的生活；甚至于留恋着从前的幽趣,竟放声痛哭了。

伊初次见阿翁,——当未结婚之前,只觉羞人答答地；除此外尚不曾感到别种异味,现在呢？……记得阿翁对伊叮嘱道："善持家政,好和夫婿……"顿觉肩上平添多少重量。伊原是海角孤云,伊原是天边野鹤；从来顽憨,哪解得问寒嘘暖,哪惯到厨下调羹弄汤？闲时只爱读《离骚》,吟诗词,到现在,拈笔在手,写不成三行两语,陡想起锅里的鸡子,熟了没有？便忙忙放下笔,收拾起斯文的模样,到灶下作厨娘,这种新鲜滋味,伊每次尝到,只有自笑人事草草,谁也免不了哟！

不傍涯际的孤舟,终至老死于不得着落的苦趣中,彷徨的哀音,可以赚不少人同情的眼泪,但紧系垂杨荫里的小羊,也不胜束缚之悲,只是人世间,无处不密张网罗,任你孙悟空跳脱的手段如何高,也难出如来佛的掌握。况伊只是人间的弱者,也曾为满窗的秋雨生悲,也曾因温和的春光含笑,久困于自然的调度下,纵使心游天阃,这多余的躯壳,又安得化成轻烟,蒸成大气,游于无极之混元中呢！

记得朔风凛冽的燕京市中,不曾歇止的飞沙,不住地打在一间矮屋角上。伊和她含愁围坐炉旁,不是天气恼人,只怪心海浪多,波涌几次,觉得日光暗淡,生趣萧索。

伊手抚着温水袋,似憾似凄地叹道："你的病体总不见好；都由心境郁悒太过,人生行乐,何苦自戕若是？"她勉强苦笑道："我比不得你,……现在你是一帆风顺了,似我飘零,恐怕不是你得意人所能同日而语的；不过人生数十年的光阴,总有了结的一天,我只祝福你前途之花,如荼如火,无限的事业,从此发轫；至于我呵,等到你重来京华的时候,或者已经乘鹤回真！剩些余影残痕,供你凭吊罢了。……"伊听了这话,只怔怔的一言不发,仿佛她的话都变作尖利的细针将伊嫩弱的心花,戳成无数的创伤。不禁含泪,似哀求般说："你对于我的态度,为什么忽然变了？你这些话分明是生疏我,我不解你从前待我好,现在冷淡我是为什么？虽然我晓得,我今后的环境,要和你不同了,但我心依旧的不曾忘你,唉！我自觉一向冷淡,谁晓得到头来却自陷唯深! ……"

唉!一番伤心的留别话,不时涌现于伊的心海之上,使她感到新的孤寂,尝受到异样的凄凉,伊相信事到结果,都只是煞风景的味道。伊向来是景慕着希望的隽永,而今不能了,在伊的努力上是得了胜利,可以傲视人间的失意者,但偶听到失意者的哀愤悲音,反觉得自己的胜利,是极可轻鄙的。

自从伊决定结婚的信息传出后,本来极相得忘形的朋友,忽然同伊生疏了。虽有不少虚意的庆祝话,只增加伊感到人间事情的伪诈。

她来信说:"……唯望你最乐时期中,不要忘了孤零的我,便是朋友一场……"

她来信说:"……独一念到侃侃登台,豪气四溢的良友,而今竟然盈盈花车中,未免耐人寻思,终不禁怅然了。往事何堪回首?"多感善思的伊,怎禁得起如许挑拨?在这香温情热的蜜月中,伊不时紧皱眉峰,当他外出的时候,伊冷清清地独坐案前,不可思议的怅恨,将伊紧紧捆住,如笼愁雾,如罩阴霾;虽处美满的环境里,心情终不能完全变换,沉迷的欣悦,只是刹那的异感,深镂骨髓的人生咒诅,不时现露苍凉的色彩。

这种出乎常情的心情,伊只想强忍,无奈悲绪如蒲苇般柔韧而绵长,怯弱的伊,终至于抗拒无力。伊近来极不愿给朋友们写信,当伊提起笔,心里便觉得无限辛酸,写起信来,便是满纸哀音,谁相信伊正在新婚陶醉的时期中?伊这种的现象,无形中击碎了他的心。

在一天的夜里,天空中,倒悬着明镜般的圆月,疏星欲敛还亮的,隐约于云幕的背后,伊悄然坐在沙发上,看他伏案作稿,满蓄爱意的快感使伊不禁微笑了。但当伊笑意才透到眉梢头,忽然又想到往事了。伊回忆到和他恋爱的经过——

最初若有若无的恋感,仿佛阴云里的阴阳电,忽接忽离,虽也发出闪目的奇光,但终是不可捉摸的,那时伊和他的心,都极易满足,总不想会面,也不想晤谈,只要每日接到一封信,这心里的郁结,便立刻洗荡干净。老实说,信的内容,以至于称呼,都没有什么特著的色彩,但这绝不妨碍伊和他相感相慰的效力。

而且他们都有怪僻,总不愿意分明地写出他们的命意,只隐隐约约写到六七分就止了。彼此以猜谜的态度,求心神上的慰安,在他们固然是知己知彼,失败的时候很少,但也免不了,有的时候猜错了,他们的心流便要因此滞住了,但既经疏通之后,交感又深一层。

在他们第一期的恋感中,彼此都仿佛是探险家,当摸不着边际的时候,彷徨于茫茫大海的里头,也曾生绝望的思想,但不可制止的恋流,总驱逐着他们,低低地叫道:"往前去!往前去!"这时他们只得再鼓勇气,擦干失望的泪痕,继续着努力了。

他们来往的书信,所说的多半是学问上的讨论,起初并不见得两方的见解绝对相同,但只要他以为对的,伊总不忍完全反对,他对伊也是一样的心理,他们学问的见解,日趋于同,心情上的了解也就日深一日了。这种摸索着探险的生活,希望固可安慰他们的热情,而险阻种种,不住地指示他们人生的愁苦,当他们出发的时候,各据一端,而他们的目的地,全在那最高的红灯塔边。一个从东走,一个从西来,本来相离很远,经过多少奇兀的险浪、汹波,还有猛鲸硕鼋,他们便一天接近一天了。

天下绝没有如直线般的道路,他们走到山穷水尽的时候,往往被困在悬崖的边上,下面海流荡荡,大有稍一反侧,便要深陷的危险,这时候伊几次想悬崖勒马,生出许多空中楼阁,聊慰凄苦的方法来,伊曾写信给他说:

……我不敢想人间的幸福,因为我是不幸者,但我不信上帝苛酷如是,便连我梦魂中的慰安,也剥夺了吗?

我记得悬泉飞瀑的底下,我曾经驻留过。那时正是夕阳满山,野花载道,莺燕互语的美景中你站在短桥上,慢吟新诗,我倒骑牛背,吹笛遥应,正是高山流水感音知心。及至暮色苍茫,含笑而别,恬然各归,郑重叮咛,明日此时此地,莫或愆期,唉!这是何等超卓的美趣啊!我希望——唯一的希望,不知结果如何,你也有意成就我吗?

超越世间的美趣,如幽兰般,时时发出迷人的醉香,诱引他们不住的前进,不觉得疲敝。有时伊倦了,发出绝望的悲叹,他和泪濡墨恳切地写道:

"唉!我已经灰冷的心为谁热了,啊!"这确实是使伊从颓唐中兴奋。

沉迷在恋海里面的众生,正似嗜酒的醉汉,当他浮白称快的时候,什么思想都被摈斥了。只有唯一的酒,是他的生命。不过等到清醒的时候,听见朋友们告诉他醉里的狂态,自己也不觉哑然失笑。至于因酒而病的人,醒后未尝不生悔心,不过无效得很,不闻酒香,尚可暂时支持，一闻酒香，便立刻陶醉了。伊和他正是情海里的迷魂，正如醉汉的狂态。他们的眼泪只为他们迷狂而流，他们的笑口也只为他们的迷狂而开。

伊想到未认识他以前，从不曾发过悲郁的叹声，纵有时和同学们，争吵气愤至于哭了，这只是一阵的暴雨，立刻又分拨阴霾，闪烁着活泼的阳光了。自从认识他以后，伊才了解人间不可言说的悲苦。伊记得有一次，正是初秋的明月夜，他和伊在公园里闲散，他忽然因美感的强激，而生出苍凉的哀思，微微叹了一声。伊悄悄地问道："你怎么了？……"他只摇头道："没有什么？"这种的答话，在伊觉得他对自己太生疏了，情好到这种地步，还不能推心置腹。伊想到这里，觉得自己真是天地间的孤零者了，往日所认为唯一可靠的他，结果终至于斯，作人有什么意义，镇日家奔波劳碌，莫非只为生活而生活吗？这种赘疣般的人生，收束了到干净呢？伊越思量越凄楚。这时他们正来到石狮蹲伏着的水池边，伊悲抑地倚在石狮的背上，含泪的双眸，凄对着当空的皎月。银光似的月影正笼罩着一畦云般的蓼花，水池里的游鱼，依稀听得见唼喋的微响，园里的游人，都群聚在茶肆酒馆前。这满含秋意的境地里，只有他们的双影，在他们好和无间的时候，到了这种萧瑟苍凉的地方，已不免有身世之感。况今夜他们各有各的心事：伊憾他不了解自己的衷怀，他伤伊误解自己的悲凄。他本想对伊剖白，无奈酸楚如梗，欲言还休。伊也未尝不思穷诘究竟，细思又觉无味。因此悄默相对，伊终久落下泪来，伤感既深，求解脱的心。忽然如电光一闪，照见人生究竟，大有放下屠刀，立地成佛之思，把痴恋之柔丝，用锋利的智慧刀，一齐割断，立刻离开那蹲伏的石狮子，很斩决地对他道："我已倦了，先回去吧！"他这时的伤感绝不在伊之下，看了伊这种绝决的神气，更觉难堪，也一言不发地走了。伊孤孤零零出了园门，万种幽怨，和满心屈曲，缠搅得伊如腾云雾。昏沉中跳上人力车，两泪如断线珠子般，不住滚落襟前。那时街上的行人，已经稀少了，鱼鳞般的丝云，透出暗淡的月色，繁伙的众星，都似无力的微睁倦眼，向伊表示可怜的闪烁。

　　伊回到家里,家人已经都睡了。静悄悄地四境,更增加不少的凄凉,伊悄对银灯,拈起秃笔,在一张纸上,一壁乱涂,一壁垂泪,一张纸弄得墨泪模糊。直到壁上的钟敲了三点,伊才觉倦惰难支,到床上睡了,梦里兀自伤心不止。辗转终夜,第二天头晕目胀,起床不得,——伊本约今天早晨找他去,现在病了去不得,一半也因昨夜的芥蒂不愿去。在平日一定要叫人去通知,叫他不用等,或者叫他来,而现在伊总觉得自己的心事,他一点不知道,十分怨怼,明知道伊若不去,他一定要盼望,或者他也正伏枕饮泣;只是想要体谅他,又不胜怨他,结果这一天伊不曾去访他,也不派人通知他,放不下的心,和愤气的念头,缠搅着,唯有蒙起被来痛快的流泪。

　　到第二天的早晨,伊的病已稍好些,勉强起来,但寸心忐忑,去访他呢? 又觉得自己太没气了,不去访他呢? 又实在放心不下。伊草草收拾完,无聊闷坐在书案前,又怕家人看出破绽,只得拿了一本《红楼梦》,低头寻思,遮人耳目。

　　门前来了一阵脚步声,听差的拿进一封信来,正是他的笔迹,不由得心乱脉跳,急急拆开看道:

　　　　今天你不来,料是怨我,我没有权力取得世界一切人的同情的谅解,并也没有权力取得你的同情与谅解了! 我在世界真是一个无告的人了! 随他难过去吧! 随他伤心去吧! 随他痛哭去吧! 随他……去吧! 人家满不在乎这多一个不加多,少一个不见少的人,我又何苦必在乎这个。生也没有快乐,死也不见可惜,糟粕似的人生! 我只怨自己的看不破,于人乎何尤! ——明日能来也好,不来也好!

　　伊看了这封信,怨怒全消,只不胜可怜他委屈的悲伤,伊哭着咒骂自己,为什么前夜绝决如此,使他受苦;现在不晓得悲郁到什么地步,憔悴到怎般田地了,伊思着五衷若焚,急急将信收起,雇上车子去访他。在路上心浪起伏,几次泪液承睫,但白天比不得夜里,终不好意思当真哭起来,只得将眼泪强往肚里咽。及至来到他的屋子门口,那眼泪又拚命地涌出来,悄悄走进他的房间,唉! 果然他正在伏枕呜咽。伊真觉得羞愧和不忍,慢慢掀开他的被角,泪痕如线,披挂满脸,两目紧闭,暗淡欲绝,伊禁不住伏在他的怀里,呜咽痛哭。他见了伊,仿佛受委曲的小孩见了亲人更哭得伤心了。

　　人生有限的精神,经得起几许消磨? 伊和他如醉如痴的生活,不只耽搁了好景光,而且颓唐了雄心壮志,在这种探索彼岸的历程中,已经是饱受艰辛,受苦恼,那更禁得起外界的刺激呵!

　　他们的朋友,有的很能了解他们的,但也有只以皮毛论人的,以为他们如此的沉迷,是不当的,于是造出许多谣言,毁谤他们,这种没有同情的刺激,也足使伊受深刻的创伤,记得有一次,伊在书案上,看见伊的朋友寄伊表妹的一封信,里头有几句话道:"你表姊近状到底怎样?她的谣言,已传到我们这里来了。人们固然是无情的,但她自己也要检点些才是。她的详状,望你告我如何?"

伊读了这一段隐约的话,神经上如受了重鼎的打击,纵然自己问心,没有愧对人天的事,但社会的舆论也足以使人或生或死呢!同学的彬如不是最好的例吗?她本来很被同学的优礼,只因前天报上登了一段毁谤她的文字,便立刻受同学们的冷眼,内情的真伪,谁也不晓得,但毁谤人的恶劣本能,无论谁都比较发达呢!彬如诚然是不幸了,安知自己不也依然不幸呢?伊越想越怕,终至于忏悔了。伊想伊所受的苦已经够了,真是惊弓之鸟,怎禁得起更听弹弓的响声呢!

唉!天地大得很呵!但伊此刻只觉得无处可以容身了。伊此时只想抛却他,自己躲避到一个没有人烟的孤岛上,每天吃些含咸味的海水和鱼虾,毁誉都不来搅乱伊;到了夜里,垫着银光闪灼的细纱的褥子,枕着海水洗净的白石,盖着满缀星光的云被;那时节任伊引吭狂唱恋歌,也没人背后鄙夷了!便紧紧搂着他,以天为证,以海为媒,甜蜜的接吻,也没有人背后议论了!况且还有依依海面的沙鸥,时来存问,咳,哪一件不是撇开人间的桎梏呵!……但不知道他是否一样心肠?唉!可怜!真愚钝呵!不是想抛弃他,怎么又牵扯上他呢?

纷乱的矛盾思流,不住在伊心海里循荡着,不知经过多少时光,伊才渐渐淡忘了。呵!最后伊给伊表妹的朋友写封信道:

读你臻舍表妹信,知道你不忘故人,且弥深关怀,感激之心真难言喻。不过你所说的谣言,不知究竟何指?至于我和他的交往,你早就洞悉详细,其间何尝有丝毫不坦白处?即使由友谊进而为恋爱,因恋爱而结婚,也是极平常的人事,世界上谁是太上,独能忘情?人间的我,自愧弗如。但世俗毁谤绝非深知如你的之所出,故敢披肝沥胆,一再陈辞,还望你代我洗涤,黑白倒置,庶得幸免。……

伊这信寄去后,心态渐次恢复原状,只留些余痕,滋伊回忆。情海风波,无时或息,叠浪兼涌,接连不止,这时他和伊中间的薄膜,已经挑破了,但不幸的阴云,不提防又从半天里涌出。当伊和他发生爱恋以后,对于其他的朋友,都只泛泛论交,便是通信,也极谨慎,不过伊生性极洒脱,小节上往往省略,许多男子以为伊有意于己,常常自束唯深,伊有时还一些不觉得。有一次伊的朋友,告诉伊说:外面谣传,伊近来和某青年很有情感,不久当有订婚的消息。伊听了这话,仿佛梦话,不禁好笑,但伊绝不放在心上,依然是我行我素。

有一天早晨,伊尚在晓梦沉酣的时候,忽听见耳旁有人叫唤,睁眼细看,正是伊的表妹,对伊说快些起来,姓方的有电话。伊惺忪着两眼,披上衣服,到外面接电话,原来是姓方的约伊公园谈话。伊本待不去,无奈约者殷勤,辞却不得,忙忙收拾了到公园,方某已在门旁等待。伊无心无意的敷衍了几句,便来到荷花池边的山石上坐下,看一群雪毛的水鸭,张开黄金色的掌,在水面游泳。伊正当出神的时候,忽听方向伊道:"你这两天都作些什么事?"伊用滑稽的腔调答道:"吃了睡,睡了吃,人生的大事不过尔尔!"方道:"我到求此而不得呢!"伊说:"为什么?"方忽然叹道:"可恼的失眠病现在又患了。这两天心绪之不宁,真算厉害了!唉!真是彷徨在茫漠的人间,孤寂得太苦了,……"伊似乎受了暗示,仿佛知道自己又作错了,心里由不得抖战,因努力镇定着,发出冷淡的声调道:"草草人生,什么不是作戏的态度,何必苦思焦虑,自陷苦趣呢?我向来只抱游戏人间的目的,对于谁都是一样的玩视,所以我倒不感到没有同伴的寂寞,而且老实说起来,有许多人表面看起来,很逼真引为同伴的,内心各有各的怀抱,到头来还是水乳不相容,白费苦心罢了。……"

方对于伊的话,完全了解;但也绝不愿意再往下说了。只笑道:"好!游戏人间吧!我们到前面去坐坐。"他们来到前面茶座上,无聊似的默坐些时,喝了一杯茶,就各自散了。

到家以后,他刚好来了,因问伊到什么地方去,伊把到公园,和方的谈话全告诉了他。他似乎有些不高兴,停了好久,他才冷冷地道:"我想这种无聊的聚会,还是少些为妙,何苦陷入自苦呢?"伊故意问道:"你这话什么意思,我笨得很,实在不大明白。……放心吧!……"他禁不住笑了道:"我有什么不放心?"

在伊只是逢场作戏,无形中,不知害了多少人,但老实说,伊绝不曾存心害人;伊也绝不想到这便是自苦之原。

在那一年的夏天,白色的茶花,正开得茂盛,伊和他的一个朋友,同坐在紫藤架下,泥畦里横爬出许多螃蟹来,沙沙作响。伊伏在绿草地上,有意捉一只最小的,但终至失败了,只弄得满手是泥,伊自笑自己的顽憨,伊的朋友也笑道:"你仿佛只有六岁的小孩子,可是越显得天真可爱！"他说完含笑望着伊，伊不觉脸上浮起两朵红云，又羞又惊的低着头，那种仓惶无措的神情，仿佛被困狼群的小羊。但他绝不放松这难得的机会，又继续着道："我原是贪夜奔前程的孤舟，你就是那指示迷途的灯塔，只有你，我才能免去覆没之忧，我求你不要拒绝我。"伊急得几乎要哭了，颤声道："你不知道我已经爱了他吗？……我岂能更爱别人！"他迫切地说："你说能爱他，为什么不能爱我？我们的地位不是一样吗？"伊摇头道："地位我不知道，我只晓得我只爱他，……好了！天不早了，我应当回去了。"他说："天还早，等些时，我送你回去。""不！我自己晓得回去，请你不要送我！……"伊说着等不得更听他的答言，急急往门口走，他似含怒般冷笑望着伊道："走也好！但是我总是爱你呢？"

这种不同意的强爱，使伊感到粗暴的可鄙，无限的羞愤和委曲。当伊回到家里的时候，制不住落下泪来。但不解事的那朋友又派人送信来，伊当时恨极，不曾开封，便用火柴点着烧化了，独自沉想前途的可怕，真憾人类的无良，自己的不幸。但这事又不好告诉他，伊忧郁着无法可遣，每天只有浪饮图醉，但愁结更深，伊憔悴了，消瘦了！而他这时候，又远隔关山，告诉无人，那强求情爱的朋友，又每天来找伊，缠搅不休。这个消息渐渐被他知道了，便写信来问伊：究竟是什么意思？伊这时的委曲，更无以自解，想人间无处而不污浊，怯弱如伊，怎能抗拒。再一深念他若因此猜疑，岂不是更无生路了吗？伊深自恨，为什么要爱他，以至自陷苦海！

伊深知人类的嫉妒之可怕，若果那朋友因求爱不得，转而为恨，若只恨伊倒不要紧，不幸因伊恨他，甚至于不利于他，不但闹出事来，说起不好听，抑且无以对他，便死也无以卸责呵！唉！可怜伊寸肠百回，伊想保全他，只得忍心割弃他了。因写信给他道：

　　唉！烧余的残灰，为什么使它重燃？那星星弱火——可怜的灼闪，——我固然不能不感激你，替我维持到现在，但是有什么意义？不祥如我，早已为造物所不容了，留着这一丝半丝的残喘，受酷苛的冷情宰割！感谢你不住的鼓励我，向那万一有幸的道路努力，现在恐怕强支不能，终须辜负你了！

　　我没什么可说，只求你相信我是不祥的，早早割弃我，自奔你光辉灿烂的前程，发展你满腹的经纶，这不值回顾的儿女痴情，你割弃了吧！我求你割弃了吧！

　　我日内已决计北行，家居实在无聊。况且环境又非常恶劣，我也不愿仔细地说，你所问的话，我只有一句很简单的答复：为各方面干净，还是弃了我吧！我绝不忍因爱你而害你，若真相知，必能谅解这深藏的衷曲。……

伊的信发了，正想预备行装，似悟似怨的心情，还在流未尽的余泪，忽然那朋友要自杀的消息传来了，其他的朋友，立刻都晓得这信息，逼着伊去敷衍那朋友，伊决绝道："我不能去,若果他要死了,我偿命是了,你们须知道,不可言说的欺辱来凌迟我,不如饮枪弹还死得痛快呵!"伊第二天便北上了。伊北上以后,那朋友恰又认识了别的女子,渐渐将伊淡忘,灰冷的心又闪灼着一线的残光。——正是他北去访伊的时候。

唉!波折的频来,真是不可思议,这既往的前尘,虽然与韶光一齐消失了,而明显的印影,到如今兀自深刻伊的脑海。

皎月正明,伊那里有心评赏,他的热爱正浓,伊的心何曾离去寒战。

这时伏案作稿的他,微有倦意,放下笔,打了一回呵欠,回视斜倚沙发的伊,面色愁惨,泪光莹莹,他不禁诧异道:"好端端的为什么?"说着已走近伊的身旁,轻轻吻着伊的柔发道:"现在作了大人了,还这样孩子气,喜欢哭。"说着含笑的望着伊;伊只不理,爽性伏在沙发背上痛哭了。他看了这种情形,知道伊的伤感,绝不是无因,不免要猜疑,他想道:"伊从前的悲愁,自然是可以原谅,但现在一切都算完满解决了,为什么依旧不改故态,再想到自己为这事,也不知受了多少痛苦,只以为达到目的,便一切好了,现在结婚还不到三天,唉!……未免没有意思呵!"他思量到这里,也由不得伤起心来。

在轻烟淡雾的湖滨,为什么要对伊表白心曲?若那时不说,彼此都不至陷溺如此深,唉!那夜的山影,那夜的波光,你还记得我们背人的私语吗?伊说:伊飘泊二十余年的生命,只要有了心的慰安,——有一个真心爱伊的人,伊便一切满足了,永远不再流一滴半滴的伤心泪了。……那时我不曾对你们——山影波光发誓吗?我从那一夜以后,不是真心爱伊吗?为什么伊的眼泪兀自的流,伊的悲调兀自的弹,莫非伊不相信我爱伊吗?上帝呵!我视为唯一的生路,只是伊的满足呵!伊只不住的弹出这般凄调,露出这般愁容……唉!

伊这时已独自睡了,但沉幽的悲叹,兀自从被角微微透出,他更觉伤心,禁不住呜咽哭了。他听见这种哭声,仿佛沙漠的旷野里,迷路者的悲呼,伊不觉心里不忍,因从床上下来,伏在他的怀里道:"你不要为我伤心,我实在对不住你!但我绝不是不满意你;不过是乐极悲生罢了。夜已深,去睡吧!"他叹道:"你若常常这样,我的命恐怕也不长了。"说着不禁又垂下泪来。

实在说伊为什么伤心,便是伊自己也说不来,或者是留恋旧的生趣,生出的嫩稚的悲感;或者是伊强烈的热望,永不息止奔疲的现状。伊觉得想望结婚的乐趣,实在要比结婚实现的高得多。伊最不惯的,便是学作大人,什么都要负相当的责任,煤油多少钱一桶?牛肉多少钱一斤?如许琐碎的事情,伊向来不曾经心的,现在都要顾到了。

当伊站在炉边煮菜的时候,有时觉得很可以骄傲,以为从来不曾作过的事情,居然也能作了。有时又觉得烦厌,记得从前在自己家的时候,一天到晚,把书房的门关起来,淘气的小侄女来敲门,伊总不许她进来。左边经,右边史,堆满桌上,看了这本,换那本,看到高兴的时候,提笔就大圈大点起来,心里什么都不关住,只有恣意作伊所爱作的事。作到倦时,坐着车子,访朋友去。有时独自到影戏场看电影,或到大餐馆吃大餐,只是孤意独行,丝毫不受人家的牵掣,也从来没有人来牵掣伊,现在呢?不知不觉背上许多重担,哪得赤条条来去无牵挂呵!

昨夜有一个朋友,送给伊和他一个珍贵的赠品——美丽而活泼的小孩模型。他含笑对伊道:"你爱他吗?……"伊起初含羞悄对,继又想起,从此担子一天重似一天了,什么服务社会?什么经济独立?不都要为了爱情的果而抛弃吗?记得伊的表兄——极刻薄的青年,对伊道:"女孩子何必读书?只要学学煮饭、保育婴儿就够了。"他们蔑视女子的心,压迫得伊痛哭过,现在自己到了危险的地步,能否争一口气,做一个合宜家庭,也合宜社会的人?况且伊的朋友曾经勉励伊道:

"吾友!努力你前途的事业!许多人都为爱情征服的。都不免溺于安乐,日陷于堕落的境地。朋友呵!你是人间的奋斗者。万望不要使我失望,使你含苞未放的红花萎落!……"

伊方寸的心,日来只酬战着,只忧愁那含苞未放的红花要萎落,况且醉迷的人生,禁不起深思;而思想的轮辙,又每喜走到寂灭的地方去。伊的新家,只有伊和他,他每天又为职业束身,

一早晨就出去了,这长日无聊,更使伊静处深思。笔架上的新笔,已被伊写秃了。而麻般的思绪,越理越乱。别是一般新的滋味,说不出是喜是愁,数着壁上的时计,和着心头的脉浪,只是不胜幽秘的细响,织成倦鸟还林的逸音,但又不无索居怀旧之感,真是喜共愁没商量!他每说去去就来,伊顿觉得左右无依旁。睡梦中也感到寂寞的怅惘。

豪放的性情,不知什么时候,悄悄地变了。独立苍茫的气概,不知何时悄悄地逃了。记得前年的春末夏初,伊和同学们东游的时候,那天正走到碧海之滨,滚滚的海浪,忽如青峰

百尺,削壁千仞,直立海心。忽又像白莲朵朵,探尊荷叶之底,海啸狂吼,声如万马奔腾,那种雄壮的境地,而今都隐约于柔云软雾中了。伊何尝不是如此,伊的朋友也何尝不是如此?便是世界的人类,消磨的结果,也何尝不是如此?

伊少女的生活,现在收束了,新生命的稚蕊,正在苗长;如火如荼的红花,还不曾含苞;环境的陷入,又正如鱼投罗网,朋友呵!伊的红花几时可以开放?伊回味着朋友们的话,唉!真是笔尖上的墨浪,直管浓得欲滴,怎奈伊心头如梗,不能告诉你们,什么是伊前途的运命,只是不住留恋着前尘,思量着往事,伊不曾忘记已往的幽趣。伊不敢忘记今后的努力。

这不紧要几叶的残迹,便是伊给朋友们的赠品,便是伊安慰朋友们的心音了。

幽　弦

倩娟正在午梦沉酣的时候，忽被窗前树上的麻雀噪醒。她张开惺忪的睡眼，一壁理着覆额的卷发，一壁翻身坐起。这时窗外的柳叶儿，被暖风吹拂着，东飘西舞。桃花腥红的，正映着半斜的阳光。含苞的丁香，似乎已透着微微的芬芳。至于蔚蓝的云天，也似乎含着不可言喻的春的欢欣。但是倩娟对着如斯美景，只微微地叹了一声，便不踌躇的离开这目前的一切，走到外面的书房，坐在案前，拿着一枝秃笔，低头默想。不久，她心灵深处的幽弦竟发出凄楚的哀音，萦绕于笔端，只见她拿一张纸写道：

时序——可怕的时序呵！你悄悄的奔驰，从不为人们悄悄停驻。多少青年人白了双鬓，多少孩子们失却天真，更有多少壮年人消磨尽志气。你一时把大地妆点得冷落荒凉，一时又把世界打扮得繁华璀璨。只在你悄悄的奔驰中，不知酝酿成人间多少的悲哀。谁不是在你的奔驰里老了红颜，白了双鬓。——人们才走进白雪寒梅冷隽的世界里，不提防你早又悄悄的逃去，收拾起冰天雪地的万种寒姿，而携来饶舌的黄鹂，不住传布春的消息，催起潜伏的花魂，深隐的柳眼。唉，无情的时序，真是何心？那干枯的柳枝，虽满缀着青青柔丝，但何能绾系住飘泊者的心情！花红草绿，也何能慰落漠者的灵魂！只不过警告人们未来的岁月有限。唉！时序呵！多谢你："红了樱桃，绿了芭蕉。"这眼底的繁华，莺燕将对你高声颂扬。人们呢？只有对你含泪微笑。不久，人们将为你唱挽歌了：

春去了！春去了！万紫千红，转瞬成枯槁，只余得阶前芳草，和几点残英，飘零满地无人扫！蝶懒蜂慵，这般烦恼；问东风：何事太无情，一年一度催人老！

倩娟写到这里，只觉心头怅惘若失。她想儿时的飘泊。她原是无父之孤儿，依依于寡母膝下。但是她最痛心的，她更想到她长时的沦落。她深切的记得，在她的一次旅行里，正在一年的春季的时候。这一天黄昏,她站在满了淡雾的海边,芊芊碧草,和五色的野花,时时送来清幽的香气,同伴们都疲倦倚在松柯上,或睡在草地上。她舍不得"夕阳无限好"的美景,只怔怔呆望,看那浅蓝而微带淡红色的云天,和海天交接处的一道五彩卧虹,感到自然的超越。但是笼里的鹦鹉,任他海怎样阔,天怎样空,绝没有飞翔优游的余地。她正在悠然神往的时候,忽听背后有人叫道:"密司文,你一个人在这里不嫌冷寂吗?"她回头一看,原来是他——体魄魁梧的张尚德。她连忙笑答道:"这样清幽的美景,颇足安慰旅行者的冷寂,所以我竟久看不倦。"她说着话,已见她的同伴向她招手,她便同张尚德一齐向松林深处找她们去过了几天,她们离开了这碧海之滨,来到一个名胜的所在。这时离她们开始旅行的时间差不多一个月了。大家都感到疲倦。这一天晚上,才由火车上下来,她便提议明晨去看最高的瀑布,而同伴们大家只是无力地答道:"我们十分疲倦,无论如何总要休息一天再去。"她听同伴的话,很觉扫兴,只见张尚德道:"密司文,你若高兴明天去看瀑布,我可以陪你去。听说密司杨和密司脱杨也要去,我们四个人先去,过一天若高兴,还可以同她们再走一趟。好在美景极不是一看能厌的。"她听了这话,果然高兴极了,便约定次日一早在密司杨那里同去。

这天只有些许黄白色的光,残月犹自斜挂在天上,她们的旅行队已经出发了。她背着一个小小的旅行袋,里头满蓄着水果及干点,此外还有一只热水壶。她们起初走在平坦大道上,觉得早晨的微风,犹带些寒意。后来路越走越崎岖,因为那瀑布是在三千多丈的高山上。她们从许多杂树蔓藤里攀缘而上,走了许多泥泞的山洼,经过许多蜿蜒的流水,差不多将来到高山上,已听见隆隆的响声,仿佛万马奔腾,又仿佛众机齐动。她们顺着声音走去,已远远望见那最高的瀑布了。那瀑布是从山上一个湖里倒下来的。那里山势极陡,所以那瀑布成为一道笔直白色云梯般的形状。在瀑布的四围都是高山,永远照不见太阳光。她们到了这里,不但火热的身体,立感清凉,便是久炙的灵焰,也都渐渐熄灭。她烦扰的心,被这清凉的四境,洗涤得纤尘不染。她感觉到人生的有限,和人事的虚伪。她不禁忏悔她昨天和张尚德所说的话。她曾应许他,作他唯一的安慰者,但是她现在觉得自己太渺小了,怎能安慰他呢?同时觉得人类只如登场的傀儡,什么恋爱,什么结婚,都只是一幕戏,而且还要牺牲多少的代价,才能换来这一刹的迷恋。"唉,何苦呵!还是拒绝了他吧?况且我五十岁的老母,还要我侍奉她百年呢!等学校里功课结束后,我就伴着她老人家回到乡下去,种些桑麻和稻粱,吃穿不愁了。闲暇的时候,看看牧童放牛,听听蛙儿低唱,天然美趣,不强似……"她正想到这里,忽见张尚德由山后转过道:"密司文来看,此地的风景才更有趣呢!"她果真随着他,转过山后去,只见一带青山隐隐,碧水荡漾,固然比那足以洗荡尘雾的瀑布不同。一个好像幽静的处女,一个却似盖世的英雄。在那里有一块很平整的山石,她和他便坐在那里休息。在这静默的里头,张尚德屡次对她含笑的望着,仿佛这绝美的境地,都是为她和他所特设。但这只是他的梦想,他所认为安慰者,已在前一点钟里被大自然的伟力所剥夺了。当他对她表示满意的时候,她正将一勺冷水回报他,她说:"密司脱张,我希望你别打主意罢,实在的!我绝不能作你终身的伴侣。"唉!她当时实在不曾为失意者稍稍想象其苦痛呢!……

倩娟想到这里,由不得流下泪来,她举头看看这屋子,只觉得冷寞荒凉,思量到自己的前途,也是茫茫无际。那些过去的伤痕每每爆裂,她想到她的朋友曾写信道:"朋友!你不要执迷吧!不自然的强制着自己的情感,是对自己不住的呵!"但是现在的她已经随时序并老,还说什么?

人间事,本如浮云飞越,无奈冷漠的心田,犹不时为残灰余烬所燃炙。倩娟虽一面看破世情,而一面仍束缚于环境,无论美丽的春光怎样含笑向人,也难免惹起她身世之感。这是她对着窗外的春色,想到自身的飘零,一曲幽弦,怎能不向她的朋友细弹呢?她收起所涂乱的残稿,重新蘸饱秃笔写信给她的朋友肖菊了。她写道:

  肖菊吾友:沉沉心雾,久滞灵通,你的近状如何?想来江南春早,这时桃绽新红,柳抽嫩绿,大好春光,逸兴幽趣,定如所祝。都中气候,亦渐暖和,青草绵芊,春意欣欣。昨日伴老母到公园——园里松柏,依然苍翠似玉,池水碧波,依然因风轻漾。澹月疏星,一切不曾改观。但是肖菊!往事不堪回首,你的倩娟已随流光而憔悴了。唉!静悄悄的园中,一个飘泊者,独对皎月,怅望云天,此时的心境,凄楚曷极!想到去年别你的时候正是一堂同业,从此星散的时候,是何等的凄凉?况且我又正卧病宿舍。当你说道:"倩娟,我不能陪你了。"你是无限好意,但是枕痕泪渍至今可验。我不敢责你忍心,我也明知你自有你的苦衷。当时你两颊绯红,满蓄痛泪,勉强走了。我只紧闭双目,不忍看。那时我的心,只有绝望……唉!我只不忍回忆了呵!

　　肖菊!我现在明白了,人生在世,若失了热情的慰藉,无论海阔天空,也难使郁结之心消释;任他山清水秀,也只增对景怀人之感。我现在活着,全是为了这一点不可扑灭的热情,——使我恋恋于老母和亲友,使我不忍离开她们,不然我早随奔驰的时序俱逝了!又岂能支持到今日?但是不可捉摸的热情,究竟何所依凭?我的身世又是如何飘零,——老母一旦设有不讳,这飘零的我,又将何以自遣?吾友!试闭目凝想,在一个空旷的原野,有一只失了凭依的小羊,——只有一只孤零零的小羊,当黄昏来到世界上,四面罩下苍茫的幕子来,那小羊将如何的彷徨?她嘶声的哀鸣,如何的悲切。呵,肖菊!记得我们同游苏州,在张公祠的茅草亭上,那时你还在我的跟前,但当我们听了那虎丘坡上,小羊呜咽似的哀鸣,犹觉惨怛无限。现在你离我辽远,一切的人都离我辽远,我就是那哀鸣的小羊了,谁来安慰我呢?这黑暗的前途,又叫我如何迈步呢?

　　可笑,我有时想超脱现在,我想出世,我想到四无人迹的空山绝岩中过一种与世绝隔的生活——但是老母将如何?并且我也有时觉得我这思想是错的,而我又不能制止此想。唉!肖菊呵!我只是被造物主播弄的败将,我只是感情帜下的残卒,……近来心境更觉烦恼。窗前的玫瑰发了新芽,几上的腊梅残枝,犹自插在瓶里。流光不住的催人向老死的路上去,花开花谢,在在都足撩人愁恨!

　　我曾读古人的诗道:"天若有情天亦老。"可怜的人类,原是感情的动物呵!

倩娟正写着,忽听一阵箫声,随着温和的春风,摇曳空中,仿佛空谷中的潺潺细流,经过沙碛般的幽咽而沉郁。她放下笔,一看天色已经黄昏,如眉的新月,放出淡淡的清光。新绿的柔柳,迎风袅娜,那箫声正从那柳梢所指的一角小楼里发出,她放下笔,斜倚在沙发上,领略箫声的美妙。忽听箫声以外,又夹着一种清幽的歌声,那歌声和箫韵正节节符和。后来箫声渐低,歌喉的清越,真如半空风响又凄切又哀婉,她细细地听,歌词隐约可辨,仿佛道:

　　春风!春风!一到生机动,河边冰解,山顶雪花融。草争绿,花夺红,大地春意浓。只幽闺寂莫,对景泪溶溶。问流水飘残瓣,何处驻芳踪!

　　呵!茫茫大地,何处是飘泊者的归宿?正是"问流水飘残瓣,何处驻芳踪"?倩娟反复细嚼歌辞越觉悲抑不胜。未完的信稿,竟无力再续。只怔怔地倚在沙发上,任那动人的歌声,将灵田片片的宰割罢,任那无情的岁月步步相逼吧!……

何处是归程

在纷歧的人生路上,沙侣也是一个怯生的旅行者。她现在虽然已是一个妻子和母亲了,但仍不时地徘徊歧路,悄问何处是归程。

这一天她预备请一个远方的归客,天色才朦胧,已经辗转不成梦了。她呆呆地望着淡紫色的帐顶,——仿佛在那上边展露着紫罗兰的花影。正是四年前的一个春夜吧,微风暗送茉莉的温馨,眉月斜挂松尖把光筛洒在寂静的河堤上。她曾同玲素挽臂并肩,踯躅于嫩绿丛中。不过为了玲素去国,黯然的话别,一切的美景都染上离人眼中的血痕。

第二天的清晨,沙侣拿了一束紫罗兰花,到车站上送玲素。沙侣握着玲素的手说道:"素姐,珍重吧!……四年后再见,但愿你我都如这含笑的春花,它是希望的象征呵!"那时玲素收了这花,火车已经慢慢的蠕动了,——现在整整已经四年。

沙侣正眷怀着往事,不觉环顾自己的四围。忽看见身旁睡着十个月的孩子——绯红的双颊,垂复着长而黑的睫毛,娇小而圆润的面孔,不由得轻轻在他额上吻了一下。又轻轻坐了起来,披上一件绒布的夹衣,拉开蚊帐,黄金色的日光已由玻璃窗外射了进来。听听楼下已有轻微的脚步声,心想大约是张妈起来了吧。于是走到扶梯口轻轻喊了一声"张妈",一个麻脸而微胖的妇人拿着一把铅壶上来了。沙侣扣着衣钮欠伸着道:"今天十点有客来,屋里和客厅的地板都要拖干净些……回头就去买小菜……阿福起来了吗?……叫他吃了早饭就到码头去接三小姐。另外还有一个客人,是和三小姐同轮船来的,……她们九点钟到上海。早点去,不要误了事!"张妈放下铅壶,答应着去了。

沙侣走到梳妆台旁,正打算梳头,忽然看见镜子里自己的容颜老了许多,和墙上所挂的小照,大不同了。她不免暗惊岁月催人,梳子插在头上,怔怔地出起神来。她不住地想道:"这是怎么一回事呢?结婚,生子,作母亲,……一切平淡的收束了,事业志趣都成了生命史上的陈迹……女人,……这原来就是女人的天职。但谁能死心塌地的相信女人是这么简单的动物呢?……整理家务,扶养孩子,哦!侍候丈夫,这些琐碎的事情真够消磨人了。社会事业——由于个人的意志所发生的活动,只好不提吧。……唉,真惭愧对今天远道的归客!——一别四年的玲素呵!她现在学成归国,正好施展她平生的抱负。她仿佛是光芒闪烁的北辰,可以为黑暗沉沉的夜景放一线的光明,为一切迷路者指引前程。哦,这是怎样的伟大和有意义!唉,我真太怯弱,为什么要结婚?妹妹一向抱独身主义,她的见识要比我高超呢!现在只有看人家奋飞,我已是时代的落伍者。十余年来所求知识,现在只好分付波臣,把一切都深埋海底吧。希望的花,随流光而枯萎,永永成为我灵宫里的一个残影呵!……"沙侣无论如何排解不开这骚愁的秘结,禁不住悄悄的拭泪。忽听见前屋丈夫的咳嗽声,知道他已醒了,赶忙喊张妈端正面汤,预备点心,自己又跑过去替他拿替换的裤褂。一面又吩咐车夫吃早饭,把车子拉出去预备着。乱了一阵子,才想去洗脸,床上的小乖乖又醒了,连忙放下面巾,抱起小乖,喂奶,换尿布,壁上的钟已当当的敲了九下。客人就要来了,一切都还不曾预备好,沙侣顾不得了,如走马灯似的忙着。

沙侣走到院子里,采了几支紫色的丁香插在白瓷瓶里,放在客厅的圆桌上。怅然坐在靠窗的沙发上,静静的等候玲素和她的三妹妹。在这沉寂而温馨的空气里,沙侣复重温她的旧梦,眼睫上不知何时又沾濡上泪液,仿佛晨露浸秋草。

不久门上的电铃,琅琅的响了。张妈"呀"的一声开了大门。一个年轻漂亮的女子,手里提了一个小皮包,含笑走了进来。沙侣忙上前握住她的手,似喜似怅地说道:"你们回来了。玲素呢……""来了!沙侣!你好吗?想不到在这里看见你,听说你已经作了母亲,快让我看看我们的外甥,……"沙侣默默地痴立着。玲素仿佛明白她的隐衷,因握着沙侣的手,恳切地说道:"歧路百出的人生长途上,你总算找到归宿,不必想那些不如意的事吧!"沙侣蒸郁的热泪,不能勉强的咽下去了。她哽咽着叹道:"玲姐,你何必拿这种不由衷的话安慰我,归宿——我真是不敢深想,譬如坑洼里的水,它永永不动,那也算是有了归宿,但是太无聊而浅薄了。如果我但求如此的归宿,——如此的归宿便是人生的真义,那么世界还有什么缺陷?"

"这是为什么?姐姐。你难道有什么不如意的事吗?"沙侣摇头叹道:"妹妹,我那敢妄求如意,世界上也有如意的事吗?只求事实与思想不过分的冲突,已经是万分的幸运了!"沙侣凄楚而深痛的语调,使得大家惘然了。三妹妹似不耐此种死一般的冷寂,站了起来,凭着窗子看院子里的蜜蜂,钻进花心采蜜。玲素依然紧握沙侣的手,安慰她道:"沙侣,不要太拘迹吧,有什么难受的呢?世界上所谓的真理,原不是绝对的。什么伟大和不朽,究竟太片面了,何尝能解决整个的人生?——人生原来不是这样简单的,谁能够面面顾到?……如果天地是一个完整的,那么女娲氏倒不必炼石补天了,你也太想不开。"

"玲姐的话真不错,人生就仿佛是不知归程的旅行者,走到哪里算到哪里,只要是已经努力地走了,一切都可以卸责了。……姐姐总喜欢钻牛角尖,越钻越仄,……我不怕你笑话,我独身主义的主张,近来有些摇动了……。因为我已觉悟,固执是人生滋苦之因,不必拿别人说,只看我们的姑姑吧。"

"姑姑近来怎么样?前些日子听说她患失眠很厉害,最近不知好了没有?三妹妹,你从故乡来,也听到她的消息吗?"

"姐姐!你自然很仰慕姑姑的努力罗。……人们有的说像她这样才算伟大,但是不幸同时也有人冷笑说她无聊,出风头,姑姑恨起来常常咬着嘴唇道:'龃龉的人类,永远是残酷的呵!'但有谁理会她,隔膜仿佛铁壁铜墙般矗立在人与人的中间。"

玲素听见三妹妹慨然地说着,也不觉有些心烦意乱,但仍勉强保持她深沉的态度,淡淡地说道:"我想世上既没有兼全的事,那末随遇而安自多乐趣,又何必矫俗干名?"

沙侣摇头道:"玲姐!我相信你更比我明白一切,因此我知道你的话还是为安慰我而发的。……究竟你也是替我咽着眼泪,何妨大家痛快些哭一场呢!……我老实地告诉你吧,女孩子们的心,完全迷惑于理想的花园里。——玫瑰是爱情的象征,月光的洁幕下,恋人并肩地坐在花丛里,一切都超越人间,把两个灵魂搅合成一个,世界尽管和死般的沉寂,而他和她是息息相通的,是谐和的。唉,这种的诱惑力之下,谁能相信骨子里的真象呢!简直完全不是这一回事。——结婚的结果是把他和她从天上摔到人间,他们是为了家务的管理,和欲性的发泄而娶妻。更痛快点说吧,许多女子也是为了吃饭享福而嫁丈夫。——但是作着理想的花园的梦的女子,跑到这种的环境之下,……玲姐,这难道不是悲剧吗?……前天芷芬来,她曾问我说:'你现在怎么样?看着杂乱如麻的国事,竟没有一些努力的意思吗?'玲姐,你知道芷芬这话,使我如何的受刺激!但是罪过,我当时竟说出些欺人自欺的话。——'我现在一切都不想了,抚养大了这个小孩子也就算了。高兴时写点东西,念点书,消遣消遣。我本是个小人物,且早已看淡了一切的虚荣。'……芷芬听罢,极不高兴,她用失望的眼光看着我道:'你能安于此也好,不过我也有我的思想,……将军上马,各自奔前程吧!'她大概看我是个不堪造就的废物,连坐也不坐便走了。当时我觉得很抱歉,并且再扪扪心,我何尝真是没有责任心?……呵,玲姐,怯弱的我只有悔恨我为什么要结婚呢?"沙侣说得十分伤心,不住地用罗巾拭泪。

但是三妹妹总不信,不结婚便可以成全一切,她回过头来看着沙侣和玲素说:"让我们再谈谈不结婚的姑姑罢。"

"玲姐和姐姐,你们脑子里都应有姑姑的印象吧?美丽如春花般的面孔,玲珑而窈窕的身材,正仿佛这漂亮而馥郁的丁香花。可是只有这时候,是丁香的青春期,香色均臻浓艳;不过催人的岁月,和不肯为人驻足的春之女神,转眼走了,一切便都改观。如果到了鹃啼嫣红,莺恋残枝,已是春事阑珊,只落得眷念既往的青春,那又是如何的可悲,如何的冷落。……姑姑近来憔悴得多了,据我的观察,她或者正悔不曾及时的结婚呢!"

沙侣虽听了这话,但不敢深信,微笑道:"三妹妹,你不要太把姑姑看弱了。"

三妹妹辩道:"你听我讲她一段故事吧。"

"今年中秋月夜,我和她同在古山住着,这夜恰是满山的好月色,瀑布和涧流都闪烁着银色的光。晚饭后,我们沿着石路土阶,慢慢奔北山峰,那里如疏星般列着几块光滑的岩石,我们拣了一块三角形的,并肩坐下。忽从微风里悄送来阵阵的暗香,我们藉着月色的皎朗,看见岩石上攀着不少的藤蔓,也有如珊瑚色的圆球,认不出是什么东西。在我们的脚下，凹下去的地方有一道山涧，正潺潺湲湲的流动。我们彼此无言的对坐着，不久忽听见悠扬的歌声，正从对山的礼拜堂里发出来。姑姑很兴奋的站起来说：'美妙极了，此时此地，倘若说就在这时候死了，岂不……？真的到了那一天，或者有许多人要叹道：可惜，可惜她死得太早了，如果不死，前途成就正未可量呢！……'我听了这话仿佛得了一种暗示，窥见姑姑心头隆起红肿的伤痕。——我因问道：'姑姑，你为什么说这种短气的话，你的前途正远，大家都希望你把成功的消息报告他们呢。……'姑姑抚着我的肩叹道：'三妹，你知道正是为了希望我的人多，我要早死了。只有死才能得到最大的同情。……想起两年前在北京为妇女运动奔走，如果只增加我一些惭愧，有些人竟赠了我一个准政客的刻薄名词。后来因为运动宪法修改委员，给我们相当的援助，更不知受了多少嘲笑。末了到底被人造了许多谣言，什么和某人订婚了，最残忍的竟有人说我要给某人作姨太太，并且不止侮辱我一个。他们在酒酣耳热的时候，从他们喷唾沫的口角上，往往流露出轻薄的微笑，跟着，他们必定要求一个结论道："这些女子都是拿着妇女运动作招牌，借题出风头。"……你想我怎么受？……偏偏我们的同志又不争气，文兰和美真又闹起三角恋爱，一天到晚闹笑话，我不免愤恨终至于灰心。不久政局又发生了大变，国会解散，……我们妇女同盟会也就冰消瓦解。在北京住着真觉无聊，更加着不知趣的某次长整天和我夹缠，使我决心离开北京。……还以为回来以后，再想法团结同志以图再举，谁知道这里的环境更是不堪？唉！……我的前途茫茫，成败不可必，倘若事业终无希望，……到不如早些作个结束。……"

"姑姑黯然地站在月光之下，也许是悄悄的垂泪，但我不忍对她逼视。当我在回来的路上，姑姑又对我说：'真的，我现在感到各方面都太孤零了。'玲姐，姑姑言外之意便可知了。"沙侣静听着，最后微笑道："那末还是结婚好！"

玲素并不理会她的话，只悄悄地打算盘，怎么办？结婚也不好，不结婚也不好，歧路纷出，到底何处是归程呵？她不觉深深地叹道："好复杂的人生！"

沙侣和三妹妹沉默了，大家各自想着心事。四围如死般的寂静，只有树梢头的黄鹂，正宛转着，巧弄她的珠喉呢。

一 幕

六月的天气,烦躁蒸郁,使人易于动怒;在那热闹的十字街头,车马行人,虽然不断地奔驰,而灵芬从公事房回来以后,觉得十分疲惫,对着那灼烈艳阳,懒散得抬不起头来。她把绿色的窗幔拉开,纱帘放下,屋子里顿觉绿影阴森,周围似乎松动了。于是她坐在案前的靠椅上,一壶香片,杨妈已泡好放在桌上,自壶嘴里喷出浓郁的馨香,灵芬轻轻地倒了一杯,慢慢地喝着,一边又拿起一枝笔,敲着桌沿细细地思量:

——这真是社会的柱石,人间极滑稽的剧情之一幕,他有时装起绅士派头,神气倒也十足;他有时也自负是个有经验的教育家;微皱着一双浓眉,细拈着那两撇八字须,沉着眼神说起话来,语调十三分沉重。真有些神圣不可轻犯之势。

想到这里,她不由得好笑,——这又算什么呢? 社会上装着玩的人真不少,可不知为什么一想便想到他!

灵芬坐在这寂静的书房里,不住发玄想,因为她正思一篇作品的结构。忽然一阵脚步声,把四围的寂静冲破了,跟着说话声,敲门声,一时并作。她急忙站了起来,开了门,迎面走进一个客人,正是四五年没见的智文。

"呵!你这屋子里别有幽趣,真有些文学的意味呢!"智文还是从前那种喜欢开玩笑。

"别拿人开心吧!"灵芬有些不好意思了,但她却接着说道:"真的! 我一直喜欢文学,不过成功一个文学家的确不容易。"

"灵芬,我不是有意和你开心,你近来的努力实在有一部分的成功,如果长此不懈,作个文学家,也不是难事。"

"不见得吧!"灵芬似喜似疑的反诘了一句,自然她很希望智文给她一个确切的证实,但智文偏不提起这个岔,她只在书架上,翻阅最近几期的《小说月报》,彼此静默了几分钟,智文放下《小说月报》,转过脸问灵芬道:"现在你有工夫吗?"

"作什么……有事情吗?"

"没有什么事情,不过有人要见你,若有空最好去一趟。"

"谁要见我?"灵芬很怀疑的望着智文。

"就是那位有名的教育家徐伟先生。"

灵芬听见这徐伟要见她,不觉心里一动。心想那正是一个装模作样的虚伪极点的怪物。一面想着一面不由得说道:"他吗?听说近来很阔呢!怎么想起来要见我这个小人物呢?你去不去,如果你去咱们就走一趟,我一个人就有点懒得去。"

智文笑道:"你这个脾气还是这样!"

"自然不会改掉,并且也用不着改掉,……你到底陪我去不陪我去?"

"好吧!我就陪你走一趟吧!可是你不要太孤僻惯了,不要听了他的话不入耳,拿起脚就要走,那可是要得罪人的。"

"智文,放心吧!我纵是不受羁勒的天马,但到了这到处牢笼的人间,也只好咬着牙随缘了,况且我更犯不着得罪他。"

"既然这样,我们就去吧,时候已将近黄昏了。"

她们走出了阴森的书房,只见半天红霞,一抹残阳,已是黄昏时候。她们叫了两辆车子,直到徐伟先生门前停下。灵芬细打量这屋子:是前后两个院子,客厅在前院的南边,窗前有两棵大槐树。枝叶茂密,仿若翠屏,灵芬和智文进了客厅,一个三十多岁的男仆进来说:"老爷请两位小姐进里边坐吧!"

灵芬和智文随着那男仆到了里头院子,徐伟先生已站在门口点头微笑招呼道:"哦!灵芬好久不见了,你们请到这里坐。"灵芬来到徐伟先生的书房,只见迎面走出一个倩装的少妇,徐伟先生对那少妇说:"这位是灵芬女士。"回头又对灵芬说:"这就是内人。"

灵芬虽是点头,向那少妇招呼,心里不由得想到"这就是内人"一句话,自然她已早知道徐伟先生最近的浪漫史,他两鬓霜丝,虽似乎比从前少些,但依然是花白,至少五十岁了,可是不像,——仿佛上帝把青春的感奋都给了他一个,他比他的二十五岁的儿子,似乎还年青些,在他的书房里有许多像片,是他和他新夫人所拍的。若果照相馆的人知趣,不使那花白的头发显明的展露在人间,那真俨然是一对青春的情眷。

这时徐伟先生的胡须已经剃去了,这自然要比较显得年轻,可是额上的皱纹却深了许多,他坐在案前的太师椅上,道貌昂然,慢慢地对灵芬讲论中国时局,像煞很有经验,而且很觉得自己是时代的伟人。灵芬静静听着,他讲时,隐约听见有叹息的声音,好像是由对面房子里发出来,灵芬不由得心惊,很想立刻出去看看,但徐伟先生正长篇大论的说着,只得耐着性子听,但是地早已听不见徐伟先生究竟说些什么。

正在这时候,那个男仆进来说,有客要见徐伟先生,徐伟先生看了名片,急忙对那仆人说道:"快请客厅坐。"说着站了起来,对灵芬、智文说:"对不住,有朋友来找,我暂失陪!"徐伟先生匆匆到客厅去了。

徐伟先生的新夫人,到隔壁有事情去,当灵芬、智文进来不久,她已走了,于是灵芬对智文说道:

"徐伟先生的旧夫人,是不是也住在这里?"

"是的,就住对面那一间房里。"

"我们去见见好吗?"

"可以的,但是徐伟先生,从来不愿意外人去见他的旧夫人呢!"

"这又是为了什么?"

"徐伟先生嫌她乡下气,不如他的新夫人漂亮。"

"前几年,我们不是常看见,徐伟先生同他的旧夫人游公园吗?".

"从前的事不用提了,有了汽车,谁还愿意坐马车呢?"

"你这话我真不懂!……女人不是货物呵!怎能爱就取,不爱就弃了?"

"这话真也难说!可是你不记得肖文的名语吗? 制礼的是周公,不是周婆呵!"灵芬听到这里,不由得好笑,因道:"我们去看看她吧。"

智文点了点头,引着灵芬到了徐伟先生旧夫人的屋里,推门进去,只见一个四十多岁的妇人,手里抱着一个四五岁的小孩,愁眉深锁的坐在一张破藤椅上,房里的家俱都露着灰暗的色彩,床上堆着许多浆洗的衣服,到处露着乖时的痕迹。见了灵芬她们走进来,呆痴痴地站了起来让座,那未语泪先咽的悲情,使人觉得弃妇的不幸! 灵芬忍不住微叹,但一句话也说不出,还是智文说道:

"师母近来更悴憔了,到底要自己保重才是!"

师母握着智文的手道,"自然我为了儿女们,一直地挣扎着,不然我原是一个赘疣,活着究竟多余!"她很伤心的沉默着,但是又仿佛久积心头的悲愁,好容易遇到诉说的机会,错过了很可惜,她终竟惨然地微笑了。她说:

"你们都不是外人,我也不怕你们见笑,我常很怀疑女人老了,……被家务操劳,生育子女辛苦,以致毁灭了青年的丰韵,便该被丈夫厌弃。男人们纵是老得驼背弯腰,但也有美貌青春的女子嫁给他,这不是希奇吗?……自然,女人们要靠男人吃饭,仿佛应该受他们的摆弄,可是天知道,女人真不是白吃男人的饭呢!

"你们自然很明白,徐伟先生当初很贫寒,我到他家里的时候,除了每月他教书赚二十几块钱以外,没有更多的财产,我深记得,生我们大儿子的时候,因为产里生病,请了两次外国医生诊治,花去了二十几块钱,这个月就闹了饥荒,徐先生终日在外头忙着,我觉得他很辛苦,心里过意不去,还不曾满了月子,我已扎挣着起来,白天奶着孩子,夜晚就作针线,本来用着一个老妈子侍候月子,我为减轻徐先生的担负,也把她辞退。这时候我又是妻子,又是母亲,又是佣人,一家子的重任,都担在我一人的肩上。我想着夫妻本有共同甘苦之谊,我虽是疲倦,但从没有因此怨恨了徐先生。而且家里依然收拾得干干净净,使他没有内顾之忧,很希望他努力事业,将来有个出头,那时自然苦尽甘来。……但谁晓得我的想头,完全错了。男人们看待妻子,仿佛是一副行头,阔了就要换行头,那从前替他作尽奴隶而得的报酬,就是我现在的样子,……正同一副不用的马鞍,扔在厩房里,没有人理会它呢!"

师母越说越伤心,眼泪滴湿了大襟,智文"哎"了一声道:"师母看开些吧,在现代文明下的妇女,原没地方去讲理,但这绝不是长久的局面,将来必有一天久郁地层的火焰,直冲破大地呢!"

灵芬一直沉默着,不住将手绢的角儿,折了又折,仿佛万千的悲愤,都藉着她不住的折垒的努力,而发泄出来……

门外徐伟先生走路的声音,冲破了这深惨的空气,智文对灵芬示意,于是装着笑脸,迎着徐伟先生,仍旧回到书房。这时暮色已罩住了大地,微星已在云隙中闪烁,灵芬告辞了回来,智文也回去了。

灵芬到了家里,坐在绿色的灯光下,静静地回忆适才的事情,她想到世界真是一个耍百戏的戏场,想不到又有时新的戏文,真是有些不可思议,徐伟先生谁能说他不是社会柱石呢?他提倡男女平权,他主张男女同学,他更注重人道,但是不幸,竟在那里看见了这最悲惨的一幕!

歧　　路

　　现在街上看不见拉着成堆尸首的大板车了。马路上所残留的殷黑色的血迹，最近也被过量的雨水冲洗净了，所有使人惊慌凄惶的往事，也只在人们的脑膜上，留些模糊的余影。一切残酷的呼声，都随时而消灭了。怵目惊心的大时代，在这个 H 埠是告了结束，虽然那些被炸毁的墙垣，还像保留着厄运后的黯淡，然也鼓不起人心的激浪来。这时候不论谁，都抱着从战壕里逃回来的心情，是多么疲倦，同时觉得他们尚生存在人间，又是多么惊喜和侥幸；而且他们觉得对于人间的一切，有从新估价的必要，所有传统的一切法则都从他们手里粉碎了。

　　肃真和几个同志，现在是留在 H 埠，办理一切善后，这些日子真够忙的，从清早就出去，挨家沿户的调查战事以后的妇女生活状况，疲倦得连饭都顾不得吃，回来就倒在床上睡了。

　　他们的公事房是在 H 埠的城内，是从前督军的衙门，宽广的厅房，虽然没有富丽的陈设，而雕梁画栋还依稀认得出当年的富豪气象。现在这个客厅里每到下午四点多钟，就有许多青年的男女在这里聚会，肃真的卧房就在这个大厅的后面。她自从一点钟回来，吃了一杯牛奶，一直睡到现在——差不多四点半了，才被隔壁的喧笑声吵醒。她揉了揉眼睛，呆呆的坐在床沿上出神，隔壁大厅里正谈着许多有趣的故事，这时忽然沉静下来，但是不久又听见一阵高阔的嗓音说道：

　　"喂！张同志！好一身漂亮的武装呵！"

　　肃真心里想着这一定是说张兰因了，她昨天曾经说过今天要穿一套极漂亮的武装的……她正在猜想，果然听见张兰因清脆的嗓音说道：

　　"是呵！到了这个时候，谁还愿意披着那一身肮脏的耗子皮，踏拉着破草鞋呢？同志们，咱们真该享乐呵！……你们瞧我手上的弹伤——谁能相信在前敌奋斗的我，现在还活着……这真是死里逃生，还能不相当的享乐吗？"

"好呵！我们一同拥护张同志！"跟着起了一阵热闹的拍掌声。

"今天人来得真齐全,差不多都到了,……喂,老杨,怎么,你的肃真呢?"

"肃真……恐怕还在隔壁睡觉吧?"

"怎么这个懒丫头到现在还没有睡醒吗?杨同志,这当然是你的责任了,去!快些把她拉了来。"

杨同志用手捋着他那最近留的小胡子,笑迷迷的看着张兰因道:"是!小姐!遵命!"这样一来大家都禁不住笑起来了。

肃真正洗着脸,看见杨同志走了进来,放下手巾,觑着眼看了他一下,淡淡的笑了一笑说道:"吓!今天怎么这样漂亮起来。"那神气带着些讥讽的色彩,杨同志老大不好意思。"可不是吗!……我本来不想穿这一套衣服,……但是他们一定要我穿,并且他们说今天大家都要打扮得像个样,痛痛快快玩一天呢!"

肃真眼望着窗外的绿草地,从鼻孔里"哼"了一声说道:"这些小子们,大概都忘其所以了!"回头指着衣架上挂的一件灰布大褂,颜色已经有些旧了,大襟和袖子都补着四方块的补钉,说道:"这件大褂你该认得吧!……我们从南昌开拔的时候,就连这件破褂子,也进过长生库呢?每天一个人啃两块烧饼……那真够狼狈了,这会子,这些少爷小姐们倒又作起'桃色的梦'来了。"

杨同志听了肃真无缘无故的发牢骚,真猜不透那是什么意思,只有低着头,讪讪的微笑。

"喂!罗同志!杨同志!你们到底怎么样?所有的人都到齐了,你们再不来我们就走了。"肃真听出是兰因的声音,就高声叫道:"兰因为什么这样焦急,你今天到底出多大的风头,你过来,让我看看你漂亮到什么程度罢!"

兰因笑道:"你也来吧!别说废话了!"

肃真和杨大可走到隔壁大厅,果见那些男女同志个个打扮得比往日不同,就是小王的领结也换了新的,张老五的胡子也是刚刮的,肃真瞧着那些兴高采烈的同志们说道:"你们这些少爷小姐真会开心呵!"这时一阵笑声从角落里发出来,肃真一看正是兰因。她偎着小王坐着,用手指着肃真不知在谈论什么。肃真撇了众人跑到兰因面前,拉着兰因的手端详了半天,只见她身上穿着一套淡咖啡色的哔叽军装,脚上穿着黄皮的长统马靴,一顶黄呢军帽放在小王的膝盖上,神气倒十足,不禁点着头说道:"好漂亮的女军人,怪不得那些小子们要拜倒女英雄的脚下呢!"她说着斜瞟了小王一眼。小王有些脸红,低下头装作看帽子上闪烁的金线。兰因隔了些时,用报复的语调向肃真道:"小罗!你别发狂,正有人在算计你呢!……喂!你瞧那几根胡子,多么俏皮!"肃真瞪了兰因一眼笑道:"唉!……那又是什么东西!"惹得旁边的同志们鼓掌大笑了。

正在这个时候，门前一阵汽笛声，他们所叫的汽车已经开来了，于是他们乱纷纷地挤到门口，各人跳上车子，到第一宾馆去。这是H埠有名的饭馆，大厅里陈设着新式的各种沙发椅，满壁上都是东洋名家的油画片子，在那白得像雪一般的桌布上，放着一个碧玉花瓶，里面插着一束血点似的红玫瑰，甜香直钻进鼻孔，使人觉到一种轻妙和醉软的快感，雪茄烟的白雾，团团的聚成稀薄如轻绡的幔子，使人走到这里，仿如置身白云深处一般。

杨大可依然捋着他那几根黑须，沉沉的如入梦境，他陡然觉得眼前有一个黑影，黑影后面露着可怕的阴黯的山路，他窜伏在一群尚在蠕动的尸首下面，躲避敌军的炮弹，……他全身的血液都似乎已凝结成了冰，恐惧的心简直没有地方安放了。呵！肩膀上忽然有一种最温最柔的东西在接触，全身立刻都感到温暖，恰才失去的知觉又渐渐回复了。他真像是作了一个梦，现在这梦是醒了，睁大了眼睛，回头看见他爱慕的女神——肃真抚着他的肩，含着笑站在他的身后，他连忙镇定住乱跳的心站起来说："这里坐吧！肃真。"……他将自己方才的坐位让给肃真坐了，他自己就坐在沙发的椅靠上，一股兰花皂和檀香粉的温腻的香味，从风里送过来，他好像驾着云，翱翔于空明的天宇，所有潜伏的恐惧，不但不敢现形，并且更潜伏得深了。

穿白色制服的伙计们，穿梭似的来去，他们将各色的酒，如威司忌、啤酒、玫瑰酒、葡萄酒，一瓶一瓶搬来，当他们将木塞打去的时候，一股浓烈的香气，喷散了出来，使人人的食欲陡然强烈起来。现在他们脑子里只有"享乐"两个字了，于是男人女人，互举着玉杯叫"干"，这样一杯一杯不断的狂饮着。女人们的面颊上平添了两朵红云，男人们也是满脸春色，兰因简直睡在小王的怀里，小王的左臂，将她的腰紧紧的搂住，他和她的唇几次在似乎无意中碰在一处。呵！这真是奇迹，从来历史上所没有的放浪和无忌，现在都实现了，很冠冕堂皇的实现了。

肃真一直抱着玫瑰酒的瓶子狂吞着,现在瓶里头连一滴酒也没有了。她放下瓶子,脸色是那样红得形容不出,两眼发射着醉人的奇光,身子摇摇晃晃几乎要跌倒了。杨大可将她轻轻的扶住,使她安卧在一张长沙发上,他自己就坐在她的身旁,含着得意的微笑,替她剥着橘子。

他们想尽了方法开心,小张举着一杯红色的葡萄酒,高声的叫道:"同志们,我们是革命的青年,应当打破一切不自然的人间道德,我们需要爱,需要酒来充实我们的生活,请你们满饮一杯,祝我们前途的灿烂。"

"好呵!张同志……我们都拥护你,来!来!大家喝干这一杯。"小王说着,把一杯酒喝干了,其余的人们也都狂笑着将杯里的酒吞下去。

一点钟以后,饭馆里的人都散去了,深沉的夜幕将这繁华富丽的大厅团团的罩住,恰才热闹活跃的形象,现在也都消归乌有,地上的瓜子壳烟灰和残肴都打扫尽了,只有那瓶里的玫瑰,依然静立着,度这寂寞的夜景。

但是在这旅馆的第二层楼上东南角五号房间里还有灯光。一个瘦削的男子身影,和一个袅娜的女人身影,正映在白色的窗幔上,那个女人起先是离那男子约有一尺远近,低着头站着;后来两个身影渐渐近了,男人的手箍住那女人的腰了,女人的头仰起来了,男人的头俯下去,两个身影变成一个,他们是在热烈的接着深吻呢!后来两个人的身影渐渐移动,他们坐在床上了,跟着灯光也就熄灭了,只听见男人的声音说道:"兰因,我的亲爱的!你知道我是怎么样热烈的爱着你!……"

底下并不听见女的回答,但过了几分钟以后,又听见长衣拖着床沿的声音,和女子由迷醉而发出的叹息声,接着又听见男人说:"现在的时代已经不是从前了,女人尝点恋爱的滋味,是很正当的事!……哦!兰因你为什么流泪?亲爱的,不要伤心!不要怀疑吧!我们彼此都是新青年,不应当再把那不自然的束缚来隔开我们,减低我们恋爱的热度!"

还是听不见女的回答,过了一会那男的又说道:

"兰因,我的乖乖!你不要再回顾以前吧!我们是受过新洗礼的青年,为什么要受那不自然的礼教束缚,婚姻制度早晚是要打破的,我们为什么那么愿意去作那法制下的傀儡呢?不要再想那些使人扫兴的陈事吧!时间是像一个窃贼,悄悄的溜走了,我们好好的爱惜我们的青春,努力装饰我们的生命,什么是人间的不朽?除了我们的生命,得到充实!"

"可是子青!无论如何,人总是社会的分子,我们的举动至少也要顾虑到社会的习惯呵!……"

"自然,我们不能脱离社会而生活,但是你要清楚,社会的习惯不一定都是好的,而且社会往往是在我们思想的后面慢慢拖着呢……我们岂能因为他的拖延而停止我们思想的前进……而且社会终归也要往这条路上走的,我们走得快,到底不是错事。"

这一篇彻底而大胆的议论,竟使那对方的女人信服,她不再往下怀疑了,很安然的睡在他的怀里,作甜蜜的梦去了。

* * * *

太阳正射在亭子间的角落里,那地方放着一张西洋式的木床,床上睡着一个女郎,她身上盖着一条淡紫色的绒毯,两只手臂交叉着枕着头,似乎才从惊惧的梦中惊醒,失神的眼睛,定视着头顶的天花板,弄堂口卖烧饼油条的阿二,拉着喑哑的嗓音在叫卖,这使得她很不耐烦,不觉骂道:"该死的东西,天天早晨在这里鬼号!"跟着她翻了个身,从枕头底下抽出一个信封来,那信封上满了水点的皱痕,她将信翻来覆去看了又看,然后又将信封里的一张信笺抽了出来,念道:

兰因:

我有要事立刻须离开这里,至于将到什么地方去,因为有特别的情形,请你让我保守这个秘密,暂且不能告诉你吧!

我走后,你仍旧努力你的工作,我们是新青年,当然不论男女都应有独立生活的精神和能力,你离了我自然还是一样生活,所以我倒很安心,大约一个月以内,我仍就回到你的身边,请你不要念我,再会吧! 我的兰因!

子青

她每天未起床以前总将这信念一遍,光阴一天一天的过去,一个月的期限早已满了,但是仍不见子青回来,也再不接到他第二封信,她心里充满了疑云,她想莫非他有了意外吗？……要不然就是他骗了她，永远不再回来了吗？……

　　她想到这可怕的阴影，禁不住流泪，那泪滴湿透了信笺不知有多少次，真是新泪痕间旧泪痕。如今已经三个月多了，天天仍是痴心呆望，但是除了每天早晨阿二喑哑的叫卖声，绝没有得到另外的消息。今天早晨又是被阿二的叫卖声惊醒，她又把那封信拿出来看一遍，眼泪沿着面颊流下来，她泪眼模糊看着窗外，隔壁楼上的窗口，站着一个美丽而娴静的女孩，正拿着一本书在看。她不禁勾起已往的一切影象。

　　她忽觉得自己是睡在家乡的绣房里，每天早晨奶妈端着早点到她床前，服侍她吃了，她才慢慢的起床，对着镜梳好头，装饰齐整，就到书房去。那位带喘的老先生，将《女四书》摊在书桌上叫她来讲解，以后就是写小楷，这一早晨的时间就这样过去了，到了下午，随同母亲到外婆家去玩耍，有时也学作些针线。

　　这种生活，虽然很平淡，但是现在回想起来，倒觉得有些留恋。再看看自己现在孤苦伶仃住在这地方，没有一个亲友过问，而且子青一去没有消息，自己简直成了一个弃妇，如果被家乡的父母知道了，不知将怎样的伤心呢！

　　她想到她的父母，那眼泪更流得急了。她想起第一次见了她的表姐，那正是一个夏天的下午，她正同着母亲坐在葡萄架下说家常，忽见门外走进一个二十多岁的女人来，剪着头发，身上穿着白印度绸的旗袍，脚上是白色丝袜，淡黄色的高跟皮鞋，态度大方。她和母亲起先没认出是谁来，连忙站了起来，正想说话，忽听那位女郎叫道："姑妈和表妹都好吗？我们竟有五六年没有见了呢！"她这才晓得是她的表姐琴芬。当夜她母亲就留表姐住在家里，夜里琴芬就和她同屋歇息。琴芬在谈话之间就问起她曾否进学堂，她说："父亲不愿我进学校。"琴芬说："现在的女子不进学校是不行的，将来生活怎样能够独立呢！……表妹！你若真心要进学校，等我明天向姑丈请求。"她听了这话高兴极了，一夜差不多都没有睡，最使她醉心是琴芬那种的装束和态度，她想如果要是进了学校，自然头发也剪了，省得天天早晨梳头，并且她也很爱琴芬的那高跟皮鞋，短短的旗袍。

　　第二天在吃完午饭的时候，琴芬到她姑丈的书房闲谈，把许多新时代的事迹，铺张扬厉，说给那老人家听。后来就谈到她表妹进学校的事情，结果很坏，那老人只是说道："像我们这种人家的女儿，还怕吃不到一碗现成饭吗？何必进什么学校呢！而且现在的女学校的学生，本事没有学到而伤风败俗的事情却都学会了。"

　　琴芬碰了这个钉子，也不好再往下说；但是她很爱惜表妹，虽然失望，可是还没有绝望，她想姑母比较姑丈圆通得多，还是和姑母说说也许就成了。这个计划果然很有效果，当琴芬第二次到姑妈家去的时候，她的表妹第一句话就是报告："父亲已经答应让我进女子中学了。"

　　这一年的秋季她就进了女子中学的一年级，这正是革命军打到她故乡的时候。学校里的同学都疯了似的活动起来，今天开会明天演讲，她也很踊跃地跟着活动，并且她人长得漂亮,口才又好,所以虽然是新学生,而同学们已经很推重她,举她作妇女运动的代表,她用全部的精神吸纳新思潮,不知不觉间她竟改变了一个新的人格。

在她进学校的下半年,妇女协会建议派人到武汉训练部去工作,兰因恰又是被派的一个,但是这一次她的父母都不肯让她去,几番请求都被拒绝,并且连学校都不许她进了。

有一天她的父亲到离城十五里地的庄子上去收租,母亲到外祖母家去看外祖母的病,本来也叫她同去,但是她说她有些肚子疼,请求独自留在家里休息,这却是一个很好的机会。她打开母亲放钱的箱子,悄悄拿了一百块钱和随身的衣服,然后她跑到她同学李梅生家里,她们预先早已计划过逃亡的事情,所以现在是很顺利的成功了。她们雇了两辆车子跑到轮船码头,买好船票,很凑巧当夜十二点钟就开船了。

自从那一次离开了父母,现在已经三年了。关于父母对她逃亡后伤心的消息,曾经听见她一个同乡王君说起,她的父亲愤恨得几乎发狂,人们问到他的女儿呢?他总是冷然的答道:"死了。"母亲常常独自流泪……

呵!这一切的情景,渐渐都涌上心头……她想到父亲若知道她已经和人同居,也许已经变成某人的弃妇时,不知道妻愤恨到什么地步!唉!悔恨渐渐占据她的心灵,一颗一颗晶莹的泪珠,不断的沿颊滚了下来。

"砰!砰!"有人在敲亭子间的门了,她连忙翻身坐起来问道:

"谁呵!"

"是我,张小姐!……"

好像是房东的声音……大约是来讨房钱的,她的心不禁更跳得厉害了,打开抽屉,寻来寻去只寻出两块钱和三角小银币……而房租是每月十块,已经欠了两个月,这个饥慌怎么打发呢?

"张小姐!辰光不早了,还没有起来吗?……"

房东的声音有些不耐烦,她忙忙开了门,让房东进来。那是一个四十多岁的江北妇人,上身穿着长仅及腰的一件月白洋布衫,下身穿着一条阔裤脚的黑花丝葛裤子,剪发梳着很光的背头,走进来含着不自然的微笑,将兰因的屋子打量了一番,又望兰因的脸说道:"张小姐!王先生有信来没有?真的,他已经走了三个多月了,……"

"可不是吗?……前些日子倒有一封信,可是最近他没有信来。"

房东太太似乎很有经验的点了点头说道:"张小姐!我怕王先生不会再到这里来了吧!现在的男人有几个靠得住的,他们见一个爱一个,况且你们又不是正经的夫妻……他要是老不来,张小姐还应当另打主意,不然怎么活得下去呢!……这些辰光,我们的生意也不好,你这里的房钱,实在也垫不起,我看看张小姐年轻轻的,脸子又漂亮,如果肯稍微活动活动,还少得了这几个房钱吗?只怕大堆的洋钱使都使不尽呢!……"

兰因已明白房东太太的来意了，本想抢白她几句，但是自己又实在欠下她的钱，硬话也说不成，况且自己当初和王子青结婚，本来太草率了。既没有法律的保障，又没有亲友的见证，慢说王子青是不来了，奈何他不得；纵使他来了，不承认也没有办法……想回到故乡去吧，父亲已经义断恩绝，而自己也觉得没有脸面见他们……

房东太太见她低头垂泪，知道这块肥羊肉是跑不了的，她凑近张小姐，握住她的手，低声说道："张小姐！你是明白人，我所说的都是好话，你想作人一生，不过几十年，还不趁这年青的时候快活几年，不是太痴了吗？况且你又长得漂亮，还怕没有阔大少来爱你吗？将来遭逢到如意的姑爷，只怕要比王先生强得多呢……呵！张小姐！我不瞒你说，这个时代像你这样的姑娘，我已见过好多，前年我们楼下住着一个姓袁的，也是夫妻两个，起初两口子非常的要好，后来那个男人又另外爱上别的女人，也就是把那位袁太太丢下就走了。袁太太起先也想不开，天天写信给他，又托朋友出来说合，但是袁先生只是不理，他说：我们本来不过是朋友，从前感情好，我们就住在一块；现在我们的感情破裂了，当然是各走各的路。袁太太听了这话气了个死，病了十几天，后来我瞧着她可怜，就替她想了一个法子，……现在她很快乐了，况且她的样子，比你差得多呢！……"

房东太太引经据典地说了一大套，一面观察兰因的脸色，见她虽是哭着，但是她的眼神，是表示着在想一些问题呢！房东太太知道自己的计划是有九分九的把握了，于是她站起身来说："张小姐！还不曾用早饭吧？等我叫娘姨替你买些点心来吃。"房东太太说着出了亭子间，走到扶梯就大声喊："娘姨！"在她那愉快的腔调中，可以知道她是得到某一件事情的胜利了。

＊＊＊＊

一年以后，肃真是由 H 市调到上海来，她依然是办着妇协的事情，但是她们每谈到兰因，大家都抱着满肚皮的狐疑，一年以来竟听不见她的消息。前一个月肃真到昆山去，曾在火车上遇见王子青，向他打听兰因的消息，他也说弄不清，究竟这个人到什么地方去了。这个形迹奇怪的女子，便成了她们谈话的资料了。

　　在一个初秋的晚上，肃真去赴一个朋友的宴会，在吃饭的时候，他们谈到废娼问题。有许多人痛骂娼妓对于青年的危害，比一只野兽还要可怕，所以政府当局应当将这堕落的娼妓逐出塞外。有的就说："这不是娼妓本身的罪恶，是社会的制度将她们逼成到堕落的深渊里去的，考察她们堕落的原因，多半是因为衣食所逼，有的是被人诱惑而失足的，总之，这些人与其说她们可恶，不如说她们可怜，……"

　　关于这两个议论，肃真是赞成后面的一个。她对于娼妓永远是抱着很大的同情的，但是她究竟不清楚她们的生活，平日在娱乐场中看见的妖形媚态的女人，虽然很有时惹起她的恶感，但同时也觉得她们可怜。她每次常幻想着一个妙年的女郎，拥着满身铜锈的大腹贾，装出种种媚态，希求一些金钱的报酬，真是包含着无限的悲惨……因此，她很想去深究一下她们的生活，无论是外形的或内心的。不过从前社会习惯，一个清白少女，绝不许走到这种可羞耻的地方去，可是现在一切都变动了，这些无聊的习惯，没有保存的必要，于是肃真提议叫条子，大家自然没有不赞成的。但是肃真说："可是有一个条件，叫了来只许坐在我的身边，因为我叫条子的意味，和你们完全不同！"那些男人听了这话，心里虽不大高兴，但嘴里也说不出什么来，只得答道："好吧！"

　　"茶房！"肃真高声地叫着，一个二十多岁的穿白色制服的茶房来到面前，"先生要什么？"

　　"你们这个地方有出色的名妓吗？"

　　茶房望了肃真一眼，露出殷勤的笑脸答道："吓！这地方有的是好姑娘……像雪里红、小香水、白玉兰都是括括叫的一等姑娘，您是叫哪一位？"肃真对于这生疏的把戏，真不知道怎么玩法。她出了一回神说："就叫雪里红吧！"茶房道："只叫一个吗？……先生们若喜欢私门子，新近来了一个秦秋雯，那更是数一数二的出色人物，又识字，又体面，只要五块钱就可以叫来。"

　　"哦！那么你也把她叫来吧！"肃真含着好奇的意味说。

　　茶房去了不久，就听见外面叫道："雪里红姑娘到！"跟着白布门帘掀动，进来一位二十左右的姑娘，蛋形的脸庞，玲珑的身材，剪发，但梳得极光亮，上身穿着一件妃红色的短衫，下身玄色裤子，宝蓝色缎子绣花鞋，妃红色丝袜，走路的时候，露着她们特有的一种袅娜轻盈的姿式，而且一股刺鼻的香味，随着她身子的摆动，分散在空气中，在她的身后跟着一个琴师，大约三十左右年纪的男人，脸上长满了疙瘩，手里拿着三弦琴。那雪里红走进来，向在座的人微微点头一笑,就坐在肃真的身后,肃真转过脸来,留神地观察她。那姑娘看见座上有女客,她似乎有些忸怩,很规矩地唱了一只小曲,肃真觉出她的不自然的窘状来,连忙给了钱打发她走。

雪里红走后,那些男人们又发起议论来了。

他们讨论到娼妓的心理,据那位富有经验的高大个子孔先生说:"娼妓的眼睛永远是注视在白亮的洋钱上,因此她们的思想就是怎样可以多骗到几个钱,她们的媚态,她们的装束,以及她们的一举一动,都只向着弄钱的目标而进行,所以游客们只要有了钱,便可以获得她们的青睐,不然就立刻被摈弃了……"

肃真很反对这种论说,她说:"人总是一个人,有时人性虽然被货利的诱惑而遮掩了,但是一旦遇到机会,依然可以发现出来的,……我觉得娼妓的要钱和一般的商贾趋利是一样可以原谅的行为,不过在获利以外,他们或她们总还有更高的人生目的,……娼妓的要钱,是为了她们的生活,她们比一般人都奢侈,也不过为了她们的生活,社会上的男人,要不是为了她们人时妖艳的装束和能迎合男人们心理的媚态,谁还肯把大捧的银子送给她们呢?……所以娼妓的堕落,是社会酿成的,我们不应当责备娼妓,应当责备社会呵!"

肃真的语调十分热烈,在座的男人们,都惊奇地望着她,孔先生虽然不大心服,但是也想不出什么有力量的话来反驳她,不知不觉大家都沉默起来。

正在这个时候,忽听门外有人走路的声音,那声音很轻盈,是一个女人穿着皮鞋慢步的声音,而且是越走越近。大家都不觉把视线移到门外,不久果然门帘一动,走进一个十八九岁的少女来,身上穿着蛋白色的短旗袍,脚上肉色丝袜和肉色皮鞋,额上覆着水波纹的头发,态度很娴静,似乎是一个时髦的中学校的学生。那女郎走了进来,一双秀丽的眼睛向满屋里一扫,忽见她打了一个冷战,怔怔地向肃真坐的角落里定视着,那脸色立刻变成苍白。她一声不响地回转身就跑了。大家莫名其妙地向这奇怪的女郎的背影望着,只是她如同梦游病似的,一直冲到门外渐渐地不见了。

他们回到屋里,看见肃真失神地怔坐在一张沙发上,脸上泛溢着似惊似悲的复杂表情,大家抱着满心的狐疑沉默着。

茶房从外面走了进来说道:"先生们,恰才秦秋雯姑娘来了,怎么没坐就走了,……想是先生们看不上吧,您不要叫别位吗?……"

孔大可说道:"不要了,你给我们泡壶好茶来吧!"茶房答应着走了出去,忽听肃真叹了一口气道:"你们知道秦秋雯是谁?……就是张兰因呵!我们分别以后听说她和小王同居,谁知她怎么跑到上海作了暗娼,这真叫人想不到……可是小王也奇怪,上次我问他兰因在什么地方?他神色仓慌地说是弄不清。当时我没注意,现在想起来,才明白了,你们信不信,一定是小王悄悄地走了,她不能自谋生活,……况且年纪又轻,自然很容易被人引诱……哦!诸位同志!这也是革命的一种牺牲呢!……张兰因她本来是名门闺秀,因为醉心革命,一个人背了父母逃出来,现在是弄到这种悲惨的结局,能说不是革命误了她吗?……而且小王那东西专门会勾引人,他一天到晚喊打破旧道德,自由恋爱,他再也不顾到别人的死活,只图自己开心,把一个好好的女青年,挤到陷坑里去。而我们还作梦似的,不清楚他自己的罪恶,提起来真叫人愤恨……同志们!我不怕你们怪,我觉得中国要想有光明的前途,大家的生活应当更忠实些,不然前途只有荆棘了!"

这确是一出使人气闷的悲剧,人人的心灵上都有着繁重的压迫,人间是展露着善的,恶的,正的,迷的,各种不同的道途,怎样才能使人们离开迷途而走正路呢?呵!这实在是重要的问题呢!

这问题萦绕着大家的心灵,于是他们欢乐的梦醒了,渐渐走到严肃紧张的世界里去了。